周月亮文集

电影现象学

周月亮　著

常快乐真功夫

周月亮

中国科学技术出版社

·北　京·

图书在版编目（CIP）数据

电影现象学 / 周月亮著. -- 北京：中国科学技术
出版社，2024.1
　（周月亮文集）
　ISBN 978-7-5236-0414-4

　Ⅰ. ①电… Ⅱ. ①周… Ⅲ. ①电影学—现象学 Ⅳ.
①J90

中国国家版本馆CIP数据核字（2024）第003866号

总　策　划	秦德继
策划编辑	周少敏　胡　怡
责任编辑	胡　怡　赵　耀
封面设计	余　微
正文设计	王　丹
责任校对	吕传新　焦　宁　邓雪梅　张晓莉
责任印制	马宇晨

出　　版	中国科学技术出版社
发　　行	中国科学技术出版社有限公司发行部
地　　址	北京市海淀区中关村南大街16号
邮　　编	100081
发行电话	010-62173865
传　　真	010-62173081
网　　址	http://www.cspbooks.com.cn

开　　本	880mm×1230mm　1/32
字　　数	1936千字
印　　张	86.25
版　　次	2024 年1月第 1 版
印　　次	2024 年1月第 1 次印刷
印　　刷	北京世纪恒宇印刷有限公司
书　　号	ISBN 978-7-5236-0414-4/Ⅰ·83
定　　价	498.00 元（全11册）

周月亮

河北涞源人，中国传媒大学学术委员会委员，阳明书院院长、教授、博士生导师。

另有心学、智术系列著作分别汇刊。

自序：误解与希望

世代如落叶。代代人大多乱七八糟地活、稀里糊涂地死，少数坚持明白地活、尊严地死。反思其中的滋味，留下悲欣交集的辞章，后人的解读不过拾几片落叶。后之视今如今之视昔，这条精神链扭结着误解与希望。误解如秋风中的落叶，希望如落叶中的秋风；误解如烦恼，希望如菩提；误解如无明，希望如净土。谁能转烦恼成菩提？谁的误解即希望？恐怕差不多的人的希望却是误解吧。尽管如此，留下的落叶，好生看取也有雪泥鸿爪。

《孔学儒术》中，儒术的精要可用"中而因通"来简括："中"是"执两用中"的"中"，儒家的中庸与释家的中观目的不同，道理相通。"而"是"奇而正、虚而实"的"而"，其哲学要义在"一与不一"，是对付悖论的最好的智慧，不"而"则不能"中"。"因导果"是世间出世间的总账，"因"字诀最普适的妙用是引进落空。不通不是道，通道必简。化而通之概括了"因"的意义，通则久。

《〈水浒〉智局》透析了《水浒传》中智慧、权力、暴力的关系：函三为一、一分为三，合则为局、析则为戾。水浒人此处放火、彼处杀人之朴刀杆棒生意串成江湖版的《孙子兵法》。宋江能够统豺虎是"阴制阳"，梁山好汉被朝廷赚了也是"阴制阳"。阴为何物？直教一百零八好汉生死相许！

《性命之学》以性命作为重估文人价值的标准和依据。穿透了虚文世界曲折的遮蔽，才能探讨人自身的性命下落。性命之学由心性谱写。近世让人心酸眼亮的"心性"有王阳明、李卓吾、唐伯虎、曹雪芹、龚自珍、鲁迅等，他们是塔尖。他们提得住心，所以他们的心性剧有声有色。

《〈儒林外史〉士文化研究》提取了《儒林外史》展示出的贤人困境、奇人歧路、名士风流、八股士的愚痴等士子型范；在封建时代，士文化的根被教育败坏了。用教育来反教育，是古代中国士文化传统的一部分。

《儒林外史》中每一张脸都是一座碉堡，文学人物是现实人格的象征，《〈儒林外史〉人物品鉴》透视封建时期士人"没出息"的活法、自己骗自己的文化姿态，以及他们无路可走的"不在乎"的无奈。最窝囊的是，当时的文人说不出一句明心见性的话。

《王阳明传》呼吁善良出能力来：对人仁从而鉴空衡平、爱"爱心"而天良发现。良知顿现，难事易办。心学是意术，是感觉化的思想、哲学化的艺术，是修炼心之行动力的功夫学、成功学。致良知教世人柔心成真人。

现象即本体，影视通巫术，方法须直觉，效果靠博弈：《电影现象学》旨在使影视艺术能有自己的本体论、方法论。

文化即传播，只要一"化"就有传播在焉。我几千年文明古国，锦绣江山，传播玉成。《文化传播》写的是文化的传播即传播的文化。

《揉心学词条》想总结误解发生的思维机制（意向三歧性）、误解发生的心理机制（欲望三重化）、误解发生的语言机制（言语的三不性）、误解发生的行为机制（互动反馈误差扩大），想建立"误解诊疗术"，但只是沙上涂鸦，更似煮沙成饭。

家，是移情的作品。院子是境，也是景。情景交融，在美学上值得夸耀，在生活中是不得不做的事情。"我"寄寓于别人家院子，像小件寄存一样。《在别人家的院子里》是我印象深刻的生活经历。

刺刺不休十一卷，诚不足称之为著作，只是我造句几十年的一个坟丘（另有百万虚构类文字已被风吹）。其中包着误解，也含着希望。误解，是人自我活埋的本能。希望，是人自我生成的器官。"我"因对希望心不诚而自我活埋着。

最后，我满怀深情却文不对题地抄几则卡夫卡的箴言：

> 生的快乐不是生命本身的，而是我们向更高生活境界上升前的恐惧；生的痛苦不是生命本身的，而是那种恐惧引起的我们的自我折磨。

它（谦卑）是真正的祈祷语言……人际关系是祈祷关系，与自己的关系是进取关系。从祈祷中汲取进取的力量。

生命开端的两个任务：不断缩小你的圈子和再三检查你自己是否躲在你的圈子之外的什么地方。

2023 年秋

目　录

绪　论

一、间性互动之道

电影艺术也是艺术，只是它的传播方式使它能够直接将美学价值转变成商品价值。哲学的使命是创造关于存在和发展的理论，电影现象学的使命是创造关于电影艺术存在和发展的理论。这就需要探究电影艺术与人性、历史、技术相关的各种理路与可能。道，是共由之路，是内在的理据。爱因斯坦曾说过，不是轮子在转，而是轮子性在转。当时地球上还没有"磁悬浮"技术，而现在的磁悬浮列车，没有轮子照样飞奔。道，就是这种"轮子性"。现在要从哲学上寻找电影艺术之"道"，就得找到电影艺术的"轮子性"。而且，这"轮子性"既在技术与艺术之内、之间，又在它们之上、之外。譬如，"接受"这一个维度的核心在世道人心的变化——这是艺术左右不了的，属于情绪、领会等观念心态的问题。比如，话剧、电影、电视剧三种样态的《雷雨》所产生的影响并不以媒介传播力为凭（话剧《雷雨》影响最大）。大量的经验事实告诉我们，电影艺术存在和发展的理据（道）不单在电影本身，而在人及其他艺术与电影技术之间的"间性互动"。

关于"间性"，可用苏东坡之"音不在琴弦，也不在手指，而在它们之间"来做最简单的理解。关于"互动"几乎可以从字面上理解了（语言学家艾柯最早提出了互动知识论，在中国较为深切的论述有赵汀的"综合文本"说），可以说电影艺术之"道"是一种"间性互动"状态性存在。电影艺术存在和发展的依据（道）是个四维空间——可用"天地人神"来形容：天——时代、时间；地——技术、空间（含技术空间）；人——制作者、接受者、自由；神——艺术、真理（现在人们越来越相信只有艺术能揭示真理了）。将这些因素"搅"起来论述，只能是谈经论道或是谈玄论道，又怎么可能根本性地重新设计电影艺术的观念格局？国人都知道无生有、虚导实、阴制阳的道理。

《老子》说"道"是"无状之状，无物之象"。《庄子·天运篇》中记载老子所言："使道而可献，则人莫不献之于其君。使道而可进，则人莫不进之于其亲。使道而可以告人，则人莫不告其弟兄。使道而可以与人，则人莫不与其子孙。然而不可者，无佗，中无主而不止，外无正而不行。"——这说明"道"不是物理性的东西，不能外在地转让拥有，只可内在地领会拥有。这可用维特根斯坦说的"气态媒介"（详见其《哲学研究》）来比方。另外，本雅明认为某一事物的"气息"即它"向上帝"，而不是向任何为艺术策略所算计的接受者"传达它自身"。他认为，由影院与广告所带来的距离的消除，对事物的亲近，以及惊人的图像复制，对金钱力量的煽动性崇拜，文化工业，市场法则的运用，以及广告世界之反美学的属性，都导致"气息""灵韵"的衰微。我觉得电影艺术哲学实在该扶危济困，遏制这种衰微。无论能否重新开局，寻找"道"或者做一点新"原"道的工作都是必要的。

这里不妨稍涉偏颇地拈出本书的宗旨：

现象乃本体

电影通巫术

方法须直觉

效果靠博弈

当然这四句话完全可以换成学理语言表述如下：本体论——理象之美；形式论——巫术；方法论——直觉；效果论——博弈。但这样说不上口，不易被记住，也难引起人们辩论的欲望。为了展开真正的辩论，需要对这四句话及本书的主要范畴略作申说。

现象本质之二分法本是人为的，中国古典哲学没有这种分法，现象学之"现象"也不是这种二分法的现象。但是，我们没有办法完全摆脱这个已然的语义系统的支配，只能在兼顾中"首鼠两端、左顾右盼"。先就二分法意义上的现象而言，可以说现象比本质更具动力性和塑造力，人们在实际生活中往往是创造了什么现象就定义或解释了什么本质。20世纪以前的本质思维不再能够恰当地"对付"与时俱进的各种问题。譬如，电影和电脑是最能通过开辟新的现象从而产生相应新本质的"行当"。这就要求我们必须面对新问题重新开局——我们的思维必须掉过头来，以艺术性的眼光为基本眼光来寻找新的智慧。这就需要确立"现象之美"的本体地位。

现象之美就是"显像"之美，用海德格尔的话说，时间到时了，就显像出来了。胡塞尔的"现象"是指显现着的东西；这显现活动与其中显现出来的东西（比如意向对象）内在相关。胡塞尔讲的现象中含有一个意向性构成的生发机制：既体现在显现活动一边，又在一定程度上体现于被显现的东西那一边。这也就是说，任何现象都不是现成地被给予的，而是被构成着的，即必含有一个生发和维持着被显现者的意向活动的机制。这个机制的基本动态结构是：意识或意向行为不断地激活实项的（reell）内容，从而投射出或构成着（在某种意义上是"创造"出）那超出实项内容的内在的被给予者，也就是意向对象或被显现的东西。其实，这正是摄像机与被摄物的关系：依据实项内容而构造出"观念的"（ideal）意义和意向对象（noema）。——这种层面的"现象"是电影艺术的本体。电影艺术只是在将心理影像变成物理影像而已。现象学第一条原理是："有多少显现，就有多少存在。"第二条原理为诸原理之原理，它是由胡塞尔本人在《现象学的观念》中明确提出来的："任何一个原初给予的直观"，设定为"知识的理所当然的来源"，因此特别是任何一个合理判断的来源。第三条原理已成为耳熟能详的口号："面向事物本身！"第四条原理是："还原越多，给予就越多。"尽管这些原理的文字表述流露出对于彻底性的要求，实际从根本上说，这些原理仍然是不确定的。而且，本书并没有跟着现象学走，但不妨在这里"标举"一下，即可对"现象之美"这一核心概念聊作一点补充，也可激发同行们将现象学与电影艺术联系起来的兴趣。

"电影通巫术"——这绝对是学术论断，不是意识形态的言说。原始的艺术只是巫术的帮工，艺术诚然一直在逐渐脱离巫术，但是，后现代将人类重新"部落化"（麦克卢汉语）的今天，应该重新打量巫术在电影艺术中的作用了。回想一下，蒙太奇原理之杂耍品质难道不是巫术？至少追求视觉奇观、心灵震颤就是巫术形成的集体无意识。现在的电影艺术之技巧当中充满了联想法、相似律、接触律、交感律，说白了，电影艺术与巫术相通于"无中生有""形态转换"的生产中。变化随心、有变必应的巫术思维会成为提升电影艺术的精神资源——这是与封建迷信一点也不沾边的。我提出巫术说，意在唤醒艺术家不要局限于眼前可视的现实世界，而要运用自己的自由想象能力，设想世界完全可能是另一个样子的；他要运用艺术的手段、色彩、线条、象征的图案、强烈的对比等，去重新组织这个世界，从而把一个他所想表达的想象的世界以形象的方式告诉观众。艺术作品要在扩展了的和深化了的层次上，把形而上的意蕴和形而下的形象结合起来，要在发现人性的同时建设人性。

任何艺术的方法都是直觉的，电影艺术更是如此。一个人的直觉是其一生各种"元素"的当下显现，是一个人的全部"世界观方法论"的直接运用，再往深了说，直觉是先天综合的（康德语）。更重要的是，直觉不是非理性的，直觉是真正理性的。中国哲学中直觉的地位是相当高的，如王阳明的良知即直觉。在西方哲学中最强调直觉的是现象学和柏格森的生命哲学。胡塞尔强调除了有感觉直观之外，还可以有"范畴直观"，即构成那些不能被感觉到的意向对象，比如关系、事态及其表达式（包含系词"是"或"存在"的语句）的直观。"直观"指有体现性内容的意向行为。范畴活动属于知性和理性，胡塞尔讲的范畴直观是一气呵成的意向构成，而不是对现成的感觉印象所进行的间断的规整。而"现象"，正是活在意向性的当场构成之中的显现和被显现（关于直觉与直观语义关系此处不作详说了，实质上是一回事）。直觉能够突破"逻辑的枯骨"（黑格尔语）带给人的局限，即便是在电影艺术"学"中，直觉也是思维的原创力之一。

至于博弈问题，本书没有多论述，此处不宜多讲。我的大致意思是：在间性互动的电影艺术当中，博弈可以对治"巫术"的任意和随意。制作方与播出方、接收方的关系是三元竞合的博弈关系，接受美学的突破及电影评论格局的改变有赖于博弈论的介入。博弈论要求制作方要有良好的视域（视域就是眼光能看到的地方），有话好好说——和谐地出奇制胜。和谐问题是个语境问题，不存在僵化的和谐，不存在人为预定的和谐，不存在纯形式的和谐。和谐是此时此地的合适，是"时中"。博弈是电影艺术的"无间道"——存活于电影与所有文化形态的间性互动的关系当中，各种因素也会在博弈中发生"分变"。

相对于传统艺术，电影艺术差不多算是"游牧艺术"：它试图把变置于永久变化的状态之中。传统的艺术采取的是"质料—形式"模式，即把形式强加于位于次要地位的质料之上；电影艺术则是用众多相关的特性构成内容的形式，构成表达的质料。电影艺术构筑的意义王国是思想的平滑空间、思想的游牧式巡回，其骨子里的追求，说到底也就是尼采的"快乐的科学"、阿尔托的"戴皇冠的无政府"、勃朗肖的"文学空间"。这种游牧艺术可以呈现多种形式，任何人都可以成为电影艺术家，只要他能打破成规，突破旧俗，挖掘出自己所用媒介的潜力。所谓解释，就是使以感觉认识无法把握的作品的美，通过理性放射出光辉的操作。

电影艺术的内容是离不开政治、历史的，但电影艺术的形式是自由的。内容的不自由与形式的自由是电影艺术的内在矛盾。这个矛盾大约只有博弈论可以趋近刻画。当然，无论什么"论"都需要锐敏的直觉与理性的洞见，并能将它辩证地相互为用。

正如人类通过命名事物把事物从沉默中拯救出来，电影现象学的使命是通过剥去电影的"物性"（thingness）而拯救出其艺术和诗的精神存在。"精神"是一种现实，而且是较为重要的一种现实。艺术和哲学的作用是要把在人类的堕落中改变了的东西重新复原。"道"是一种状态性的存在，是一种精神秩序性的存在，然而它却是"本真的存在"（海德格尔语）。它不能用任何实证手段加以证明，但又是确确实实存在，而且是"正在进行的存在"。"道"存在于运演的全过程，而"术"是让"道"显像的智慧。

二、现象之美

现象之美是艺术幻象。它是种虚的实体（这一点也不意味着它是非真实的、非实在的）。它是诉诸知觉的再现与表现同体的信息符号。它既存在于电影艺术的具象（单幅画面）之中，也是电影艺术的"总账"，它的本质是对实在的发现与显现。

这样理解"现象"的哲学依据，一是我们将不厌其烦地加以运用的幽晦深细的现象学；二是逻辑实证主义摩尔的常识派说法：教堂的尖塔作为物质事物是独立存在的，人们观看教堂的尖塔从而在意识中形成的"现象"，同样也是独立存在的。就作为独立存在的教堂尖塔而言，它的体积、高度都是固定不变的，而就"现象"而言，它则随人与教堂的尖塔之间的距离、角度的不同而不同。同一物质事实从不同距离和不同观点呈现不同的现象，是我们每个人都很熟悉的：宇宙间确实有这样的东西，摩尔把这些东西叫作物质事物的现象。[①] 香港电影《水浒传之英雄本色》中林冲决斗前的拳头比碗大，而演员梁家辉的手本身是纤弱的。人们都觉得月亮比任何看得见的星星都大，这是显现出来的"现象"。这一"现象"在普通人心中普遍存在几千年了，而且如果地球及其上面的人不毁灭，这种"现象"还会继续下去。而《一江春水向东流》中的月亮则比天上的那个更大更凄美。

拈出"现象之美"这一术语，主要是为了打开我们表现、制造"现象"的思维空间，附带一个浅近的功利目的，是为了给学院派和影评及制作公司提供一个统一的基调，沟通所谓文化和商业之间的隔阂，也沟通学派异见的隔阂。一个基本诉求是：在现象之美面前，我们应该保持超然的审美的公正，用现象学的态度来看待所有已经出现的和即将出现的电影艺术所创造的现象之美。

电影艺术既不是对客体的简单"模仿"，也不是主体的单纯"表现"，它是对客体的解释，是主体对意义的发现。当然，这里的解释不是靠概念而是靠直观，不是以逻辑的推论为媒介，而是以感觉形式为媒介。譬如，我国台湾的山水在侯孝贤的镜头里被现象化了，香港的街道被王家卫现象化了，他们的电影给了我们一个肉眼观看现实世界时并不能获得的意象世界、一个意义王国。这个意象世界和意义王国的片段和总和均可被称为现象之美——

---

① [美]M.怀特编著：《分析的时代——二十世纪的哲学家》，杜任之主译，商务印书馆，1981，第28页。

影像之美。也就是说，电影艺术创造的是现象之美，这就是所谓的电影艺术的本质——它能够生产、制造、提供现象之美。电影艺术的造型形式就是其现象之美的存在方式。在电影艺术中，现象之美的存在方式取决于电影艺术的造型方式。所谓电影艺术的方法就是其造型方式和能力的总和。

在电影艺术所生产的现象之美里面，我们不再面对物质事物直接的实在，而是直接面对纯粹的感性形式的世界。在这个意象世界里，我们所有的情感（其本质和特征）都经历了某种质变。现象之美解除了它们自身的物质重负，我们感受到的是影像的形式和动态的静谧——艺术美感。电影艺术使我们看到的是人性的多样化的运动，尤其是人的潜意识的运动。

现象之美可以存在于电脑游戏之类的影像上，但电影艺术所创造的现象之美是游戏达不到的。游戏给予我们的是无生命的形象；艺术给予我们的是，新类型的真实与激发美感的纯形式的力量。电影艺术是一种构造和创造活动，电子游戏不过是对已有的画面、形象进行调换和重新组合。区别它们的标准在于有没有对实在的发现和深入的阐释，这是个内在化的标准，所谓内在化的标准是说它是美学的而非物理学的。

电影艺术创造出来的现象之美是一种显现人的内在生命的直观结构，是一种由形状与图案、旋律与节奏构成的活跃而有机的形式的王国，是直觉符号语言。假若一个人不懂得这些直觉符号，不能感觉到颜色、形状、空间形式、图案、和声和旋律的生命，那么他就同电影艺术无缘。当然，大众可以看故事。

人的内在生命中还有许多无法用语言表达的内心感受，但是电影艺术可以自觉或不自觉地表现它们。所谓"自觉"是运用隐喻、象征、烘托意境等方法表达言外之意，所谓"不自觉"是电影艺术制造视觉无意识的能力，能给我们带来意外的震颤。视觉无意识是本雅明在《机械复制时代的艺术作品》中提出的描述电影独特意义的一个概念。简略地说，电影摄影机通过对过程的延长和收缩、放大和缩小，便能展现我们平常视觉不易察觉的东西，这是其他门类的艺术达不到的。本雅明说电影摄影展开了空间，慢镜头动作展开了运动。这种展开是种放大，而放大不仅是单纯地对我们原本看不清的现象的说明，更是能够将素材的构造完满地超前显现。他认为，这个"异样的世界"源于人们在有意识地编织的空间中发现了无意识编织的空间——这个无意识编织的空间，正是我们应该努力探究的现象之美的核心内涵。

现象之美的现象是能够将康德意义上的现象和物自体变成一回事的"现象"。换言之，电影艺术所创造的现象之美能够在显现现象的同时将物自体变成现象一并显现出来。影像的直观品性，使影像具有了通过"实体之现象"显现"实体之意义"的能力。这也是它的与生俱来的现象学品格。当然，能否发挥出这种能力、达到这种水平，就看"作者"了。从警示作者的角度，不妨这样说：

（一）只有能够解释、揭示物自体的现象才有现象之美

物自体说白了就是"实体的意义"。电影艺术中的影像，无论是强调"表现"的还是强调"模仿"的，都能够将实体及其意义直观地呈现出来。从逻辑上说，没有不存在意义的影像，只有意义够味不够味的影像。至于是从超验的角度（如偏重古典哲学）寻

找这种意义，还是从经验的角度（偏重现代哲学如实用主义）寻找这种意义，则是不同流派的兴趣偏嗜，毋庸深辨。电影艺术以艺术的自由和科技的能量在影像中显现这种意义，于是成了现象之美的"重镇"。能够完成这种显现的活动本身就是生产现象之美的活动。所以，我们说现象之美是对实在的发现。

影像毫无疑问是物质的，同时它也毫无疑问是意识的。说它是物质的，因为一方面它自身的材料是物质的——它显现的世界是物质的，是现实物质的影像显现；然而它又毕竟只是显影而非实体。电影中的纽约只是比地图上的纽约更直观具象而已，然而却并不是纽约本身。相对于实物而言，影像是以它的形状、颜色、位置等元素向我们"显现"那个实物，但影像的存在不同于实物的存在，它以另一种形态存在，即作为"信息"而存在。这种信息的存在极大地依赖着人的意识。正是影像的双重性产生了皮洛所说的"电影的双重性"[①]—— 一系列的双重性。

能够解释、揭示物自体的现象是只有靠直觉才能捕捉到的。任何决定论的宏大叙事，任何自负的理性主义都只能自以为找到了那"实体的含义"，除了他们偶然命中，基本上会被后来的事实证明是一场虚假的发现，因为妄见难以见真。当然直觉也有理想程度的和实际程度的差别，我这里说的是理想程度的。于是，"直觉"章是本书的核心章节。现在略申其意：直觉在一般认识论中是直接感知，但是在电影艺术创作中就不仅仅是直接感知，它还

[①] ［匈］伊芙特·皮洛：《世俗神话——电影的野性思维》，崔君衍译，中国电影出版社，2003。

具有"变形化意"的能力。它是可见与不可见之间的"变化器"，使影像画面获得了不知来源于何处的深度（一时用概念说不清楚的意味），从而使视觉形象具有了意义。影像中的事物其实是"不是事物的事物"，这不是事物的事物运载着"不如此就不可见的意义"。这不是事物的事物，就是我们一再申说的现象之美之"现象"，这原本不可见而现在终于可见的意义就是那"现象之美"。

从现代哲学角度说，现象即本质，本质与现象二而一、一而二，也就是说，从所谓客体的角度，我们有了第二个标准。

（二）现象之美是从千百同类现象中"打捞"出来的"典型"

画面的冲击感来自这种"打捞"的水平，来自"典型"是否搔着了多数人的"痒处"。这里说的"典型""痒处"，其实是"生命形式"、情感形式，是一代人的"通感"。无论是大的故事、原型，还是一个镜头，只要是动人的，都是情感形式的表现符号。

所谓"打捞"水平，就是一个直觉能力问题。从理想的标准说，直觉是种情智交融的觉悟体验能力，这种体验能力使人能够置于对象内部，使对象自己显现自己。套用语言学的说法，直觉是种使对象"说话"、显示其意义的"言语"。有时候人只有通过直觉才能突然看出处于对象深层的整体意义，哪怕只是在一瞬间（所谓的灵感状态都是直觉状态，当然直觉未必都是灵感）。这个瞬间，就是使"存在"在现象世界中获得了澄明。现象之美是获得澄明的现象。

要用一句话说尽直觉的意义，就是：它能使存在现象化，它能使现象获得澄明，它能使现象之美得以呈现。用古汉语的话说，就是：目击道存！

现象之美作为哲学，是普适于一切艺术形态的，当然也包括电影艺术。

许多大哲高人都论述过：所有艺术的本质都是诗。这里引这句话只有一个意思，就是我们可以通过理解诗来理解其他艺术的奥妙。譬如，以禅作诗，即落道理，不独非诗，亦无禅矣。因为以禅作诗是将一个玄虚的本体硬加到了"现象"之上，"道"和"情"始终是两橛。这也是陶潜、王维的诗比寒山、拾得的诗更有禅意的原因。由此可见"情本体"恰恰是"无本体"，需以现象为本体。同样的道理，影像负载什么、负载多少始终是电影艺术要讨论的问题。伊朗新现实主义作品《小鞋子》便显示了以现象为本体的形象大于思维的"现象之美"。伊朗导演阿巴斯的一句话说尽了捕捉现象之美、确立现象之美的含义和意义：揭开面纱看世界。不可否认的是，任何人都戴着自己的面纱，这在解释学叫"前见"或"前理解"，但这前见、前理解是需要超越的，是需要利用括号将其"悬置"的。任何真正的发现都需要这揭开面纱的工作，尽管今天的揭开就是明天的盖上，但还是需要先揭开，直到承认现象之美成了习惯，成了观影的条件反射一样的前见、前理解。这一点也可以说是提出现象之美说的依据和意义之一。

（三）现象之美存活于影像式能之中

电影艺术区别于文字媒介的艺术的一个核心表现是，其还原为现象之美的能力。可以粗略地说：文字媒介的艺术是意义理解式的，电子媒介之电影艺术是直觉感知式的。它们之间的交叉姑且不讲，现在只强调区别。用麦克卢汉那句老话来说就是：媒介即信息。电子媒介之视听功能能够直接而明确地使用感情，表现感情，能够将不可见、不可说的视听化、氛围化、意象化，也就是能够将"虚"的精神变成"实"的物质，将意识"现象化"，构成影像（音像）的"视域能"。我们将小说《巴黎圣母院》与电影《巴黎圣母院》一比较就眉目清楚了。

媒介问题的纵深是个思维的式能问题。影像思维的"过人之处"是它能够揭示无意识思维，能够将意识流影像化。

早在1911年，柏格森就在《创造进化论》中把思维过程与电影形式联系起来，引起了轰动。我们可以用内心电影比喻影像思维。以直接探索意识活动为目的的《去年在马里昂巴德》突破了理性外壳，它不是将梦变成了实体的影像问题，而是在如梦幻般的天地中，让人物自身探讨"记忆"的本性、求索重新激活深隐在记忆底层的"形象"。现实与想象交错，不同时间维度的交叉，将影片弄得迷离恍惚，以至于导演与编剧的观点相左：一个认为男女主人公是去年见过的，一个认为他们没有见过。这里没必要关心男女主人公的命运，只是想说这种探索精神是勇敢的。用直接呈现的影像来探索意识的各种构成因素及其相互抑制、相互激励的作用，不仅是电影的实验更是哲学的探索，这将成为电影艺术的新方向之一。

将文字语言影像化，其实是电影的使命，是电影独立存在的真正依据。陈凯歌在拍摄《孩子王》时有此明确的追求："阿城在小说中已经写得很好的就不用我拍了，我要拍他没有写出来的意思和意境。"尤其是砍刀、山上的那条道，还有烧坝的刻画，的确超越了小说。这是因为电影特写了"砍刀"，再三重复了那条小路，最后那烧坝的寓言力量，因视觉奇观而让人震颤。更有说服力的是三流小说易于改编成还不错的电影，如《闪闪的红星》等，道理也在于此。

影像大于故事的部分，是电影艺术的堂奥之所在。极端的如《去年在马里昂巴德》，自然暂时还不能被大众消费，但像《广岛之恋》这样的就可以深入大众的意识。它有着娱乐电影的元素：男女邂逅一夜情，也有社会批判的力量——反战，更有着人性奥秘的探寻、记忆与忘却的意识机制的寻思。它将哲学家说不清楚的问题变成"外貌感知"，将形而上的问题变成直觉感知。这也是心理影像化、内心影像物质化——现象化。现象化可以突破认识论的定势或僵化的一般理性的框架，这比形象大于思想多出了影像表现力所产生的多义性，也多出了影像的直观力量。

亚里士多德说过："心灵的思索离不开形象。"这些大道理后面的人性基础是：人是感性地生活着的。感性，而不是理性，是人生存的实体。人类的进步是自然感性的逐步解放与完善。从卢梭的"善感性"到西马的"新感性"，都表达着自然感性的追求解放与完善的诉求。至于后现代呼吁非理性则有几分夸张的扛大旗的广告成分。它们说的非理性只是反对自启蒙主义以来的关于理性的语义而已。从历史来看，当流行理性已经丧失了积极而建设性的组织规范生命力的作用的时候，那种理性才是非理性的，如中国古代歧视、禁锢妇女的礼教。反礼教以所谓反理性的方式建立了真正的理性，在这个意义上才有了崔莺莺现象之美、林黛玉现象之美。

感性中有"自然理性"，一如视网膜有平衡功能一样。感性冲动突破理性结构是人性进步的"总账"。这个人生实况，决定了艺术对人性的发现走在哲学前面，电影艺术在对人性的表现方面

（尤其是在传播方面）有可能走在文字媒体的艺术形态前面。就个别情况看是随机的，就总体情况看则是必然的。因为影像这种特殊物质的意识，有大于理性意识的负载能力。比如，有最后效果让编导演大失所望的，也有让编导演大喜过望的，亦有让编导演大吃一惊的。这是因为现象之美是不确定的，影像思维也是不确定的。正是这种不确定性，产生了电影艺术丰饶的多义之美。

自然，"故事"也是形象思维，也靠外貌感知，但与影像之外貌感知有所不同。文字的故事存活在读者的想象中，影像的故事存活在观众的直观中。但电影艺术暂时还没有彻底摆脱故事的可能性，只能寄托其上而超越它。看故事，是谁都能够做到的，看影像的丰饶的含义则需要合格的内行的眼睛。这里提到外貌感知也是为了囊括接受环节的问题。意识流故事应该成为"梦幻工厂"的重头产品，若能在这方面探索成功，许多"闪回"镜头就可以不那么故意而生硬了。一些"套层结构"的电影也可以不那么依靠剧中人的叙述了，如张艺谋的《影》若完全让"英雄"的意识流动来展示"暴君不暴，刺客不刺"，也许可以因此而减少一些虚假。当然，意识流电影、无意识影像化的电影，还只是小众电影，什么时候它们变成大众电影了，全人类的思维水平就提高了。按照麦克卢汉的说法，是意识流小说作家将电影的功能用到了印刷的书页上，现在意识流小说的水平高于意识流电影，这对于后者来说是个生长空间。

（四）现象之美所召唤的审美意识

关于什么是美的争吵已经和人类的历史一样长了，而且只要人类还有意识能力就还会争吵下去。大概也只有美的问题这么难缠。真，根据形象因；善，根据目的因；美，根据的是超越一切又包含一切的原因。由于科学技术、文化教育、商品体制等诸多原因，大众文化成了"主街""主场"。大众文化的本质其实就是仅仅能够体味、占有现象之美，因为大众文化少了古典（贵族）的幽深，少了宗教的超越。提出现象之美是不得不适应这种世纪新变的文化策略。若电影艺术是大众文化的"拱心桥"，而现象之美则成为大众文化这"拱心桥"之"拱心石"。对这个问题进行社会学的描述是需要江河做墨、大地为纸的。

当我们提出现象之美时，已经将美的实体落到了"谷底"。从美在理念、美在关系，到这现象之美的提出，并不是为了迁就电影艺术（尽管电影艺术是从这谷底升腾而起的），而是为了将美学落实到生存论上。电影艺术的根也在于生存论意义上的存在，而非认识论意义上的存在（详见拙文《心学与美学论纲》①）。这是后话，现在结合电影艺术谈现象之美的意识。

"审美"一词的古希腊含义是"完善的感性"。在这完善的感性中，事物仅仅作为事物自身呈现出来，审美经验不需要现象学还原，因为它本身就是现象学的，就是纯粹的感性。可以说审美直观与现象学所追求的本质直观之间没有本质的区别，而且都在追求海德格尔所说的由"敞开的转让"所形成的澄明之境。真正到达这种澄明之境，源初的知觉不再是实用的，实践也不再是功利的，它让我们感觉的就是这个世界，它向我们说话，但说的丝毫

---

① 蒲震元、杜寒风主编：《美学前沿》，北京广播学院出版社，2002，第247—269页。

不是观念、抽象的图式，或添加于视觉之上的无视觉的景象，它使得世界以感性的形式在我们的最深处回荡，并使我们感觉到自身的自由——这时我们就处于现象之美的澄明之境了。这应该是电影艺术追求的极致境界。这当然是形而上的描述思辨，但也不宜对美学进行科学证明。美学与科学是人类意识的两极，尽管它们有相通之境，而用科学要求美学是近代人犯的主要错误之一。

现象之美所召唤的审美意识是这样一种"能力"——能够发现普遍存在的美。如果我们说美不是普遍存在的，只是个别存在的，这样就会陷入精致的虚无主义和粗糙的实证主义。那是一种量化的计算，是反美学的，至少与美学无关。美是一种状态性的存在，"美的状态是存在物与存在物之间存在关系场的一个型"。①

美的存在与对美的意识是两回事。如同星星本身存在是一回事，看到星星是另一回事。这是康德以来的经典看法。但是电影艺术将"星星"变成了银幕上的"星星"，已经是制作者"看"过一回的星星。银幕的星星不再是自在的星星，银幕上的星星既是美的存在又是对美的意识了。现象之美就是二者变成了一回事。银幕上的星星不仅是星星本身，而且成了什么也不意味的"有意味的形式"。也就是说，电影艺术在将物质事物"还原"成物质事物的时候，那被还原的变成了"现象之美"。

电影艺术的生产和鉴赏都是对现象之美的生产和鉴赏，是意向性的投射与遇合。如同日常性的语言是消息的语言，诗的语言

---

① ［日］今道友信：《美的相位与艺术》，周浙平、王永丽译，中国文联出版公司，1988，第 5 页。

是构成性的语言，那些没有被电影艺术"现象化"的物质是日常性的，而被电影艺术现象化了的物质，就是构成性的、诗性的了。美存在于"现象化"，这个"现象化"相当于马克思说的人化自然的那个"人化"，只是比"人化"更具有普适性，从而更有深入的解释能力。比如说李白、苏东坡将月亮"现象化"了，赋予了我们对于月亮的美感。若说李白、苏东坡将月亮"人化"，就似乎在说将月亮拟人化而已。这就不是马克思的本意了。

电影产业化、商品化将尊贵的艺术变成可以复制的、日常消费的"直觉品"了。靠大众传媒展示的电影几乎必须加入一种追逐时髦的狂欢中才能生存和发展，因此我们有必要探讨下面的问题。

（五）现象之美与"媒介即信息"[①]

我这里无须为"媒介即信息"这一论点"添油加醋"，只是想在这一论点的基础上，提高对已有的"杂交媒体"之潜质的认识，提高对可能的新的"杂交媒体"的发现和开掘能力。电影本来就是"杂交"出来的，它还会"杂交"下去。麦克卢汉说得好："媒介作为我们感知的延伸，必然要形成新的比率。"[②]

"杂交"是媒介的本质，媒介的不可限量的能量，不仅在于其传播能力及其在传播中的再生能力，更在其"杂交"的变数及能量的释放。用麦克卢汉的话说，报纸枪毙了剧院，电视打击了影院和夜总会。但是，萧伯纳将新闻媒介纳入戏剧，让戏剧舞台接过

---

① ［加］马歇尔·麦克卢汉：《理解媒介——论人的延伸》，何道宽译，商务印书馆，2000，第33页。

② 同上书，第87页。

新闻媒介争论的问题和人的兴趣的大千世界，狄更斯也为小说接过了这些东西。今天，则有了万众瞩目的融媒体。

麦克卢汉将电影称作"拷贝盘上的世界"。已经看了一百年电影的人当然知道这个世界很奇妙，它能够将过去的英雄变成现在的娱乐，能将任何形态的现实变成娱乐性的幻觉。或者倒过来说也是一样的：它能将任何娱乐性的幻觉变成现实的形态。

麦克卢汉"发现"：小说中的"意识流手法实际上是将电影的技术迁移到印刷书页上的手法"。[1]他这样说并不像说拜伦的《恰尔德·哈洛尔德游记》像纪录片的分镜头剧本一样，是一种比喻性的理解，而是在做科学判断。如同他所说，最初给格里菲斯等电影先驱以灵感的，正是狄更斯等作家所运用的详细的写实主义手法，证据是"格里菲斯拍摄外景时总是带着狄更斯的一部小说"。[2]他的论点是："由于媒介形式的生命杂交和相互作用，人的经验能得到出人意料地充实。"[3]

现象之美的理念能够迎接任何媒介的"杂交"——大家都是生产制造这现象之美，何必强分高低贵贱呢？随着电脑技术的发展，电影艺术还会出现新的"技术内爆"，还会出现尚未可知的新的艺术生产方式。我们就用现象之美这张价值底牌，来迎接这个家族的任何新成员吧，譬如短视频。拈出现象之美，理论也照样是灰色的。面对最能与时俱进的电影艺术，我们提出现象之美是对镜

---

① ［加］马歇尔·麦克卢汉：《理解媒介——论人的延伸》，何道宽译，商务印书馆，2000，第364页。

② 同上书，第355页。

③ 同上书，第365页。

像生存方式的顺应，并希望在顺应的同时提升这种方式的质量。

数字化生存的一个表现形式就是镜像生存。

现象之美在网络的虚拟现实中就不再是一种理论吁请，而是一个简单事实。

尽管我们在行文中不时说说后现代语境中的电影艺术，但我们还是坚信电影艺术的本质魅力在于它是"真理的发生""存在的敞开"。这发生、敞开的直觉品就是现象之美。

三、电影现象学的使命

电影现象学试图将电影的潜能最大化释放，最后给电影一个哲学地位。

电影现象学在与电影构成的"主体间性"① 的关系中：既为电影建立富有解释能力的哲学理论而努力，也为让更多的人感受到现象学的哲学效应而努力。电影是在将世界"现象化"②，电影现

---

① 电影所讲的"故事"都隐括着人生在世的根本问题，主体间性（intersubjectivity），指"诸个主体之间""诸主体交互间"的意思。哲学的焦点问题从主体性转移到主体间性，体现了西方哲学从近代的主体中心的一元理性到当代的交往对话的多元理性的过渡。作为学术的电影艺术哲学与作为艺术的电影的关系正是一种"主体间性"的关系。这里用这个概念是为了建立它们之间的一致性、共通性、对某一对象性事物的相通理解的可能性，搭建电影意识的新平台。再引申一点，主体间性也是"互为主体性"，也是一种自身相关又相互影响的"反射性"。

② "现象化"是哲学术语的文学化使用。现象学的"现象"是表现自身或显示自身的东西，自己显示自己的首先是"意识"，于是在胡塞尔那里，"现象"首先是"纯粹意识"，在海德格尔那里，则侧重动词含义：自我显现。

象学则研究这种活动何以可能、怎样才能效果最大化。这是提高电影"自身思义"能力的理论工作。电影艺术是对生存、文化的"感觉",电影现象学则是反思、整合这种"感觉"的艺术哲学,都是一个相对相关的大故事的投影。电影现象学比任何现象学理论和电影理论都更明确、更自觉、更强烈地提出回归"生活世界"的要求。现象学语义的"生活世界"与通常语义的生活世界(日常生活也被胡塞尔称为"外在世界""陌生世界")的关系构成电影现象学的逻辑起点。现象学的"生活世界"粗略地说,是未经"科学"过滤的有着丰富感性内容的"存在"状态,是以作为"前给予"的先验自我为中心的人性共同体。我们可用王阳明的"良知说"、李贽的"童心说"以至拉康的"镜像期"之前的意识状态来想象它。胡塞尔拈出"生活世界"如同王阳明拈出"良知",既是为了建立一种以"自我明证性"为基础的本体论,将主体性先验化、客观化、公共化,从而超越有限的、任意的、私人的心理开端,使自己的哲学成为一门无限的、严格的、普遍有效的哲学,更是为了建设"更高的人性",为了"致良知"。[1]胡塞尔认为,"生活世界"的改变就意味着人性本身的根本改变,"生活世界"给予"存在者的

---

① "更高的人性",详见《欧洲科学的危机与超越论的现象学》([德]胡塞尔著,王炳文译,商务印书馆,2001)的随机论述。用中国的王阳明的话说,就是致了良知的人性。胡塞尔在《欧洲科学的危机与超越论的现象学》中说:"只有通过这种最高形式的自我意识(它本身就涉及一种无限的努力),哲学才能使得它自身,并因此而使得一种真正的人性有了实现的可能。" 转引自倪梁康等编著:《中国现象学与哲学评论(第四辑):现象学与社会理论》,上海译文出版社,2001,第84页。

有效性"，是"意义的最终给予者"。莱布尼茨的"单子"、胡塞尔的"生活世界"与王阳明的"良知"如出一辙，均可用牟宗三译单子的名称"心子"来统称。关于王阳明的良知本体论及致良知理论已成国人常识，不妨借用"良知"来代替现象学的"生活世界"来简明地说明电影现象学以此为逻辑起点的使命：通过电影来建设人类的"良知"——从指导电影创作和进行电影阐释两个角度来建设人类的"良知"。这个使命是努力将伦理学变成美学、将伦理的变成诗的。① 正与电影大师布努艾尔的提法相契合，电影的本质就是诗和道德的实验。② 这样，电影现象学也就变成了电影心学。《黄土地》和《孩子王》及对它们具有通识鉴赏水平的评论都是人们熟知的例子。

电影也的确比任何传统的艺术样式更能够直接呈现运动的时空中人那"活动性的存在"③。人的身体是人类自我意识投射的实际环境，也是人的体验、经验、语境、心境向世界敞开的载体，是"生活世界"（良知、共同人性）与"现成世界"（真善美假恶丑、爱

① 蒲震元、杜寒风主编：《美学前沿》，北京广播学院出版社，2002，第247—269页。良知美学的意义就是将伦理学美化了。良知是社会全球化、自我意识原子化的最后的"思想共同体"。莱布尼茨的精神性的"单子"（monad）被牟宗三译为"心子"的概念可以辅证这一点。

② 张红军编著：《路易斯·布努艾尔》，中国广播电视出版社，1992，第54页。论者说："所谓诗和道德的试验，实际上在寻找一个联结点，从超现实主义幻想开始，切实地去认识现实的道德。"

③ ［英］怀特海《过程与实在》（李步楼译，商务印书馆，2011）中的核心概念，指的是富有生气的瞬间性的"经验之流"，是以复合的形式相互依存的事物。

恨情仇俱全）交织的世界。形体表演是人类知觉的橱窗，像样的故事都是人生寓言。电影是人的姿态语乃至潜意识的直接显现，它既是意识的产物，也在显示着人与人之间的意识交流，从而是研究意识之本质的现象学的天然又显赫的素材，也是电影心学进行"致良知"训练的最好课堂。这种"功利主义"是建立在严格的意识分析基础之上的，从而不是巫术而是学术。电影现象学强调回归"生活世界"，就为了回到人性的核心，依据意向性的照射而开拓人性的边限，增进人类的自我理解能力，反思文化对人性的是非功过。

电影现象学何以具有这种能力？因为现象学的基本方法是"本质直觉"，而这是与电影的工作方式、人们看电影的行为天然一致的——都是在运用直觉。中国哲学的基本运思方式是直觉，而西方哲学中能够将直觉方法论化、体系化的首属现象学。老子强调对"道"的领悟只能靠直觉，必须"中止判断"（现象学还原的含义亦在于此），必须"载营魄抱一"，才能拥有超越性的、内在性的、整体性的直觉。胡塞尔说："认识如何能够超越自身，它如何能够切中在意识框架内无法找到的存在？在思维的直观认识中，这个困难却迎刃而解了。"① 自然关于直觉，西方哲学家们已说过千言万语，笛卡儿、洛克、休谟所标举的理性直觉，叔本华、尼采所弘扬的意志直觉，谢林、胡塞尔所秉持的本质直觉，海德格尔、萨特所恪守的存在直觉，都是建构电影艺术哲学直觉论的"钢筋

---

① ［德］埃德蒙德·胡塞尔：《现象学的观念》，倪梁康译，上海译文出版社，1986，第 9 页。

水泥"。这里略以爱因斯坦的话以概其余："物理学家的最高使命是要得到那些普遍的基本定律，由此世界体系就能用单纯的演绎法建立起来。要通向这些定律，并没有逻辑的道路；只有通过那种以对经验的共鸣的理解为依据的直觉，才能得到这些定律。"①寻找电影美学的定律，或曰电影之"道"，或曰关于电影的"先定的和谐"②，何尝不是"只有通过那种以对经验的共鸣的理解为依据的直觉"呢？照搬语言学框架和术语的电影符号学就因为这种直觉的缺失而不能尽如人意。将私人直觉变成能获得共鸣的意义共享的符号，不仅是电影书写者的使命，也是电影研究者的责任。

与其让电影现象学用一种自足的哲学理性外在地审视电影现象，不如让它与电影一起为人的生存方式的自我显现而"工作"。电影现象学使哲学理性真正地"重返伊甸园"。这个伊甸园不是别的，是人生在世只此一心的"心"。这"心"字在生活世界里是活脱脱的，在电影里也是活脱脱的，在电影现象学中也应该是活脱脱的。拥有活脱脱的直觉才叫"重返伊甸园"。在这个自己的家园里，电影现象学作为电影的"自我意识"来审视电影将世界现象化的限度和契机，来梳理电影所呈现的"生活世界"与"陌生世界"（胡塞尔指称外在世界的术语）交织碰撞出来的意义。电影和现象学是显现、解读人类意识的利器，电影现象学则是擦亮这个"显

---

① 爱因斯坦于 1918 年 4 月在柏林物理学年会举办的普朗克 60 岁生日庆祝会上的讲话。

② 爱因斯坦首肯过的莱布尼茨的术语。"先定的和谐"说一切"单子"之间，特别是心与物之间，存在着一种预先被先定了的和谐。爱因斯坦认为，"渴望看到这种先定的和谐，是无穷的毅力和耐心的源泉"。出处同注①。

示器"的工艺学和工作哲学。它是对"电影之谜"的文化的、美学的、哲学的解答，而且知道自己就是这种解答。如刘小枫、张志扬所做的那样，当然他们还是在尝试、探索。电影现象学因其哲学品质所决定，它永远是开放性的、无定制无定论的。

电影，精确地说具体的影片是个可以信息叠加的"场"。它貌似是"实体"（与场相对的物理概念），其实是虚拟的实体，是维兰·弗卢塞尔所说的技术性图像：这种图像的本质是概念，属性是翻译（将事件变为情境、以场景取代事件），"影像的时空不是别的，而是魔法的世界，在这个世界里，一切都在重复，而且一切都参与到赋予意义的语境当中"。"影像的意义是魔法性的。""人忘记了生产影像是为了让自己在这个世界上辨明方向。他再也无法破解影像，而是生活在影像的功能中：想象力成了幻觉（halluzination）。"[①] 而所有的概念都是观念，所以说到底，影片这个信息叠加出来的"场"是"意识之场"。用胡塞尔晦涩的术语表示：电影画面是包含着多个对象、多种立义的图像象征的表象，属于"当下化现象学"的研究范围。想象的本质是"内图像"，图像意识的本质是想象的当下化[②]。电影画面是图像客体与精神图像叠加射映而成的"图像主体"——图像主体仅仅在图像客体中被意指，但本身并不在图像之中——图像主体借助于图像客体而被意识到。用中国术语说，图像主体是"立象以尽意"的那个"意"，图

---

① ［巴西］威廉·弗卢塞尔：《摄影的哲学思考》，毛卫东、丁君君译，中国民族摄影艺术出版社，2017，第10—11页。

② 倪梁康：《胡塞尔现象学概念通释》，生活·读书·新知三联书店，1999，第93页。

像客体则是来尽意的那个"象"。图像主体是种想象性的立义，说白了就是只可意会的"意境"。所谓技术性图像的魔术性是由意识的自由变样建构而成的，是心（精神图像）与物（物理图像）、空间与时间两方面相互变义、相互补充的结果。影像本体是种依"场"而有的"场有"——艺术元素的整体。

电影现象学是阐释这样一种虚拟而真实的影像语言的"语用学"，自然当与日新又新的影像语言一起与时俱进。阐释的起点是理解，阐释的效果也是理解，所谓理解是借助一个广阔通融的意义系统来体现、建立起"阐释循环"。说这些意在强调要珍惜、善用今日之高效的科技带来的自由。再高的科技手段也只止于物理图像的制造，图像主体更依赖精神。当然科幻片如神魔小说又当别论。说到底，人类"分泌"出电影来本是为了养育人性的，是供人在"认识你自己"的同时，提高"受用"自身的能力的。无论电影的物理形态怎样发展，它的本质使命是揭示、呈现生命意识，滋养心灵，提高人类自我理解的能力。

电影现象学也正视电影的游戏性，并主张诚实地对待游戏（理解此词义须剔除汉语之游戏的儿戏意味），不能成为游戏的破坏者。根据现象学的理解，电影像任何艺术品一样是在它成为"改变经验者的经验"后才获得它真正的存在。电影游戏并不是创造活动或鉴赏活动的情绪状态，也不是指游戏活动中所实现的某种主体性的自由，而是指电影作为艺术品本身的存在形式。因为游戏的真正主体，并不是游戏者，而是游戏本身。电影游戏把参与者吸引入它的领域中，并使参与者具有了它的精神。电影是极富有向创造物转化能力的游戏。只有通过转化，游戏才赢得了它所理想的品质。譬如，相对于最后的终端显示，原先的编、导、摄、服、化、道都是游戏者，他们的游戏活动显然还不是转化，而只是在"伪装"。所谓"转化"是向"真实事物"的转化——说清这"真实事物本身"是百年现象学运动的根本任务。众所周知，现象学方法的主要原则是"回到事物本身"，"事物本身"（又译为"事物核心"）的概念具有两方面的内涵：一方面是被给予之物、直接之物、直观之物，它是在自身显现中，在感性的具体中被把握的对象；另一方面，它是指所有那些自身被给予之"方式"展示出来的实际问题，不是那些远离实际问题的话语、意见。事物本身的"基质"含义表现在图像意识中，则是上面提到的"图像主体"：胡塞尔将那些在图像表象被展示、被映像的，但本身却不在图像表象中显现的"图像主体"称为"事物本身"。显然，正视电影的游戏本质，反而是坚持了回到事物本身的立场，用中国电影学的术语说，这样会深化电影艺术的现实主义道路。用"热衷于恰当"的布烈松的话说，"真可从其效能和力量上辨认出"。①

影像（画面）的本质是"呈现"，这个呈现是将世界"现象"化了。犹如李白、苏东坡等诗人咏明月的诗句，将那个冰冷冷的星球"现象"化了。它们一旦成了现象就是"自己能够敞开自己的东西"，就可以"自我显现"了。所谓影像本体，兼含了"本"和"体"。"本"是根源，是人性，是"生活世界"的历史性、空间的时间性、生活方式的内在性；"体"是艺术元素的整体性，是形式的

---

① ［法］罗贝尔·布烈松：《电影书写札记》，谭家雄、徐昌明译，生活·读书·新知三联书店，2001，第12页。

功能体系，是形式的空间性。在"呈现"中，本体与意义是合一的，意义是道体的基础。人的心灵对意义的体会导向对真理的理解，即使当真理的呈现已经消失，人的心灵还能透过对意义的体会与意义的创造而从心头呈现真理。这时，语言的意义也就有其真理性了。所谓电影语言应当具有这种"法力"，这种"法力"是对意义空间的一种开拓，从客观的角度来说是意义的发生，从主观的角度来说则是意义的创造，是个"互动缘起"的辩证过程。电影现象学与电影都应该持一种诗意的把握世界的方式——用移情的眼光打量一切，让影像呈现出来的人、物成为"就其自身显示自身者、敞开者"。用哲学老话说，即人心物情的和谐是人的生存之道，一山一河、一花一草、一木一石，均有其内在的生命、灵性和情感，电影应该以天人感应、物我相通、物我相融作为电影之道的最高境界。这固然显得抽象而神秘，对于呈现感性经验的电影来说似乎有些夸张牵强，对于将电影视为娱乐的人来说更是如此，但娱乐是人性的一种表现，随着人性需求的变化，娱乐片的形式也必将变化。《情书》的导演就纳闷，《情书》为什么在中国这样受欢迎？这就是一个信号。

尽管世界是不确定的，但人并不追求不确定，而总是在寻找确定。僵化的确定是死寂，中国儒、释、道三家共同遵奉的经典《易经》及先秦其他典籍所共同体认、表述出来的"中和之道"，无疑具有"中和"这确定和不确定的功用。它是诗意直觉的哲学基础，它依"生活世界"而起念，又一出手就强调对实体直接把握的重要性，是一种具有形而上姿态、形而下能量的本体直觉。这套哲学方法讲求"诚则明""明则诚"："诚"是由本人所体认的本真，

"明"是有直觉、表现能力的状况。电影和现象学都要求恢复这种伟大的思想态度，复活直观、重建真实问题与思想的直接关系，复活电影哲学语言的思想幅度与生命的真切关系。哲学本是思想文化塑造自身生命的艺术，电影现象学作为诗意直觉的哲学应该成为电影的精神支柱。就像精神分析法已融入人们的日常语境中，电影现象学之无偏见、无定质的求真务切之思维方式也终将会融入电影书写、电影评论的语境之中。

在这一层面，我们将更多地借用海德格尔的思想方法。海德格尔有点像心学革命的王阳明，要把一切的本原确立在生命本身，海德格尔说的是存在，王阳明说的是心。海德格尔说"存在被遗忘"了，王阳明说"架空度日"遮蔽了心头的良知。西方实证科学的大语境决定了海德格尔也不例外地要"面向事物本身"，东方美学化的大语境决定了王阳明提出"面向心本身"——看似一个重视"物"、一个重视"心"，其实他们的目的是一样的：抓住本真。海德格尔现象学的"物"是要纠正亚里士多德将形而上学变成物理学的那个"物"，王阳明的"心"也不是个人的主观心情，他们都是为了让本真得以自我显现。

公认的现象学大家舍勒将人类的知识类型划分为三种：一是统治—事功型知识，二是本质—教养型知识，三是获救型知识。他认为，现象学可以提供让一个多年被囚在暗牢中的人走向春光明媚的花园的最初步骤。这囚牢便是我们的环境，这环境的造成，乃是因为我们井底之蛙似的只知求助于机器技术，将眼睛只盯在地上，只注意区区小利，却忘掉了整个宇宙。怎样才能走出囚牢步入花园呢？舍勒的方法可以总结本文的要旨：第一，注重体验，以彻底体验直观经验这一生命的投注方式，直接深入事物本身；第二，注重本质（想起宇宙）；第三，留意先验（生活世界），也就是注目本质之间的根本联系。这种方法是"获救型知识"的方法：从个人自身的拯救开始，从日常生活那种束缚于自我之中的"紧张状态"和"本能的冲突"中解放出来，进而把人的整个精神内核以充满爱的主动行动"投入"或"参与"到"一切存在的源泉"之中去。人是活生生的生命体，人的身体是渗透精神、秉持意味和价值的主体。获救型知识不是一种说明、推论的体系，而是一种唤醒人的存在直觉的活动，一种描述人的存在意义的体验过程。①

电影，说到底是人类通过"心理投影"活动来自我反思、自我拯救的一种文体。它通过展现人类的自我折磨来实现人类的自我拯救，倘无此能力，电影不可能成为现代社会的文化工业。举个粗俗的例子，《泰坦尼克号》显然是商业娱乐片，它为什么具有娱乐功能呢？这是因为那个"救助故事"激发了人们的内心的情感需求，从而在娱乐观众的同时，让观众获得了一种"拯救的意识"。

电影作为向创造物转化的游戏，浑然天成地提示了现象学的"玄机"，而现象学也是刺激、启发电影新理念的最现成的哲学武器。因此，让它们交接、互动起来，对于电影和现象学是互惠、双赢之事：电影有了自己的哲学基础，现象学有了再生性的传播媒介。

电影现象学要做的工作是将哲学感觉回归"生活世界"本身，从而恢复现象学的直接性并建构这种哲学意识对电影的文化构造

---

① 刘小枫选编：《舍勒选集》（上、下卷），上海三联书店，1999。

能力。借助于电影的传播能力,电影现象学将成为在所谓全球化、后现代语境中坚守人文学术之文化精神和自我意识的理性建设"重镇",因为它具有将形而上的理性反思与形而下的意象经营一炉出之的天然优势。电影现象学可以借助现象学的原理、分析技术、阐释能力,来探讨电影的"呈现方式""影像思维""叙述功能"等电影诗意地把握世界的独特方式,来提示电影"呈现意义"的特性与其"意义呈现"的原理。电影是感觉的艺术,现象学是思想的艺术,电影现象学至少可以获得这两个主体间自我陈述的一致性,也许因此能够成为进入电影本体的、新的电影艺术哲学。

第一章
影像本体论

一、从现象之美到影像自由

影像自由的哲学前提是承认"现象之美"。

现象之美的理论能够为影像向无限的领域迈进提供观念上的支持。提倡现象之美是为了向时间形态的生命寻找更多的原动力，使影像这种特殊的"意识的物质"随着日益更迭的新感性而花样翻新。它已经能够表现任何可见的世界了：从太空到海底，从动物到植物，从现实到梦境，只要是人能到达或想到达的地方，便可以用影像截取对象的"时空存在样态"来提取这"样态"潜在的含义——反过来说，不能如此呈现的话就不能呈现出现象之美。

法国电影理论家让·米特里以格式塔心理学为依据，探讨了作为电影基本要素——影像的格式塔质。他认为，电影影像是被再现物的"摄影性再现"。它既具有现实的客观性，又具有艺术家的主观性；它既"是实物通过折光和透镜的作用映在胶片上的自体复现"，又"是一个被结构的现实，一个形式"——"透镜捕捉到的事物受到赋予事物以具体意义的形式化意图的制约。因此，再现体就是一个形式，一个与空间现实不同的有机'整体'，它只是空间现实的影像"。①

所以，影像既是人的思维产品，又是电子机械的产品。人的思维既支配着电子机械，又必须受电子机械属性的制约。影像的价值是一种复合的价值，它既是一种特殊的物质，也是一种特殊的意识。影像并不是一种简单的虚拟现实，而是一种物质的意识、意识的物质。这种特殊的"意识—物质"能以影像的二度空间反映客体的三度空间——在接受者的意识里完成它的三度空间的样态，它的存在是影像化的存在。

人们对影像反映客体表层组织的真实、细腻；反映客体空间结构的完整、有机；反映客体时间的同步、一致；反映客体的色彩、光影的相近、酷似等技能有了高度的认识。这是影像的自由，也是影像带给人的自由。但同时存在着另一面即影像自身属性的"任性的自由"，如受光学镜头的限制导致的影像的变形和短视；由于景别的限制造成体积相对于人眼观察的变异；还有胶片性能带来的色彩的偏差等。人们刻意地利用这些特性形成夸张的戏剧性效果是一回事，而这些"因素任性"的不由人支配则是另一回事。

影像是人制造出来的，但它一旦被制造出来就具有了独立存在于世的价值和功能。后来的人们可以充分利用前人留下来的

① 李恒基、杨远婴主编：《外国电影理论文选》，上海文艺出版社，1995，第 299—300 页。

影像，让它们表达另外的含义。德国宣扬纳粹精神的纪录片《意志的胜利》被苏联编成一个揭露法西斯罪孽的纪录片《普通法西斯》，是"反着用"的例子。爱森斯坦在美国无法施展才能，于是拿着小说家欧普顿·辛克莱和他的朋友供给的资金到墨西哥去拍摄影片。他在那里住了很久，拍了将近五万米的胶片，寄给了好莱坞。一位名叫索尔·雷塞尔的出资人——以前是贾克·柯根影片的制片人，后来又是系列影片《泰山》的制片人——请一些没有才能的导演，剪辑出一部商业性的影片，名叫《墨西哥风暴》。这部影片含有一些很美的画面，但它和爱森斯坦原来规定的剧本却没有多少关系，并且很多底片没用上。以后人们又从这些底片中剪辑了两部纪录片：一部名叫《悲惨的狂欢节》，另一部名叫《爱森斯坦在墨西哥》。此后又有爱森斯坦的两个门徒从这些底片中剪辑出两部向他们的老师致以不同程度敬意的影片——玛丽·斯迪的《在太阳下》（1939年）和杰·莱达的《爱森斯坦的墨西哥影片——供研究用的几个插曲》（1955年）。1945年以后，余下的底片被一家摄制短片的电影公司买去，他们在一些商业性影片中利用了那些画面。

这些重新编组的事实告诉我们，人的意识乃至无意识是可以编制任何影像的。影像经由不同编组会产生不同的意义。影像是由一些"相对相关的关系"而相互联系起来的"意识的物质"。那些"相对相关的关系"几乎是不以个人意志为转移的"既定力量"。这"相对相关的关系"抽象起来即"绪论"中提到的"天地人神"四维矩阵，每一组具体的影像都是这四维矩阵中的"点"。这个大的四维矩阵的框架是给定的、既定的，但艺术的自由品质是要寻找突破和"分变"(德里达语)的。确立现象之美的理念应该能够启发我们自觉地走向对无意识画面化的探索中,或者说应该自觉地走向无意识画面的自由创造,冲出"人"的牢限,走向"神"的无限。

电影现象学不能成为自我解构主义,而应该是自我建构主义。在所参与的世界观的支配下,它的基本理念是"关系",所谓关系是相对相关性。这种理念认为,真正的实在不是孤立的实体,以"物"为本的物本主义和以"人"为本的人本主义,都是片面的"实体"论,而物我合一、天人互动的状态才是真正的活性实体。电影现象学是这样一种独特的语言学,它强调一切现象都没有固定的结构,强调语义的不确定性,不存在语言与实在、符号和所指、语言与真理的必然联系,决定语言符号的语境是变化不定的,语言的意义也就不确定了,如蒙太奇可以重组任何语义。语言的意义具有多样性,这正是电影艺术的空间。语言游戏有其规则,但没有不变的客观基础。于是,现象之美就成了我们最该关注的现象,因为它是影像自由的表征。而且,我可以大胆预言:我们已经进入了"表征时代"。

是该正视"影像的自由"的时候了。

二、影像的自由本身排除了许多成见

确立现象之美的本体地位,是为了扩大电影艺术的自由度,反正影像世界是个营造现象之美的自由王国,最聪明的选择就是用自由的态度对待它,从而在自由组合的"万花筒"里变换新的花样,这也是重返自然之路。一些不必要的争论实在是白白浪费精神。就连历史上颇有名声的争论也只是关于"地图"的争论,土地本身该怎样变化还是怎样变化，因为他们都只是在画地为牢地划界限，而没有用开放的眼光放开本来开放的影像本身。

比如，大名鼎鼎的阿恩海姆作为电影形象本性论的代表人物之一，他是想要解放影像的，然而却只提出"局部幻想论"，还是以现实为比照的"反映论"，只是承认电影的独特性及电影艺术与现实的差异是合理的而已。现在，以未来世界为题材，用数字技术制作出来的、以超越现实感受为追求的科幻电影很有市场。2019年的电影《流浪地球》一经上映就突破了46亿元票房！而且"局部幻想论"解释了一个三维的、有声有色的和连续的世界是如何被再现在二维的矩形照相平面上的。现在有用"三维再现三维"的3D动画和3D影像，阿恩海姆本想预支五百年新意，没想到过了五十年就转而陈旧了。

与阿恩海姆的电影美学观点恰好相反的巴赞，他为了给电影赢得名门正派的出身而强调"摄影影像本体论"，其核心论点是强调影像与客观现实中的被摄物同一。他的"摄影影像本体论"大胆地标举"现象学"理论，甚至把他心爱的新现实主义称为"现象学现实主义"。他认为："新现实主义首先是一种本体论立场（译者注：指注重表现事物原貌，注重保持事件的现象学的完整性），而后才是美学立场。"[1] 他强调说："摄影与绘画不同，它的独特性在于其本质上的客观性。""外部世界的影像第一次按照严格的决定论（译者注：决定论研究事物之间的必然联系，但否认人的作

---

① ［法］安德烈·巴赞：《电影是什么？》，崔君衍译，中国电影出版社，1987，第333页。

用）自动生成，不用人加以干预，参与创造。摄影师的个性只是在选择拍摄对象、确定拍摄角度和对现象的解释中表现出来……一切艺术都是以人的参与为基础的；唯独在摄影中，我们有了不让人介与的特权。"又言："电影的出现，使摄影的客观性在时间方面更臻完善。""摄影机镜头摆脱了我们对客体的习惯看法和偏见，清除了我的感觉蒙在客体上的精神锈斑，唯有这种冷眼旁观的镜头能够还世界以纯真的原貌，吸引我的注意，从而激起我的眷恋。"①

在这里，巴赞用哲学"本体论""决定论"把摄影的机械特性强调到不适当的程度，既违背了现象学原理又违反了艺术创作实际。强调影像"自动生成"，抹杀人的意识在艺术创作中的作用，是典型的机械唯物论而不是什么现象学。巴赞说摄影师的个性时，自己使用的三个重要动词"选择""确定""解释"，便包含了创作者的主观意识和主观能动作用。而且为什么有优劣之分、真假之别，大师与业余的差别？

巴赞标举现象学理论，意在肯定贴近生活的意大利新现实主义电影，"它只知道从表象，从人与世界的纯表象中，推断出表象包含的意义。它是一种现象学"。他强调指出，新现实主义也就是"现象学的现实主义"。②这种现实主义重在显现"表象"而不做主观"推断"。而巴赞在另外的地方说，从生活现象到艺术思维，是在"推断出表象包含的意义"。现象学不是不要思维，而是要求思维达到绝假存真的高度。

---

① ［法］安德烈·巴赞：《电影是什么？》，崔君衍译，中国电影出版社，1987，第11—14页。

② 同上书，第331—332页。

这些当年振聋发聩的声音已成为历史，而自由的影像还有着无限的样态，可以套用那句老话："理论是灰色的，影像之树常青。"个中道理就因为影像的存在和发展是与人的存在和发展一样都是开放的，随着无限的技术内爆，人类用影像表达自身的能力跨越式发展，提出"现象之美"只是为了接近影像那充满可能的自由品质。

三、影像是一种符号综合体

影像是能将对象"现象化"为一种意义的平面，并作为富有意味的"视域"重新投射回现象世界。影像是一种因接受者不同而使被指涉对象有不同意义的符号综合体。人的眼睛对影像的扫描，建立起了使影像中各个构成元素有意义的关联性，一项元素赋予另一项元素意义，而又从所有其他的元素接收到自身的意义。影像是居于人与现象世界之间的中介物，它将世界译介成人可以触及、可以想象的直观影像。世界变成类似影像的东西：人忘记他制造影像是为了寻找通向世界的道路，而到头来却努力在影像中寻找这道路。人不再解读他自己的影像，而是活在影像的作用中。影像制作者的想象变成了影像接受者的幻觉。电影现象学就是设法找回影像背后的原始意图，企图还原那道银幕以便重新开启通往世界的道路。上文说影像自由不是为了将影像孤立起来，而是为了鼓舞我们寻找这自由的开放性，以及带给人类的"可能世界"。

譬如，影像是电影语言的主体。一般的电影侧重依靠画面的赏心悦目、扣人心弦的场面和动作的质感及现场性来营造影片的视觉冲击力，来满足观众的视听愉悦。《幸福的拉扎罗》具有的宗教式的哲思和雕塑感的失衡画面及其蕴含的美丑对比、崇高与卑微的冲突，突破了传统电影画面的范式，同样体现出一种力量的涌动。中国、印度、巴基斯坦、日本的电影传承了东方美学含蓄、蕴藉、空灵的精神，更讲究韵味和意境美。《刺客聂隐娘》吸收了中国古代绘画美学的精髓，静止、大写意的画面构图，蕴含沉郁之美，揭示了影片的深长意味：一个高手穷极孤寂、高处不胜寒的萧瑟苍凉。《孩子王》的画面如同一幅幅风俗画、山水画，诗意盎然，将自然形态的景象转化为艺术形态的意境。自有声片诞生以来，电影在叙述方式上已经自觉或不自觉地汲取了 20 世纪以来的现象学美学理念：努力用事物的形象显现完成画面与内蕴的表达。

电影艺术不同于其他艺术的本质特征，就在于它是以影像传达创作者对世界的审美感知和审美意义。

四、心理影像与物理影像

从某种意义上说，电影是种本相心理学，所谓"相"者，可以是"本相"，有真实不虚意；又可以是"幻象"，有不实空幻意。观众眼中所见，只是一个世界的幻象；电影结束，影像消失，而观众仍觉历历在目，则是心中所感的本相。电影影像的本体就是心理与物理影像的合一，揭示了心物同一性。

胡塞尔意向性的概念更新了心理影像的观念。在胡塞尔看来，一切意识都是属于某物的意识（与王阳明"意之所着便是物"异曲同工）。一切体验都共同具有这种本质属性，它们可以被称为"意向性的体验"：在这些体验意识到某物的限度内，它和某物就有了意向性的关系。意向性，是意识的本质结构。意识的对象，不管怎样（除了在反思的情况下）原则上是在意识之外：它是超验性的。胡塞尔不厌其烦地重新提出这种区别，其目的在于和某种内在论的错误作斗争，这种内在论想用意识的内容构成世界（如贝克莱的唯心主义）。

影像是一种确实的心理实在。如罗蒂所说："字词使思维成为现象的，而颜色和形态使心象成为现象的，但二者所需的意向意义上都是关于某物的。"[①]电影影像是意识和意识对象的共同体。

电影的影像当然是某种事物的影像。因此，我们必须与某种意识及某种对象的意向关系打交道。也就是说，这影像不再是一个简单的心理内容，胡塞尔把一种形象化的意向和意向"给予活力"的一个"实体"与作为影像的一个事物区别开来。但是，同时从纯粹的"内容"分离出来的影像的对象就像千差万别的某些事物一样，在意识之外依然是神气活现的。

关于影像结构本身，胡塞尔的大致意思是：当影像在变成一种有意的结构时，它便从意识的静止不动的内容状态过渡到与一种超验对象相联系的综合的意识状态。实际上，如果影像只是作为具有指向其对象的意识的某种形式的一个名称的话，那么就没有什么能阻止使物质的影像（绘画、电影画面、照片）接近于表示心理的影像。如果影像成为有意激发一种实体内容的某种形式，那么人们将能够竭尽全力把作为影像的一幅图画的获得和对一种"心理"内容的有意的感知等同起来。一切都取决于在意识的最深

---

① ［美］理查·罗蒂：《哲学和自然之镜》，李幼蒸译，生活·读书·新知三联书店，1987，第 19 页。

层结构中产生的一种形式。

一切都是构造出来的。影像，是精神生活的主要因素，是人的主要构造能力之所在。心灵是影像的"珊瑚骨"，是意识中影像的联结。用物理学的比喻，可把影像比拟为一些摆动，当外力使摆锤离开其平衡位置时，后续的摆动还会持续绵延。思维，每时每刻都在组织影像并超越影像。思维的能动性只是在一种抽象的努力之后才显现出来，抽象与影像的关系是相互生发、相互为用的。譬如：理智是运用类比的思维功能；情感是运用凝聚，将各种有意识的情态相结合；无意识是运用"转移"，将一些原本没有任何关系的影像化了的元素互相接近凝聚成一个新的总体。

电影是将心灵中的影像变成画面影像，将潜在的影像变成现实的影像。电影存在着一种可以被称为"记忆"的功能，这种功能在它所收集的影像之间进行一些比较、一些综合，而且正是由于这种功能，才把其主体从周围的其他影像中区别开来。影像一旦被感知，就会在记忆中固定下来。记忆和知觉是同时形成的。

电影的基本工作是唤起记忆，将过去的影像（科幻的、未来的影像也是人对已知世界的演绎）变成现在。记忆是潜在的，为了变成现在，它需要寓于一个有形体的形态之中，从记忆的深处被召唤出来，发展成为寓于一种动力模式中的"记忆—影像"，这时它就变成一种活跃的现实，即一个影像。在这个意义上，影像是一个现在的状态，它只有通过它所输出的记忆才能分有它的过去。一切影像不管是视觉的还是听觉的，都伴随着运动的草图、创造力模式的草图。积极的影像会表现为一种现在的创造。

知觉并不是一个表象，而是一个动力模式，这个动力模式力图组成依附于知觉的影像。影像，就其本身来说，并不具有彼此相互吸引的神秘力量，它们的联系来自它们所依附的知觉活动。每个知觉都从影像那儿获得反作用，这些反作用引起它们在此前就已被调和的另一些反作用，如此循环推动，形成人们的精神活动。思维总是通过一些中间的环节，影像重复了知觉，就像它的影子似的，同样知觉综合地包含了一大堆影像。影像之间的联系纯粹是联想的：做梦是这样，被称为"梦幻工厂"的电影也是这样。

理解、回忆和发明总是先形成一种模式，然后才从模式演化为影像，用影像充满模式，并可能在其实现的过程中导致模式的改变。当然，有时候模式也能改变影像的内部结构。除了联想的机理外，还有精神努力的机理——精神具有综合性和连续性的能力。思维世界无法从影像的世界分割出去，若强行分割必然会损失大量的能量。在模式和影像之间具有引力和斥力。"建模"是导演的工作。影像是在具体直觉的简单性和说明它的复杂性之间的媒介——这个媒介具有双重性：在还能让人看得见的这一点上，它差不多是物质的，而在不再让人摸得着的这一点上，它差不多是意识的。

这种论述性的描述其实是"无花果"，用一句经验性的话结束：伊朗导演阿巴斯说，拍电影就是将心理影像变成物理影像的过程。

五、关于上述问题的哲学补充

胡塞尔在许多生前未刊的手稿中早就提出警告："科学的贫困"造成世界观的泛滥，主观主义很快演变出各种款式的虚无主义。他晚年的总结性著作《欧洲科学的危机与超越论的现象学》

明确提出对现代科学的指控：第一，科学已经堕落为实证主义，从而抛弃了高尚的哲学思考和伦理目标，只关心事实、数据、操作和应用，这导致它背离使命，沦为伪科学或"真科学的残余"；第二，科学只回答关于事实的问题，无意面对价值规范，因此它将失掉对人类生活的总体把握，恰因它取消精神探索，断绝与心灵的联系，而变成一种"被砍掉脑袋的科学"，而这种没头脑的科学将威胁社会、加害人类，终将酿成"世界大战"。科学这种所谓的理性反而成了非理性的温床，因此胡塞尔试图重建统一的哲学以护卫人性。他的早期名著《逻辑研究》两卷本，将心理研究与逻辑方法结合起来，建立起"关于纯粹意识的科学"——现象学。胡塞尔认为，现象学既然以意识研究为目标，它就不只是一门联系诸学科的科学，也是一种"特殊的方法与哲学思维态度"。

什么叫作"意识"？当时的实验心理学学派认为，人的意识是一种通过感官来收集印象的"容器"，其内容与外界事物呈现机械反应关系。遵照洛克的经验主义传统，他们把心理活动当作物理现象，企图归纳出某种机械操作规律。这是胡塞尔首先对治的问题。他说如此冷酷地操作简直是用乱刀切割人心，这种方式对万学之尊的哲学之分裂瓦解负有直接责任。在哲学家布伦塔的指导下，他决心探询意识的真理到底藏在何处。他相信圣·奥古斯汀的名言："无须寻找，真理就在你的心中。"但他要将真理变成严密的逻辑科学。

胡塞尔解决前述两元分裂的方案，就是将意识重新定义为"心物统一体"：它既非物理学的实在，也非单纯心理学现象，而是一种先验本质，它拥有一套独特的心物关联构造，是一个独立存在的、心物交流密不可分的完整结构。为了克服主客观双重偏见，他弥合心物分裂，充分展示意识活动的丰富性，告别静态的描述方法，引入逻辑规则与复合构成观念，细致分解意识行为的各种类型与内容，如表象与判断、命名与陈述、感知与想象、反思与统觉等，其中最有创见也与电影直接相关的是其"意向—对象平行律"理论。胡塞尔在《纯粹现象学通论》（李幼蒸译，商务印书馆，1995）第三、四章集中探讨了这个问题，无奈他的论证晦涩难明，冗长且难以引证。

他的描述是可以启发我们理解电影影像的构成及其含义之生成的。影像的叙述功能、表意功能在于通过景别的变化交代时空、渲染情绪、表现节奏、刻画人物心理等。电影影像具有客观真实性的同时渗透着创作者的审美趣味、艺术态度和对生命本质的主观把握，是客观对象的真实与主观意味的多义统一。依据对现象呈现过程中形似与神似的不同追求，电影有写实派和意象派之分。写实派审美画面的创作追求原生态的真，采用相应的方位与镜头，使构图与境界基本同构同质。意象派将立体派、抽象派绘画风格融入电影画面的构图，淡化了对象的具象写真性，变为抽象写意性，追求图案型的简洁和间距效应。电影艺术的关键，在于如何用直观的具体画面表现出某种抽象的主观心理和情绪。罗兰·巴尔特在《符号学原理》一书中指出，电影有三个层次的意指：一是直接意指，目的是建立叙事层面；二是含蓄意指，目的是建立意识形态层面；三是韵味意指，目的是建立审美层面。

法国导演阿贝尔·冈斯说得好："构成影片的不是画面，而是画面的灵魂。"

六、电影：将自在之物化为为我之物

从大的范围来说，电影是科学与人文直接结合的具有工艺要求的艺术，诗人（代表其他文类的作家）只依靠自己，独立而孤独地工作，电影却是集体共同作业的艺术生产。除了制片人、导演、剧作家、摄影师、布景师等各项工作的技术家"共同制作"外，导演在思维方式上（即使他在技巧上相当成熟）也要依靠文学功底和思想功力，他的镜头感觉、处理故事的情绪，直接依赖于他的人生哲学、思维空间。同时，电影与以往文学样式在制作上的区别更在于它是一种经营体制的制作。早就有人说："电影是一项企业。"张艺谋曾无奈地说，电影行当三分之一受经济规律的左右，三分之一受政治规律的左右，只有三分之一的空间留给艺术规律。"电影工业"是一种商业模式这一事实，对电影本身来说是个沉重的压力。但这个压力与电影的艺术规律还有一个契合点，即人们要求电影"好看"。而且电影运营的体制越来越多元化，电影的特性在将近一个世纪的运营中，不但没有被削弱，反而越来越深化、强化、花样翻新。从哲学的角度来说，这个问题便不再成为问题。

从更大的范围来说，电影总体水平的提高是一个人类自身表现力的开发问题。电影是"可见的人类"，它主要通过人类的身体语言来表现其深隐的情绪，进而开发、增长人类对自身的理解能力。电影重新唤起人们"看的精神"——"纯粹通过视觉来体验事件、性格、感情、情绪，甚至思想"，使"人又重新变得可见了"[1]。

---

[1] ［匈］巴拉兹·贝拉：《电影美学》，何力译，中国电影出版社，2003，第 29 页。

电影曾经在文化领域开辟了人类新的表达方向，它还会继续运用直接表达肉体内部的心灵这种语言工具，来增进人类冲破语言文字束缚的能力。

电影这个"梦幻工厂"（爱伦堡语），或用法国作家、诗人奥地贝尔的说法，电影这个"长以公里计的、滚滚而流的视觉鸦片河"，是怎样将自在之物变成为我之物的？首先，作为一种"视觉文化"，电影画面既是事物的单义再现，也同时多少是有象征性的；电影画面从不表现"房子"和"树木"，而是表现"这一座房子"和"这一棵树"。"作者"的这一个就不再是"自在的"房子和树木了，它成了作者意向化的"现象"。其次，电影画面永远是"现状"，无论是一个影片中的"闪回"还是一部表现远古时代的影片，它呈现在观众面前的始终是现在时的。即使是虚幻的梦，一经出现在电影画面上，就是现在发生的事。最后，这一切又都是艺术形象，是"作者"（导演）经过选择、综合之后用以表示他观察世界结果的"现象之美"，是"作者"根据自己的感性和理性的表现意图再安排过的。

宽泛地说，电影是跨学科的现象学，是集工艺美学、心理学、原始的哲学直观于一身的、心物一体化的、使科学与人文成为具象的现象学。

七、幻象仿真、互文本性及使世界视觉化

当代社会，科学技术的高度发达引发了传媒手段的革命，传媒手段的发达造成了各种信息符号的超量增殖。以高科技传媒手段为支撑的信息交流在很大程度上代替了过去面对面的表征交

流，尤其是计算机技术带来了一种可名之曰"仿真文化"的文化，它成了当今占主流的文化网络。它将以"无主语"的便利代替"作者论"的电影和电视剧，大量制造"没有本源、没有根基、没有所指"的幻象，所有语言符号的世界（包括文字和图像）都成了"幻象的世界"，意象符号可以无本无源地增殖。

据法国思想家让·鲍德里亚说，这是因为面对面的表征交流本身包含了走向仿真的内在结构：一个符号可以指向一个深层的意义，一个符号可以与意义进行交换，而且这一交换过去是得到"上帝"的保证的，当"上帝"也可以被模仿——变成构成信念的符号时，整个语言系统就变得无足轻重了，就变成了什么也不是，而只是庞大的幻象了。它已谈不上真不真实，因为它永远不再与"真实"发生交换，它只与自身进行交换，在一个没有所指、没有边缘、没有遮拦的循环体系中与它自身进行交换。极端形式主义的电影是这种现象的缩影和"前站"。

把符号等同于真实，叫作"表征"。尽管这种等同本身是乌托邦式的——因为符号无论如何也不能等同于实在，但这一作为认识假设前提的等同，还勉强能够成为"表征"之意义交换的基本支撑，仍具有一个符号与现实的对应指代关系（也就是所谓表征）。但在使用这一指代系统的过程中，久而久之，现实不见了，它变成了符号的形式，即可以被称为"意象"的第二系统。而且符号可以使我们遗忘"事实不在场"的这一事实，我们完全以符号为中介进行思维。现在，许多人过着"互联网生活"，其文化交流陷入了纯符号置换。维特根斯坦早就警告人们不要只面对符号之网，要面对事实及事实的"原子"。但现实世界的人们还是由符号引出新的符号，新的符号再引出新的符号，于是"是地图给了我们领土的概念"，是广告给了我们商品的概念。我们置身于无所不在的幻象（当然包括影像）之中。起初只是电影把我们带入相对封闭的幻象世界，现在是互联网把我们带入全面的幻象世界，而且电脑特技使电影可以更加随心所欲了。所有仿真文化的"原动力"和再生产动力都是"消费"，消费神话已取代了"自由竞争"神话。让·鲍德里亚认为，现代社会的消费是一种"能动的关系结构"，其对象不仅是被消费的物品，并且是针对消费者周围集体和周围世界的意义。所谓"竞争"，归根结底是要获得别人不曾获得的物品。而消费的物品的"意义"在于它是社会行为和社会群体的一种代码和标志，说白了，消费就是要体现出身份，而身份是集体性神话投射的图式。现在没有了别的"大事业情结"，什么宗教化的主义再难形成普遍有效的心理垄断，人们只有在消费中达到个性的实现了，尽管这种个性的实现其实是对别人行为的模仿，这种心理满足其实只是在迎合那种心理垄断。现代社会的文化心理结构就是这样编织而成的。消费把社会重新分类，让消费者在得到自以为是的"自由"和自我实现感的同时，对消费者的心理进行了重构。

我们可以把这个幻象仿真文化的特征概括成广告化。在广告文化的海洋中，电影反而成了纯艺术。这与电影诞生之初，人们认为它够不上纯艺术，不如绘画、戏剧高贵的看法构成了真正滑稽的对比，真是风水轮流转。电影与这个大的幻象文化的关系是一种"互文本性"和"互文体性"的关系。而且，电影以其呈现存在、研究人性的直观性，在诸文体中具有无与伦比的优越性，应该成为"拯救人类理性和感性"的"桥头堡"。

互文本性是法国后结构主义学家茱莉娅·克里斯蒂娃的符号学观点。她在《小说文本》中说："我们将文本确定为一种超语言学的机器。它为一种以直接信息为目的的交际活动与先在的或共时的言谈建立关系，依此重新分布语言秩序。"在她看来，文本作为"意指实践"是一种生产力，即文本生产者与读者相遇并发生冲突从而生产文本的"舞台"。文本总是像机器那样不停地生产——操纵语言。生产一篇文本，实际上取决于一种文本与其他文本的关联性。所谓"互文本性"就是指这种文本间互为文本的特性，也就是说，任何文本都是由它以前的文本的"遗迹"或记忆形成的，放宽一点说，同一文化语境中的文本总有类似关系，如同维特根斯坦的"家族相似"，每个文本都是对其他文本的吸收和转化，不可以理解为中国俗语之"天下文章一大抄"。它不是书商们常做的那样摘抄、剪贴或仿效，而是说每个新的文本都从与它自身不可分割的更大的社会历史文本"抽出"，是先前文化的文本和周围文化的文本的一个新的"引文织体"。把文本与文本联系起来的焦点，使它们"互"起来的是这样两个相联系的东西："欲望"和"历史"。书写主体貌似在自由地书写，但主体的欲望在把主体与能指联结在一起，它通过能指获得一个目标，例如个体以外的价值、自在的空虚、他者等。"书写"（电影或文学）正是一种把能指的欲望陈述转化为历史性之客观法则的自发运动。主体的欲望在能指网络中穿行，使那沉睡在先前和周围文本中的历史记忆被唤醒，向着主体的位置这一光点聚集，这就形成新文本与其他文本的汇合场面，即"互文本性"。

互文本性意味着电影的文本与历史的、政治的、文化的、经济的文本上的相关性，每一部电影与它前面的、周边的电影也构成这样一种互文本性，大量的"重写"现象是这种互文本性存在的证明。有大量可见的承启和模仿的路径，还有不可见却事实上存在的"播撒"路径。或者可以直接说，电影这种新文体的出现，就是互文本性生产出来的。电影这种文体，吸收、转化了其他文本的结果，如外在形式上的绘画、摄影，内在形式上的小说、戏剧，以及支配导演的文学思维。就说距离叙述性、可视性较远的"诗"，似乎不太容易被电影作品吸收、转化，但是它变成了"滋味"，变成了显示艺术品质的"汁"。"诗"这位 20 世纪之前一直雄霸文坛的王者，现在被通俗文本的电影、电视剧和通俗小说逼成了"孤岛"，几乎快要沉沦。但这位王者形成的审美和艺术规范已潜入历史记忆，并以"诗意"的面目获得再生。尼采是领悟到诗变为诗意这一历史趋势的第一位现代人。他的哲学因灌注了浓郁的诗意而元气淋漓，这种元气震撼人心。他的诗体化写作也改变了哲学文体的面貌，他甚至呼吁以"诗意"使世界获得新生。尼采同时期及后期出现了一批让人眼亮的同道：王尔德、狄尔泰、柏格森、弗洛伊德、海德格尔、本雅明、卡西尔、伽达默尔等。他们的"异口同声"本身就体现了互文本性的"规律"，丹纳的《艺术哲学》称这种现象为"和音"，尤其是海德格尔标举的"诗意""诗意的栖居"和本雅明的"灵韵"已经成了强势话语。电影、电视剧、绘画、戏剧、音乐、建筑等文本，都在有意、无意地运用着"诗意"的规范和标尺。诗作为一个孤立的文本可能消沉了，但它已经以诗意的姿态化入了电影文体。例如，电影史上"诗电影"及追求电影意境的各种努力。电影作为这样一种互文本性的产物，它创新的生机也将在互文本的结合之中产生。这也算是"互文体性"吧。

后现代社会的知识状况还有另一重大欲求，即阿恩海姆说的"使世界视觉化"[①]。他还说艺术的目的在于"使事物性质表现为可感知的"。[②] 电影是最能使世界视觉化的"形式"，也是最能使事物性质表现为"可感知的"的艺术。它在"互文本性"的世界中有自己的独特优势，就是在雅文化的圈子里俗，在俗文化的圈子里雅，以其俗获得大众传播的优势，以其雅获得在俗文化圈中领潮、领航的艺术领班作用。它最能打破"纯艺术"与"实用艺术"之间的利害界限，这吻合着一个后现代的梦想，即阿恩海姆提议的"纯艺术走向实用性的总体运动"，也大约相当于海德格尔提出的把世界工艺化的美学构想。

阿恩海姆像海德格尔那样假定，在原始时代，一切"形体"都是"形式"，可视的、美的形式；但到了现代，那原初可见的美的形式却变得隐晦、模糊、幽暗，人类不得不面对可视世界与不可视世界之间的裂痕。艺术的使命便是使世界再度"视觉化"，具体的途径就是使纯艺术所追求的"形式"与实用艺术所把持的"形体"复归于古希腊时代那种二者原初同一的诗意境界，从而使人类所生存于其中的世界都呈现为可视的美的形式。作为视觉思维"重镇"的电影还将为开发人类的视觉思维作出巨大贡献，它具有得天独厚的优势，关键在于电影创作者们要想办法这样定位，把"坛子"

---

① ［美］鲁道夫·阿恩海姆：《走向艺术心理学》，丁宁、陶东风、周小仪、张海明译，黄河文艺出版社，1990，第381—390页。

② 同上书，第345—361页。

放在山巅，而不是放在山下。尽管今天没有必要再像阿信尔·冈斯那样高呼"画面的时代来到了"，但我们应当深入地发掘电影带给了人类哪些新感觉，如将凡人变成"观音"——能用眼睛看见声音，能从视听语言中寻找激情的灵魂，等等。

尤为有意思的是来自西方的声音，譬如美国的高级现象学学会主席 A.T. 蒂米尼卡在一篇题为《面对时代挑战的中国哲学和西方哲学的对话：关于人和人类条件的跨学科现象学》①的论文中，指出了"后"胡塞尔的一种可耻现象：在胡塞尔现象学所培养的各种哲学的进一步发展中，胡塞尔的关键假定——对直接的直观或对"事物的核心"（胡塞尔语"事物自身"）的直观理解已从人们的视野中消失了。失去了这种直观，向"人类原始直观"的恢复被"推迟"了，代之而来的是人们更注重揭示和系统阐释生活世界之作用和人之作用的中间步骤。胡塞尔所关心的，对事物本质的直接直观性的理解，作为能够通过文化在其中显示自己的意义沉淀以达到原初洞察力的东西，已经分化为语义学、结构主义和后结构主义、解释学及符号学等。近来流行的倾向是，要把人们对哲学正确目标的注意力引向这些目标的中间手段，这种倾向代替了现象学那种旨在就"物体自身性质"分析"客体"的最直接直观的分析。现象学的方法被分解为一种极其巧妙的、使思想堕落的、哲学上空洞的"咬文嚼字"。

要想改变这种现象，运用电影应该成为一个可行的文化战略，因为电影具有原始的直观性、直接的存在性……个中的道理

---

① 载于《中国哲学》1986 年第 13 期。

自然后面会成为"主题"之一。有趣的是这位"洋学者"看好中国哲学，他认为与西方哲学变得扑朔迷离、失去统一性形成鲜明对比的中国哲学，"很多世纪以来一直保持着其本来的意义，未被损害。各种观念和方法、思想体系彼此成功地涉及关于人的重大问题，虽然反映在这种或那种类型的时间关键情境中，但整体性的本质直到现在还在中国哲学中保留着。另一个与西方哲学明显不同的是，中国文化还没有经历过科学技术带来的深刻的偏离的影响"。这便于将价值观放到原始直观的阿基米德点上，从而能够赋予人的全部生命活动以生命的充分意义。哲学与文化不同，哲学是"文化的智者"，"它是用所有新的旧的材料纺成的线，这种材料是人们个人生活和社会生活消化过的东西，并作为文化连续性（人们从一种生活方式向另一种转变时生活意义的连续性）最内在的指导者发挥着作用。人类条件和对'事物核心'的直观洞察，即对活着的人与形成其存在的自然和社会力量原初联系的直观洞察，只要人继续持有'人性'，总是不变的。而这些直观必要的形式是在文化变革过程中趋于成熟的。正是依靠对时代需要作出新反应，哲学直观获得了人类生活的意义"。他满怀深情地呼吁："中西方哲学两方面都要塑造这些新形式，都要找到并重新阐发（找到或重新阐发）整个人类讨论的阿基米德式的一致点，把它作为生命、自然和人类存在的原始一致性的关键。"

现象学研究在西方已经是个无所不包的框架。人们接受了胡塞尔的激进主义作为新的起点，将他的"理智我思"变成了创造性的活动，其直接的直观和直观产生的"普遍给予性"之信念得到了忠诚的强化。人的创造性活动要把有生命的存在建成"有人性的"

存在——这最好的载体非电影莫属了。在电影的王国里，人回到了学科分化之前那种能够产生原始直观的人类条件的综合状态。在这个王国里，所有人都享有直观能力，也就是都进入了现象学语境，这该是胡塞尔吁请人人都应该进入的状态。

中国人得天时、地利、人和之便，中国哲学从来就具有这种伟大的直观：天人合一、直指本心，而且从来就有自发性、创造性、自然性和道德意识，代代人的直观都是新的"格物"方法。它一直追求的就是自我个体化的建设性进步，具体地说，诸如创造性想象、美的感受、道德考虑和对象化的才智，其宗旨是人应该创造出无限多样化的生活道路，每一种道路在其内在重要性的基础上为人类生活引进它的合理性。这些合理性在人的创造性活动的综合之中全都交织在一起，是共生的。

电影为满足娱乐已经工作百年了，也为意识形态工作了若干年头，是该为"将世界还给人本身"的原始直观而工作了。这当然是为了恢复"智慧"，而非让更多人有理由成为"摩登原始人"。遗憾的是，欲望永远比智慧大，因而我们不得不探讨影像表达欲望的问题。

八、影像作为欲望的介体与象征

因为没有未被电影表现过的欲望，所以任何举例式的论证都与之不相称，我们只能抽象地运用现象学的结构眼光来做一番描述。天下的欲望及其投射方式，自从有了文化，尤其是可称为"虚伪之法典"的狭义文明之后，欲望中介的理念化形式便成了横亘在欲望主体与客体之间的内心图式，一种理性包装的欲望变体。

在人间的"故事"中，横亘在主体与客体之间、之上的介体，既关涉主体又关涉客体，这三者之间自然形成一个三角形，介体、客体、主体的具体内容因故事的不同而不同，但三角形却始终如一。在主体与客体之间的介体反而成了支配主体的"主角"，因为所有的人都生活在"为了……"这个介词结构当中。为名、为利、为爱情、为革命、为祖国……在表达这些人性、人生的基本问题上，电影比其他文体更显明而立体、更抽象而具体，揭示欲望的三角形关系更直接而刺激，介体的支配作用更"昭然若揭"，因为这个介体是活动的、肉身化的，所以这个介体一旦成了主宰，便极易成为多数人的欲望表达式。好莱坞的明星制、影迷们的偶像也是缘此道理而成为社会现实的。电影充当这种欲望中介的最佳载体，几乎是历史的选择，除了它的艺术表达能力，还因为它具有空前的传播功能。而且伴随电影技术的进化和欲望的内化，电影也成了欲望中介的"大牌明星"。电影当红了半个多世纪，电视剧、网络剧、电视综艺等作为其模仿者"包抄跟进"几乎要取而代之。电影中各种人物的动机只有归结为一个多数人能有反应的介体，才能获得轰动效应。所有关于电影主题的锤炼、开掘都是在寻找一个正好能搔着当下痒处的话题——介体。

任何欲望成为介体都伴随着人类的虚荣（在正面人物上则是荣誉），有些人反对一般的虚荣却被特殊的虚荣模式扩大再生产起来。不管介体的欲望是现实的还是假设的，它都使得客体在主体眼里身价倍增。介体的存在造成了胜过欲望本身的欲望本体，于是有了正派人对电影渲染性与暴力的指责，也有了"毛片"制造商借此牟取暴利。许多影迷对偶像明星的迷恋其实是种嫉妒的羡慕。据研究，嫉妒是好他者之所好，是种模仿他者的欲望，并且这种模仿的欲望还成了不可抑制的恶癖。羡慕则是与获得某物的努力相对立的无能感，嫉妒则将这种无能感想象为蓄谋的对立。现代竞争社会只会强化中介的作用，提高介体的声望，从而促成无法接近的客体越发"镜像化"，在一个人与人的差别逐渐消失的世界里，欲望中介正得其所哉。网络技术只会扩张人生的虚浮之感，从而为电影这口大锅添柴续水而已。

电影艺术说到底还是"苦闷的象征"。现代人尽管没有什么形而上的痛苦，但他们有愿望和压抑，所以"愿望与压抑"成为当代发达国家电影的基本主题。探讨这一问题，也成了许多电影人开发或跟进的基本策略，像"梦幻工厂"批量生产潜意识的图像，还有满足各种类型欲望的大胆尝试。面对人类那绵延的欲望，刺激而不是解释成了发达国家尤其是美国好莱坞的制作理念。在没有了别的意识形态动力之后，电影制作者就把"现代人道"看作一种形而上学，一种隐蔽的、无力认识自身性质的形而上学，用来指导电影生产。

相当有才华的电影人也只能在欲望的洪流中来探索人类的灵魂。费里尼也不得不转而来冲击大众。他的《爱情神话》首映在一场摇滚乐演唱会之后，几乎有万名嬉皮士喧嚷而来，为每一幕鼓掌。片子在骚乱、酒精中无休止地播放下去，银幕好似活生生地反映了当时厅中的一切，银幕内外浑然一体。在这种不可思议的氛围中，《爱情神话》竟然神秘地、难以理喻地找到了它的自然位置。故事中的秘密顿然破解，与"飘乎乎"的观众了无隔阂地契合在一起了。正如人与人之间往往是以弱点相联系一样，在这场首映中，它与他们是因"不良文化倾向"而"焊接"成一体的。

影像是欲望的象征。弗洛伊德认为，人的"原欲"得不到满足而永在"焦虑"之中，自我注定了生存于焦虑的"深渊"，人类解放的出路在于"逃避深渊"——由于现实本身就是焦虑的渊薮，逃避之路只能在于通过"升华"来忘却性的目标，而转向其他较高尚的社会目标——这本可以成为"教化电影"的理论基础，让观众在获得补偿性满足的同时转移了生命力的方向。在弗洛伊德的理论体系中，升华是人类逃避原欲深渊的"绝对中介"，因而原欲的升华是人类文明的本体、艺术的本体。电影这种现代文明的巨大载体应从原欲升华这种根本"现象"中获得深入的解释。但弗洛伊德认为这种升华是迫不得已的，是消极、虚假的，因为它以牺牲原欲而迁就文明性道德（超我）为代价。它不是在释放、解放人的本能，而是在压抑、扼杀它。在弗洛伊德看来，升华意味着人对原欲的逃避或虚假的满足，意味着一种非人性的生成，升华的意义也就等于无意义。这与孔夫子的理路正相反，孔夫子认为本能的东西是动物性的，升华出来的教养（超我）才是在建设人性。弗洛伊德是西方式的悲观论者，孔夫子是东方乐观主义的优秀阐释者。在这一点上，马克思更容易与孔夫子说到一处去。

电影作为描写人类灵魂的一种方式，而且是最直观、具体、肉身化的方式，是探讨人性的实验场。电影要描写的是由无数磨人、不断改变的迷宫组成的人生。人就像行走在记忆、梦境、感情的迷宫中，而日常生活也是一个记忆、幻想、感情、过去与现在种种维度不断交叠、纠缠的迷宫。在迷宫中，亘古的乡愁和预感混合在一起，人和世界的关系是个迷宫：出口很多，入口却只有一个。电影，在面对人生奥秘时应该表现出知性的谦卑。它的思想不宜以教义的方式出现，而是应该引领我们走向一条更自觉、开阔的人生之路，也让我们更坦然地面对自我神秘、自我挫折等，从而能够使人在创造性幻觉的境界中寻找到自我，能够滋养人的心灵。电影应在让我们幻想、做梦的过程中，步步移出灵魂幽暗的迷宫，去体会灵魂的存在。

以肉身化的直观体现为形式的电影是表达白日梦的最好文本，几乎是可以与梦一体化的。1934年的《美女》就直接将欲望与梦境连成了一体，当然也写出了这种"从形象中得到解救"的虚假与脆弱。欲望最好的载体是"梦"，梦的最佳表达中介是影像。在梦中我们可以无限地表达自己，许多电影都是在重构梦境，企图以梦本身谜一般的透明度来组合出电影画面。其实梦对于我们的心智而言只是飘忽难解的异形。许多世界级的大导演，如费里尼就认为，我们的工作就是消除梦境与想象之间的界限，去创造一切，让幻象成为具象，保持某种距离，将它视为未知，去好好探索它。

如果说梦想侧重"迎合"欲望，回忆则是侧重"整合"欲望。回忆是一种综合能力。马尔库塞在《反革命和造反》中说，作为审美升华的回忆"并不是对未有过的黄金般的过去、对天真纯洁、对原始人等待的回忆。回忆作为一种认识能力，主要是综合；它把被歪曲了的人类和自然的碎片组合在一起。这一被回忆的材料被组合为幻想的王国"。后来在《审美之维》中，他把回忆定义为对过去的爱欲、自然之美的升华的召唤，对乌托邦的重新创造："真正的乌托邦植根于对过去的记取中。……追忆又激起了征服苦难和追求快乐的冲动"。"也许，有朝一日艺术不再可能这样做，然而假使甚至连艺术的这种追忆都被牵制，那么'艺术的终结'就真的来到了，无论是取材于或者反对取材于奥斯威辛，真正的艺术都保留这种记忆，这种追忆是艺术经常由之生长的根基，艺术就生长于这种追忆。"[①]历史题材的影片、忆语体的影片、个人传记性的影片都在建构着一种伦理的力量。苏联在20世纪40年代、50年代初，几乎什么片子都不能拍时，还可以拍摄《钢铁是怎样炼成的》(1942年)、《她在保卫祖国》(1943年)、《乡村女教师》(1947年)等传记片，因为这些片子的伦理力量可以包容创作者的良心、艺术追求及与政治的同一性。

回忆出来的美学境界是一个感性的伦理王国——"新感性"。马尔库塞有时又称这种新感性为新道德、新意识、新感觉。新感性是相对于旧感性而言的，旧感性是一种受理性抑制的感性，是一种丧失自由的感性；而新感性则从理性的压抑中获得了解放，从而与理性建立起了一种新关系，即一种自由的关系。具体来说，这种新感性表明生活本能克服了攻击性和犯罪感。攻击性使他人不自由，犯罪感使自己不自由，因而这种新感性通过对攻击性和犯罪感的克服，克服了一切的不自由。其实所有的犯罪片和伦理剧都应该以此为制作目标。一般的片子也是让观众获得一种回忆性的共鸣。

片中人物的感觉也是这样。电影《战争与和平》表现安德烈

---

① [美] 马尔库塞：《审美之维》，李小兵译，生活·读书·新知三联书店，1989，第245、357页。

在受伤以后一人孤零零地躺在旷野里，他这时才看清了、看懂了平平常常的不晴朗的天空，还有天上那慢慢飘游着的灰色云朵，因为此时他进入一种回忆式的状态。回忆，尤其是对早期经验的回忆是许多作家的创作动力。极而言之则有柏拉图所谓的，所有的文化行为都是对"绝对理念"的回忆。人类对于早期经验的回忆，在西方有文艺复兴，在中国则有历代"圣经圣传"对上古三代的永恒回忆，最经典的表述则是马克思在《〈黑格尔法哲学批判〉导言》中说的：希腊艺术作品之所以仍能给我们以审美享受，是因为它们使人们忆起得到了最美好发展的人类社会的童年时代，而这种童年时代连同它纯朴自然的真实及永久的魅力和天真，在人类历史上都一去不复返了。当然，回忆在复现过去的美的同时也复现了丑，也正由于这种二重性，艺术秉有否定和肯定的双重力量。几乎所有的文学艺术都在"追忆似水年华"。据利奥塔在《非人》中说："所谓重写现代性其实就是回忆，找出苦恼、困扰的'理由'和'原因'，寻找那在现代性之初就已为我们准备好的命运，从而有助于改变能够改变世界的男男女女的意识和内驱力。"

小结

电影是个布满极度敏感又丰富的末梢神经的"感官王国"。电影现象学不能也不该成为学术官僚体制中的"博物馆学"，它应该更倾向活生生的艺术学，应当与电影一道冲击被传统习惯和文化势力所禁锢和封闭得有些麻痹的人类感官。电影，在编导那里是现在完成时；在普通观众那里是现在进行时；在电影现象学这里永远属于将来完成时。在一个私人电影时代即将到来的趋势下，电影现象学不再是讲坛和布道的场所。我们认为电影作为向创造物转化的游戏，浑然天成地揭示了现象学的"玄机"，而现象学也是刺激、启发电影新理念最现成的哲学武器。因此，让它们交接、互动起来，对于电影和现象学是互惠、双赢之事：电影有了自己的哲学基础，现象学有了再生性的传播媒介。就像物质告诉时空是可以改变的，时空告诉物质是可以移动的。

第二章
电影艺术直觉论

直觉是天赋的生命能力。艺术是直觉的符号化。直觉是等同确认的能力。

笼统地说，中国古代人更多的是与自然为一的，极易在对象世界中反观自己，直觉也多是借助与对象世界的交融才能被激发、被把握，才能获得其形式。这也是古代的审美方式以"和谐"为主导的原因。譬如，古代中国的"神与物游""触景生情"。古代艺术的意境主要是生命直觉本身通过移情到一个物象上而被空间化，从而内在生命也被客体化了。而现代审美形式以西化的为主导，主要是在挣脱这种"看不见的模式"，人们渴望直觉以其自身的形式直接呈现出来，并创造属于它自身的形式，这不仅是现代艺术形态的主体特征，也是各种现代哲学一再诉求的渴望，从尼采的酒神精神、柏格森的绵延到狄尔泰的诗性体验，都试图建立主体独立的、能够凌驾于空间形态之上的时间形式。用克罗齐的话说就是，因为直觉中出现的空间是心灵化的，也就必然带有心灵本身的特点，即时间性。这就产生了直觉之不可分割性和不可分析性。

电影艺术率先实现了这一点，并成为全世界的主导性艺术形态。用本雅明的话说就是，这种机械的、可以复制的艺术改变了传统的艺术定义。更重要的是：电影艺术这种时空复合的艺术，再度将空间形态的直觉和时间形态的直觉合而为一了——麦克卢汉所说的电视化的现代社会将使人类再度部落化，除了别的因素，将人类的直觉统一于影像是其内在的机理。

所以，现在探讨直觉问题，是既有纯理论意义又有实际文化意义的。

一、直觉的川流

正如康德、叔本华、今道友信一再强调的那样：美的意识从来就不以美作为对象，虽然它是有关某一事物的意识，但"那物"却不是美之意识的一个成因。美的意识恰恰和自我意识一样，是根源性的本能直观，是生命的良能。之所以说它具有根源性，那是因为这种直观生命力的直接呈现，不一定瞄准对象，也不一定需要特定的情感距离。我们之所以称它为本能的直观，那是因为它不但不是作为感受而产生的，反之，它是产生感受的。而且美之意识的直观，是产生于超越层次之人的意识中。

直觉的根在于存在。电影艺术的根基也是一个存在问题而不是认识和技术问题。不妨从一个日常现象谈起：人们为什么看电视、电影（乃至需要艺术）？正是为了要从被切割的现实中找回完整的自我。人的自我是不得不分为时间自我和空间自我的。时间自我是生命本然的、未被理智切割、未被投射到空间中从而保持着自身绵延的整一性和不可分割的内在的自我，而空间的自我是身份、社会理性分割的外在的自我。人是被迫分成两半的，而人有经济需求和艺术需求，是由这种两半性造成的。电影艺术以其社会化大生产的经济属性和大众化的姿态，成为人们最能消费得起的艺术品，而且电影艺术是时间空间一体化的，空间的自我也能获得信息化的满足。这种媒介的功能是电影在当今成为"龙头老大"的哲学依据。人的心灵或意识是一种变动不居的各种色调源源不断相互渗透的多样性体系。人的存在是一种"直觉的川流"。影像的川流得以存在和发展的真正动力之源正是这种川流，包括所谓"一代人有一代人的感觉"也是在形容这一触目皆是的现象，所谓电影艺术的时代性、地域性差异的依据也在于此。

二、直觉理论应该成为电影现象学的"拱心石"

直觉显然是生命的天赋。飞禽走兽的直觉能力比人强，人的分析能力则高于其他动物。而分析起源于直觉，或者说分析是以直觉为基础的。直觉能够抵达形而上学，而分析则不能。分析只能是实证的工具，只适合去把握无生命的、机械的东西。对于活动画面连续直接呈现的电影艺术而言，直觉更具有无可争议的优先地位。电影艺术学的瓶颈在于对直觉的研究。

所以，当务之急是给予直觉在电影艺术学中一个核心的哲学地位。再形象一点，直觉应该成为电影现象学的"拱心石"。

直觉是中国传统思维的核心方式，只是古人很少用这个词而已。西方的直觉问题则相当复杂，简单地说可分为理性直觉派和意志直觉及艺术意志直觉派。这些都是说来话长的事情，但有一点，中西哲学可以在直觉问题上会通是无疑义的。

从某种意义上说，中国的直觉思维特征是注重意象的统一，注重超越世界和现实可感世界的统一。这与列维－布留尔和荣格所说的原始思维有一致性，是保持着互渗律的综合性和神秘性的——看，就是"看本身"；表象，就是"表象本身"。这种直觉是以现实之人的具体感性为中心的感性领悟方式，在简单的感知中包含着与生命与万物融通的觉悟。如果与西方的直觉相区别，则可以说是种"意象直觉"，是直接可以与电影艺术相互为用的思维能力。而且要想与道、本体沟通必须靠直觉。在哲学语境中，直觉就是对世界的超越性领悟。

具体可从下面几点来展开：

第一，所有的人文和科学的活动如美、真、用、善诸方面的努力和能力都是以直觉为基础的。良知即直觉。

第二，作为观照方式的直觉，首先是对生命本身的一种领悟，是一种独一无二的同情能力，是能把任何感情变成审美感情的同情能力。

第三，直觉是一种赋予情感以形式的能力。直觉就是心灵给物赋形（直觉致良知），或者说是把外在的东西纳入心灵的形式之中。直觉即表现。

第四，所有的直觉都可以是艺术的和审美的，从功能上说没有特别的艺术直觉这种东西。但直觉的品质是有等差的，正如人的直觉能力是有等差的一样。克罗齐说，美学只有一种，就是关于直觉的科学。他在《美学原理》一书中细致地区分了艺术直觉与一般感受型直觉的界限。

第五，直觉是浑然整体，既是形式又是内容。这里不存在主体与客体、感性与理性、自由与必然的分裂。

第六，直觉是理性的自明性。理性起源于直觉。再推开一点说，理念无直觉必空，直觉无理念必浅。

第七，直觉是洞察难以表述的生命之流的体验方式，既是洞察力也是预见力。这也是心灵最基本且必然的需求。

明白了一般直觉的属性，再探讨电影艺术的直觉就有了哲学基础和思维空间。也许再也没有别的艺术形态像电影这样全面而深切地依靠直觉了。它与绘画、雕塑比较，多出了在时间中运动的因素；它与音乐比较，多出了空间的因素。而且电影艺术的直觉是复合的，即信息必须实现符码转换，从一种感知形态过渡到另一种感知形态。电子生理实验证明，形式、色彩和深度的感知取决于特定的感知器。也就是说，直觉必须将这种机械效果加减进去。而且以后的课题会更多，几乎是生生不息的。我们只能从理论上充满信心，用开放的心态来面对，任何僵化的思维定式都是对直觉的背弃。

冯友兰早就说过：哲学，和其他各门知识一样，必须以经验为出发点。但是哲学，特别是形而上学，又与其他各门知识不同，不同之处在于，哲学的发展使它最终达到超越经验的"某物"。在这个"某物"中，存在着从逻辑上来说不可感只可思的东西。例如，方桌可感，而"方"不可感。这不是因为我们的感官发展不完全，而是因为"方"是"理"，从逻辑上说，"理"只可思而不可感。①

直觉在电影现象学中的地位也需要这样被理解。

---

① 冯友兰:《中国哲学简史》，赵复三译，外语教学与研究出版社，2015，第619页。

因为直觉是接近且无符号地介入事物内部的、对存在的一种整体把握。要用直觉的态度来把握直觉才不伤害直觉的真谛。直觉是"我思"的生动环节——它包含响应思想的一些东西，能够唤醒物质中的记忆，将"形象"变成"生存的澄明"，变成实在的事物由于我那闪光的直觉而获得揭示的所在。

当然，强调直觉不是不要理性，而是为了预防异化的侵入。譬如，人们追求道德则反而陷入不道德；追求哲学效果却反而落入旧的哲学。这是人们早已反复痛苦过的。怎样走出怪圈？只有返回童心直觉。就像伊朗导演马基德·马基迪的《小鞋子》那样，这是现在能想起来的最好的范例了。直觉能够培养，培养的方式各不相同。马基德·马基迪很少看电影，看过的电影不看第二遍，以免受其影响。而有的导演如张艺谋，却看大量的电影，从而"观千剑而后识器"。

影像可以把无意识的、意识的都变成表现性符号，这个"变成"主要依靠直觉。

三、直觉：从视觉暂留到心理投影

1824 年，英国的彼得·马克·罗格特在伦敦公布了他的"视觉暂留"理论。所谓"视觉暂留"，即人的眼睛在观看运动的物象时，物象在消失后继续滞留于视网膜上约不到一秒的时间。人眼的这种视觉特征，使在人的视网膜上组合出运动的形象有了可能。这个暂留和组合的工作是直觉的。

电影摄影术中最高级的技巧是能赋予与透镜和物体之间的空间以生气，摄影机的运动能够做到使死一般的空间充满情感。摄影机可以随着或逆着拍摄对象的动作进退——逐秒地丰富发展画面，摄影机能够借助于本身的动态释放出一种使完善的电影达于极致的动力。摄影机不仅有目光可见的外向运动，还有隐蔽而可感觉的内向运动。指导摄影师这样做而不那样做的只有他在此时此刻的直觉。

动态的电影摄影非常准确地体现了人眼在搜寻事物时，场景中他最感兴趣的对象形式：只看这个人或动作而不顾及同时出现的其他元素。运动摄影的目的是双重的：它既寻求模仿观众视线的运动（假设他就处在那个被拍摄的场景中，犹如大多数"摇拍"镜头），又要向观众传达他本人在同摄影机一起运动的错觉。一个行人常有这样的感觉——随着他走向一棵树，这棵树在变大，他同周围物体的关系也在改变。他本身的一部分传达给了这棵树。随着他的走近，他眼睛的焦距在变化，他抬头看树梢的仰度加大了。当越走越近，被调动起的不同部位的肌肉改变着他与所视物体的关系。摄影机运动拍摄的原理与此相当。摄影机只是像显微镜、望远镜一样扩大了人眼的容量。摄影机是一只对特殊目标有特殊功能的"眼睛"。它应当是观众眼睛的延长，它见到的就是假如置身在被拍摄现场的观众所能想见到的，这其实是摄影师在用自己的直觉揣摩观众的直觉。

但若摄影机不是观众的视点，而是叙述者的视点，它移动的自由和幅度就会大大增加。形式主义的电影都是在"耍"自己的直觉。摄影机像小说家的眼睛，参与着角色的动作，它像一个讲故事的人，无所不知、无处不在，就是为了讲它的那个故事而去看它想看和能看的。它具有选择性，它只看那些在各个画面中有助于时间的连续、人眼看不见的空间关系和因果关系的时刻。同时，它还有能力回避戏中人物所不适于讲述的生活内容。因此，导演可以像作家一样形成自己的个人风格，摄影机将通过他的眼睛把这个故事同观众联系起来，摄影机选择那些在导演看来最有表达性的镜头。镜头与镜头的联结是在据他看来有特殊意义的段落间进行的。导演及摄影师的直觉在这时的主要任务是判断怎样最有意义、怎样能使表现能力最大化。

摄影机可以拓展我们的直觉。通过摄影机，不仅我们的观察更加敏锐，我们的认知也更加敏感，涉及范围更广泛。摄影机通过流畅的运动，创造和并置等价空间结构。它可以使人感觉到一个前景和后景不断换位和可塑的变幻空间，展示出物质的空间实在和象征的空间实在怎样互为依存。摄影机助长了人的无限欲望和好奇心，它凭借可以上天入地、远近驰骋和由表及里的灵活性，不仅可以收集人类活动的素材，而且能够从蓝本、片段和符号的总和中创造出一个影像世界。视觉暂留原理解决的是"投影"得以实现的物理基础，电影现象学则剥开技术的外壳，探讨更为根本的指导投影和"投影"所投的心理内容，以及人类怎样才能"投"出建设人性的"影"？

人类区别于自然界其他生物的标志之一是人类有记忆功能。记忆，就是人的第一重投影。记忆再经其他的组合投射成最早的原始人的"岩画"并一步步发展出绘画、幻灯、皮影直至电影。许多文化产品都是人类心理需求和心理能力的投影。

电影是投射到银幕上的形象，是制作人把自己心里的念头弄到了胶片或磁带上。电影里的明星化装出场，他们被拍摄的方式、表演的角色、他们所有的惊人举止，都出自作者或导演的理念或意念，他们都是投影。

反之，观众欣赏电影，也是从感知银幕形象入手，读解影像背后投注的心理意象。这个感知和读解的内驱力是他的直觉。他的直觉是本原性的。德国心理学家于果·明斯特伯格运用格式塔（完形）心理学研究电影的"现象领域"，对电影的审美心理生成进行了考察。他从观影机制入手分析了影像感知的作用，认为电影不存在于银幕，只存在于观众的头脑。在主体的感知过程中，存在着深度感和运动感，注意力、记忆和想象、情感等渐次由心理感知向审美感知过渡的几个阶段。这说明电影的特性是人类心灵的映像。在他看来，深度感和运动感是影像感知的最基本层次。感知主体（观众）明显意识到这是平面的银幕，却实际感知到深度。"这是一种独特的内心经验，它正是影像感知的特点，我们获得现实及其全部真正的三维；然而它又保持了那一闪而过既没有深度又不丰满的平面暗示。"[1]胶片上逐格显现的静止图像在观众头脑中产生了运动的印象，是因为主体在头脑中创造性地组织感官材料的结果。不同的心理元素有着相对应的银幕投影，注意力对应着特写；记忆和想象对应着闪回、省略、闪前等。

胡塞尔也指出过，我们意识中的客体因我们而存在，其他的存在可有可无。研究客体如何显现给我们的这种哲学被称为现象学——显现学。影像就是显影。电影本身是形式功能，比如黄片

---

① 李恒基、杨远婴主编：《外国电影理论文选》，上海文艺出版社，1995，第 7 页。

与作家电影都运用的是电影功能，但含义相去甚远，就是作家电影中的床上镜头也与黄片不可同日而语。譬如，《广岛之恋》的性爱是负载着巨大反思的，《感官世界》中的性爱镜头是有着人性寓意的，而且两个版本《感官世界》中的人性寓意是不同的。这说明影像要成为"现象之美"，必须有个"赋予它美的工序"——这个工序即制作者的直觉，正是这直觉的水准决定了大师和不入流者的差别。

四、直觉与现象之美

胡塞尔说："一切东西和每样东西（包括一切现实的东西在内的一切可能的东西）都是可以在一个意识中直观到的（即作为现实和可能而存在于原始直观中的）。并且，一切东西和每样东西在原则上都是可以汇集在一起的，等值的。"[①] 这一说法，在别的认识样式中也许还需要论证，但在电影艺术的认识表现中则是个显见的事实，而且这是在给电影艺术的直观一个哲学级别的权威说明。

艺术是马克思所说的把握世界的一种方式，这种方式简单地说就是从个别把握一般、普遍，即能够从一个个体、个别的红看到普遍的红。这个普遍的红在全等交叠的复杂直观中显现出来。这里一个随意的红，那里一个随意的红，一个随意的、预先被给予的、在经验的红之对象或其他表象上的众多性，似乎为直观的红的本质提供了可能性。接着便进行那种精神上的交叠，在这种精神的交叠中，那共同之处如"普遍的红""共有的形状"等就会把

---

① ［德］埃德蒙德·胡塞尔：《经验与判断》，邓晓芒、张廷国译，生活·读书·新知三联书店，1999，第223页。

"自身"凸现出来。这种凸现出来的就是现象学之"现象",它能被凸现出来就是"美"。

所谓现象之美就是能够被描述、被表现,而且在这描述、表现的过程当中可以达到交叠吻合之贯通,能够从里面看出共相的"现象"。现象之美从主体角度来说有个"提取"的过程。这个过程的一个核心环节是"自由变更"。"提取"和"自由变更"的工作正是直觉的工作。而自由变更的目的是将现实的共相变成纯粹的共相。现实的共相还是现象,纯粹的共相就是现象之美了。

纯粹的共相是种意义,这种意义以"尺度"的方式影响着人们的"提取"。这个意义的尺度,可以简称为"意义阈",因为这个"意义阈"可以是前语言的、前理解的,且往往是"匿名"的。"意义阈"是通向语言的导线,尤其是通向对语言之反思的导线。无论是文字的语言还是影像的语言,都不是通向意义的导线,恰恰相反,通向语言的导线是意义——这种作为对象之规定性的意义、这种具有尺度功能的意义是第一层级的意义。所谓意义,简单地说就是该对象的规定性。这个规定性是默默的、在场的。

在对象性的观察方向上,语言还停留在背景之中。对象性的意义就是一个意义之意义,这是第二层级的意义。胡塞尔说,如果语言视域还保持在沉默不语中,那么正是这个视域作为意义之意义而获得了言说。语言不只是诠释的语言和传达的语言,更是"那个被作为意义之意义反映出来的视域"[1]。所谓电影艺术之视听语

---

① [德]埃德蒙德·胡塞尔:《经验与判断》,邓晓芒、张廷国译,生活·读书·新知三联书店,1999,第223页。

第二章　电影艺术直觉论　| 73

言,其要义正在于是这样一种"被作为意义之意义反映出来的视域"。

视听语言抽象到哲学级别来说是种反思的语言,是对象的图形化,是意义作为意义之意义重述自身。《英雄》一味地追求图片摄影效果便包含了这种悲壮的努力,只是因为没有弄出意义来,就"白比画"了。意义可能在沉默或无像中暗示出来——这是"元素章"要说的省略的功能。

这个世界就是一条永恒的赫拉克利特的现象河流,自我之极和对象之极是这河流的两岸,认识和对象的关系不像口袋之于东西。一方面,对象只是意向的产物,它在认识中构造自身,同时也构造着认识;另一方面,对象的被给予性有如此多的种类须予以区分和研究:真正的和非真正的、素朴的和综合的、一举构成的和逐步建立的、绝对有效的和逐渐成为有效的等。而直觉能力永远是人解决这些问题的自身具有的"生产力"。

五、通过本质直观建立意义

一个通过艺术宗教的崇拜去接近神的民族是一个伦理的民族,它知道它的国家和国家的行动都是它自己本身的意志和成就。——黑格尔这句名言(见《精神现象学》"艺术宗教"一章)就是通过直觉得到的。

胡塞尔曾说,现象学研究,绝不是一件只需直观,只需张开眼睛就可办到的区区小事。就像普通的眼光拍不出好电影一样,本质直观是哲学家和"电影创作者"应有的第六感官。要想获得这种本质直观则需要训练。在新的世纪,电影创作者们到了告别自然思维,运用哲学思维的时候了。

所谓"本质直观"就是把经验性对象还原为现象（本质）的这样一种过程和能力。胡塞尔所说的现象与西方传统哲学中的现象有极大的差别，与电影直接相关的是：传统哲学的本质与现象是隐与显、内与外的关系，本质通过比较、概括、抽象才能得到；而现象学的"现象"具有本质性与意向性，通过"直观"即可得到，最关键的是——现象即本质——现象是观念性的实体，本质存在于对象的意义结构中心。这其实正是电影的哲学基础！只是许多电影理论只在描述这一点，而没有旗帜鲜明地在此"安营扎寨"、深挖这口源头活水，仿若身在宝山却空手往返！

哲学家和电影作家都是人性的代言人，都是为了人性的丰富、发展、升华而工作的人，都是为了发现人生真谛、为人类寻找、建立精神原动力而上下求索的人（电影商又另当别论），用柏拉图的话说——都是"灵魂的工匠"。如果说现象学是在直接救治人类的理性，那么电影是可以直接救治人类的感性。哲学有深浅，电影有高下，但作为"灵魂的工匠"都应该有益于人生。我们坚信爱森斯坦说的话，画面将我们引向感情，又从感情引向思想。

著名电影作者布努艾尔说："电影的潜能与成就间的不均衡现象比及其他任何传统艺术都要严重。"这是我们探讨电影哲学的目的——开发潜能，以期获得这种文体的最大化成就。他认为，电影能够改变人的潜意识，"对观众的刺激作用比所有其他的人类表达方式都要有效。电影也能更有效地使观众变得愚蠢。令人遗憾的是，目前摄制的大部分影片却以此为目的"。当时，他还没有见识到今日这种娱乐化、产业化的"使观众变得愚蠢"的全球化电影生产，说明电影这个行当从来就是取悦大众的，今天越发纳入各国的国民生产总值当中去了而已。他认为未能开发出潜能的原因还有："电影自我局限于模仿小说和戏剧，而电影作为一种媒介，所拥有表达心理的方法没有小说和戏剧多。"他以电影重复19世纪就已讲烦的小说为耻，而今天能讲19世纪的小说成了追寻经典的浪漫之举。今天在讲的东西是比日常生活还俗气、还愚蠢而无知的。电影的功能几乎就剩下了"催眠"：演员用形体和快速变化的场景吸引住观众，使他接受了电影中的庸俗说法，而忽略了其陈旧程度。他说："任何作品的基本要素是神秘。而总体上说，电影是缺少这种要素的。"①

怎样才能使电影具有意义？首先要提高制作人的直觉质量。诗意的直觉可以同时实现艺术与哲学的使命，它能使电影的世界用不断生成的美编织起来，以解释的无限开放性和柔韧性使人性的姿态从各种意识形态的重压下解放出来，从而具有"意义"。

"意义"，是胡塞尔意向分析中的中心概念。胡塞尔本人曾经阐述过这个概念的双重含义：第一，对象就是意义；第二，意义也可以指这样一个单纯的意向对象，人们能够从那些可能变化的存在样式中强调出这个单纯的意向对象。可见，胡塞尔认为，意义概念与含义概念大体上是同义词，尽管含义概念更适用于逻辑分析，意义概念更适用于意识行为分析；与含义相关的是"表述"，而与意义相关的则是"行为"。最简单地说："意义"这个概念所标识的是意识行为的"意向相关项的核心"，它是一种"在某些行为

① 张红军编著：《路易斯·布努艾尔》，中国广播电视出版社，1992，第20—66页。

中对我们展示出来的客观统一"。胡塞尔认为，所有实在都是通过意义给予而存在。

电影的工作方式也毫无疑问是种"意义给予"。"意义给予"是对意识的"立义""统摄"功能或对意识的"意向活动"进行说明的概念。一堆感觉材料在被统摄的过程中被赋予一个意义，从而作为一个意识对象而产生出来，面对意识成立。胡塞尔的现象学认为，提出审美过程是直观的，这直观确定着意义和区分着意义。审美体验含有一种意向，意向是对审美对象意义的确定，对象在意向体验中被揭示出来。

胡塞尔认为，生活世界是由根本性的意向性构成的。意向所指的符号包含着丰富的美的信息，直观需要动用经验的储备和理性的判断。艺术旨在描述现象，审美活动也只是显现人意识中的意象。为使意向所指的审美对象得到完全的显现、在精神的统摄中获得整体的印象，这就需要还原对象，还原是超越。超越必须摆脱偶然因素对心态的影响；同时，一切精神产品被设立或构成审美对象时，必须废弃任何预先的假设，以便以纯粹直观的目光面对客体。这样才能"回到事物本身"，从而发现本质只是经验的意义和结构而已。

六、直觉的智慧

真正的电影现象学必须超越任何功利主义的电影观念。功利世界观的核心是对待世界的实用主义态度：只要是无用的，就是无价值的，而其所谓"用处"，则只是人的物质利益和外在可见的物质效果。这种观念的实质是将人从世界中分离出来，然后让人运用其理智能力来达到对世界的占有和利用。那些展示高科技能耐而缺乏人文内涵的电影正是这类电影观的例证。这种物质至上主义终将沦为泡沫化的制作而归于消歇。而电影现象学持一种诗意地把握世界、直观地把握世界的态度，它要求电影人从功利、自私的目标中超拔出来，进入一个想象中的现象世界，在主客相融、主客同一的基础上展示人性多元、多层的可能性，让人在直观感悟中去领会、把握宇宙的奥秘与真谛，展示出电影这种文本的诗性本质。

外物无情，物我两隔，何以一心相通？然而在诗性的电影现象学看来，赋予不具有情感之物以浓厚的感情特征正是人的本质力量的对象化，这也应该是电影打量世界的基本眼光。"人心物情"的和谐才是人的生存之道，也是宇宙的正道，从而也应该成为电影的制作之道。电影应该"模仿"宇宙本身的游戏规则，遵守人性之道，坚信人心与天地之心本质相通。一山一河、一花一草、一木一石，均有其内在的生命、心灵和情感。电影应该以天人感应、物我相通、物我相融作为其最高境界。

电影应该成为一个人类为自己构筑的诗化世界、温情世界、辅助人类自我更新的人文系统。电影既是人征服自然的结果，也将是人与自然和解的使者。电影现象学也正是这样一种诗性地把握世界和生命的世界观：它希望电影镜头能够如其本然地看待宇宙和生命，人的那点理智仅仅是这种把握的条件，而远远不是把握的全部。必须依赖诗意的直觉、开放的想象才能接近那无限的本真。爱因斯坦说："场是怎样被测量的，场就是什么。"未能拍出哲学的电影不是好电影，未能拍出神秘感的电影不是好电影。电影现象学希望这样的电影出现：以诗意的直观为生命揭示出一个广大完美的天人合一之境，让观众去领悟、去贴近、去创造，在人道主义解放人性的基础上，完善人性、发展人性、升华人性。这种哲思电影可为世界提供"提示物"。如韩国金基德的《春夏秋冬又一春》和《撒玛利亚女孩》就提供了"提示物"。海德格尔认为，思想即沉思的生命。维特根斯坦在《哲学研究》中说："思想一定是一种无与伦比的东西。""有思想的说话和无思想的说话可以与有思想或无思想的演奏一段音乐相比。"电影又何尝不是如此呢？或者说恰恰如此吧。

思想的智慧能深化艺术直觉的"强度"，拓展艺术直觉的"宽度"。创造性艺术直觉思维见诸文字，在中国最早可以追溯到老子提出的"反者，道之动"。"反"者，即相反相成的逆向思维，是思维的双向展开，是高级的艺术直觉的智性方式，表现了对体验对象的整合的把握。"反"作"返"字，"返本归真"也，是对万物本性的追求。人的性灵本性，是艺术创造所依赖的艺术体验本体。荣格的"原始意象""集体无意识"，即一种精神的"回返"，它"补偿了我们今天的片面和匮乏"①。

按照胡塞尔现象学的体验概念，艺术家主体意识的意向性结构决定了体验统一体是一种意向关系。中国文论中的"兴会神到""神与物游"等学说，正是以独特的意向性体验方式，以及体验本体呈现出多种意向指涉，形成艺术感悟的特征。

庄子说庖丁解牛"以神遇而不以目视，官知止而神欲行"的

---

① ［瑞士］卡尔·古斯塔夫·荣格：《心理学与文学》，冯川、苏克译，译林出版社，2001，第86页。

"神遇"，是一种心物感应的直觉思维的典型状态，是主客体之间意义双向渗透所发生的深层心理反应。神来之时，喻象迭出。这种直觉思维近乎隐喻性的意象思维，以此展开艺术的感悟和想象活动。慧能禅宗"不立文字"的直觉智慧，避免了语言文字容易造成的限制和束缚，是对庄子的"言不尽意，得意忘言"的进一步发展。海德格尔的"诗意语言"与之有异曲同工之妙。这些学说都是以对真实本体的直觉把握为出发点，是一种至深至妙的艺术传达，是把握"实相无相"之直觉形象的绝妙方式。

电影的独特魅力在于它对现实进行纯粹感性的观察和记录，以获得肉眼所不能企及的现实的本来意义，因为它可以使不可见之物变为可见之物。这种"电影眼睛"的构成是由于电影可以使两个以上的相异元素并置而形成有效的撞击——这就是蒙太奇能组结出意味深长的"超像超类的意境"。电影眼睛＝电影直觉（我通过摄影机看）＋电影写作（我用摄影机在胶片上写）＋电影组织（我剪辑）。众所周知，写作和剪辑同样是充满直觉的工作。

七、直觉在电影艺术创作中的工作及其意义

圈里人有句行话叫作"一打眼就知道"，这个"一打眼"就是被说得玄乎乎的直觉。

"一打眼"面对的是可见的，"就知道"是从"一打眼"中领悟了眼前不可见的。这就是直觉在工作，也是直觉工作的意义。换个"酸词"说，即直觉使不可见部分地成为可见，而艺术也就这样使"存在"外在化了。这个"一打眼"，从导演挑演员到观众看影像都是如此。这个平台是个什么平台？只能是现象之美的视域

化，视域化中的现象之美罢了。

不要小瞧这个视域化的现象之美，它正是"此在"得以生成的基地。

存在的意义需要"此在"来显现、澄明。存在就像一片遮天蔽日的阴暗森林，它需要一道裂缝，让光线照射进来，森林在光照中敞亮，林中人便也因此看清他周围的东西。这个裂缝就是"此在"。"此在"就是意识到自己存在的存在，人于何处对自己的存在有所领悟有所体验，他就于何处"此在"，即实际的存在。这是海德格尔《林中路》的大意。圈里人的口头语：找着感觉了、找不着感觉了，都是在指称他的此在状态。

用宏大的腔调说：将沉默的大自然变成并非沉默的大自然，使无声的存在发出声响，正是电影艺术也是所有艺术形式的基本性质和功能。

电影艺术中的直觉思维不仅是用眼睛来直观的思维，也是用手来直观的思维。罗丹闭着眼睛触摸克莱尔的雕塑，就是用手来思维。在电影艺术的创作过程中，用手来直观思维的情况很多，表、导、摄、服、化、道等在说不清理由，但是非这样做不可的时候，就是"手"告诉他们非如此不可的。这种思维不在概念之中，而在光影、构图、线条、色彩、形态等的意义感觉之中——这是一种实践的理性，包含着个人化的意志欲求和来自经验及情绪的选择。

直觉是重要的"哲学器官"。因为它是"生命的形式"，如同情感是一种集中强化了的生命一样。生命本身就有直觉能力，直觉工作在电影艺术创作中至少具有以下特性：

第一，运动性。电影"眼睛"的运动就是直觉的运动，镜头的推、拉、摇、移、甩、跟、角度的仰俯变化等，无一不是"跟着直觉走、牵着梦的手"的运动。

第二，有机统一性。生命有机体的每一部分都以一种难以形容的复杂性、严密性、深奥性紧密地联系在一起。电影艺术中没有孤立的好坏镜头和音响，只有当它们配置在一起时才有了好与坏的差别。

第三，节奏性。节奏的本质是变化和交换。单独地说，舞蹈中的音乐节拍、诗歌中的韵律、戏剧中的情节展开的速度、绘画中线条的断续、色彩的层次等，合起来说，任何一部电影都是由这些元素合成的，任何一个元素出了问题都会造成负面影响。譬如，《英雄》中音响和色彩一味高强度地高开高打、高抬高走，反而造成了听觉疲劳和视觉疲劳，一味追求强劲的节奏反而破坏了节奏，违背了生命的自然律动，这大约是张艺谋的理念强迫了他的直觉造成的失误。

第四，起始性与终端性。从"一打眼"到最后的画面完成都是直觉在工作。直觉与心跳一样都是有节奏的，节奏的本质是生命的律动。再重复一遍，直觉绝非单纯的感知，而是与情感、想象交融在一起的多种心理功能的综合有机体。它是理性思维的起点，也是理性思维的反省。从起始性上来说，艺术直觉是人们针对每一个有表现力的形式的直接把握或顿悟；从终端性上来说，它是人们借助于艺术符号对艺术品中所包含的人类情感意味的直接把握和评价。

第三章
意象—巫术思维

在英语语境中，"image"这个词，作为名词有 10 个基本义。我们前面专章论述的影像是其中之一，与影像同义的还有映象、图像、镜像；这里要说的"意象"是这个名词偏于心理学含义的用法。偏于动词的含义还有"想象"和"象征"。这里不作语义辨析，还是在人们习用的美学范围内运用"意象"一词，比如说庞德的意象派诗歌的"意象"，伊泽尔接受美学所说的"意象"。电影从创作到接受须臾离不开意象，因为"意象"是电影艺术的细胞。电影剧本创作常说的"用画面讲故事"，就是在强调用意象讲故事——比一般的形象思维更强调去想象人们在正常情况下不可见之物的尝试。说巫术思维也是为了突出电影艺术视点游移从而充满不确定性的特点，在电影艺术中，譬如电影中意象的每一个侧面都有待于其他意象侧面的修改，更有点巫术"变戏法"的相互转化、相互作用的特性。所以，本书坚持这样一个命题：电影通巫术。

一、镜头上的存在感

电影的魅力和作用在人们的日常生活中具有某种"仪式"的性能。这种仪式是专门来"俘虏"、调配人们的幻想和情感的。这就有点现代巫术的味道了。别看现代人的生活方式现代化了,他们的感情方式还越发有点摩登原始人的味道了。导演、演员与观众之间有种移情关系,电影的程式本来是游戏规则,久而久之变成了一种"教规":观众与明星之间的纽带是不容破坏的,或者说明星之于追星族犹如教主之于教徒一般,偶像崇拜几乎是最原始的巫术体验,也是信仰退缩后的那点信仰。现在它成了商机的心理依据、成了人文资源。所谓"好莱坞模式"就是与时俱进地强化这种教规的运作。明星与职业演员的差别不在演技,而在于受大众欢迎的程度,他们的性格能体现大众的价值感觉,明星的终极荣誉是成为流行神话的时代图像。他们"永远"善于发展诱人的情感类型、故事类型,进而满足观众喜新厌旧的期待。观众参与这种仪式可以暂时解脱身上的社会压力,他们在镜头这个"巫师"的催眠术中把自己从"日常沉沦"状态中解脱出来,进入一种"我想成为的样态",于是准巫术仪式的陶冶作用循环完毕,等待着新一轮巫术来"作法"。

镜头的关键在于运用镜头的"哲学",巫术只是在形容其变化随心的能力,不同的哲学兜售的"法"是不一样的。好莱坞的娱乐片是催眠,好莱坞的探索片就是在实验。不同国别的电影、同一个国家不同时代的电影,都有着明显的精神差异。运用镜头的哲学是个"响应结构":响应着时代的、环境的、思潮的暗示,响应着文本的指令、观众的期待，说玄乎点就是一个"天地人神"的四重奏。当然，更关键的是响应着导演内心的呼唤。详细论说这个"响应结构"就进入历史领域来了——这只好由后面的例子来回应。现在先在静态逻辑层面稍作逗留：运用镜头的哲学关键在"视点"。在某种意义上说，影片是视点的哲学。这个视点哲学是由演员、作者、观众三个维度综合制衡的。从作者的角度来说，它可以粗略地区分为叙述性的视点、描述性的视点、判断性的视点。而视点的实现首先落实到摄影机的位置。电影早就学会了通过变化镜头方位及把若干镜头组接在一起来使视点多样化，并通过摄影机的运动使视点有所变化。所有画面都通过中心点的透视作用构成。电影的视点是图像化的，其核心问题是如何用图像与声音将说明性镜头与叙述性镜头结合起来，如何将叙述性镜头与描写性镜头结合起来，如何将描述性镜头与能带来深度错觉的暗示、象征性镜头结合起来。简而言之，是如何"一笔"将所有这些结合起来的问题。

现在突出的问题是几乎所有的电影人都将电影定位于"讲故事"，都在谋求叙述上的花样翻新。西方的文学传统是"描写带动叙述"，电影不能像小说那样在静态的描写上逗留过久，所以强调叙述是有意义的。而中国的文学传统是"用叙述贯穿描写"，是最适合变成电影的叙述模态，但若一味强调讲故事就更容易"淹没"人物的性格了。主张"电影就是讲故事"的一个重要理由是迎合观众的娱乐需求，而这一点又由于好莱坞的巨大成功而成为霸权化的"真理"。伴随着各国将电影产业化的战略，这个势头更不是哪种理论能够遏止的。这种娱乐化的影片忽视了对"人性"的挖掘，而但凡有美学追求的故事都是为了突出"人"的维度——只有"人性"是看不够的。不能显现人性的故事，"讲"了也白讲。

从视点角度说，电影守住艺术的阵地的要诀就是强化描述性的视点，因为这是显现人性、揭示人物心理奥秘的好办法，是展现现象之美的好办法，也是真正的电影区别于游戏编程的现成路子。故事里有独特的人格雕塑，就是好故事，如王家卫的《重庆森林》《花样年华》——当然王家卫的成就并不是大师级的，只是作为一个通俗的例子而已。大师级的经典如基耶斯洛夫斯基的《蓝》《白》《红》，阿仑·雷乃的《广岛之恋》《去年在马里昂巴德》等。雷乃电影的主题始终是人的记忆。他们"左岸派"执着地表现回忆、梦幻、遗忘、想象、潜意识，努力将人的种种心理活动和精神状态搬上银幕。1959年，当《广岛之恋》推出后，批评家们就主题争论不休。雷乃认为，这种争论是没有意义的，因为影片的重要之处不是主题而是风格。他说："我们要求观众不是从外部重建故事，而是和角色一起从内心经历它……现实永远不是外部的，也不全是内心的，而是感觉与体察双重类型的混合。"——这是非常深入的现象学理念了。谁能说哲学对于电影无用？哲学是创意的智慧，或许通过电影创意的训练能够提高人们的哲思。当然，若是非职业电影人士也能编出这样的电影来，那就是天大的好事了！这说明电影成了人类精神生活的日常用品，说明电影可以成为希腊时期的哲学了。——倘若如此，海德格尔梦寐以求地将学科化的丧失了"思性"和诗性的哲学拯救回来，变成"思"的事情——这个骄傲的事业可以由电影来落实了。

《去年在马里昂巴德》的创作者们，希望观众根据自己的生活经历参与影片的创作——这样就高度有效地包含了观众的视点，将观众的视点融入作者的视点中，将观众的视点变为了一种"先在"的意向性的力量。男女主人公是否在去年有过相会，导演和编剧都意见相左：这叫作意象的开放性和不确定性。影片的创作者们希望观众依据自己的生活经历参与影片的创作，比如有这样一场戏：A 与 X 站在台阶上，当 A 要求 X 离开时，台阶坍塌了。可突然这场戏中断了。观众面前仍旧是并未坍塌的台阶。观众意识到前场戏表现了一场梦幻，可是摄影机偏偏使我们看到台阶并非完好无损，它带着裂痕。这使观众不得不重新思考：到底是怎么回事？眼前的是梦幻还是现实？坍塌与复原是暗示着男人不可动摇的信念还是表示女人想摆脱男人纠缠的愿望？这给观众留下充足的自由理解的空间。

这部片子似乎在说：普通的视觉只能看到普通的外表，在这种视觉世界里，谁的主观认识都是靠不住的，连时间、空间都是在随意转换的。吉尔·德勒兹认为，男主人公在时间隧道中自由穿梭，他行走在"横向并行层次化的回忆中"；而女主人公则在三个确定的时间段上进行"言之凿凿的纵向确定性否认回忆"，二人在"两种迥异的时间观念中对峙"。西方著名影评家雅克·布鲁牛斯称这部作品是"前所未有的最伟大的影片"。

被称为"思想电影"的米哈伊尔·罗姆的《一年中的九天》，为了从更深层次揭示人物的内心世界，影片从一年中选择了九天生活，等于将全剧划分为九个部分。尽管三位主人公贯穿全片，但并不存在一个完整的故事，只是用"思想"来统率全片。而且该片在摄影造型、布景设计、演员表演、声音运用等其他电影元素方面都进行了革新，他的革新不是为了求奇猎异，而是为了最大限度地追求思想的深刻表达，以抗击大肆泛滥的性电影、暴力电影。罗姆认为，人类发展到现在，比以往任何时候都更需要思想和理性，更需要理智地对待和解决人类自身的生存问题。他就是因此而坚持搞"思想电影"的。

如果说罗姆在散文化的结构方式方面取得了划时代的成就，他的学生塔科夫斯基则开拓了"诗电影"的道路。他说电影"应该向诗学习如何只用少许的手段、少许的词句就能表达出大量的情绪内容"。他的诗电影《伊万的童年》因此而获得巨大成功。

布努艾尔在名为《诗意与电影》的讲演（1953年墨西哥大学）中提倡把精彩的银幕之窗向有解放作用的诗歌世界开放。他说，在一个精神自由的人手中，电影是种极好却危险的武器。它是借以表现思维、感觉、本能世界的最高级手段……一部影片就像对梦境的无意识模仿……渐变的手法如同梦境中影像的出现与消失，时空富有弹性，可以随意缩短和扩展，年序和持续时间的相对价值不再同现实相吻合。循环的动作可以持续几分钟或几世纪，从慢镜头转换为快镜头加强了两者的效果。他对著名的新现实主义评价不高，因为新现实主义没有做任何努力去表现出电影的本质和特点（自注：指的是神秘与荒诞）……如果从描写多愁善感、推崇随波逐流的文学作品中提取或复制那些人物和情节，视觉上的修饰打扮有什么意义呢？最有价值的贡献就是把单调乏味的动作提高到戏剧性动作的水平。在新现实主义那里，一只杯子就是一只杯子，不再是其他东西，人们可以用它喝酒或把它打碎等。但同一个杯子在不同的人看来，会变成无数个东西，因为每个人都会向自己观看的物体倾注某种主观感觉，其原因是没人看到物体的真面目，而是按照自己的欲望、心境所要求的方式去看。我为之奋斗的影片是能看到这种杯子的影片。正是这种影片使我看到了现实的全貌，增加了我对风土人情的了解，使我看到了精彩的陌生世界，以及所有无法在报纸上、大街上见到的现象世界。——他努力要表现的正是我们一再强调的"现象之美"。我们可以自豪地说，因为电影能够很好地表现现象之美，所以它将成为人类叙述艺术的巅峰。

现象之美具体到演员的表演，可以换成另外的说法：镜头与演员共同营造的"存在感"及演员那张"看不见的脸"。存在感，是日本电影圈里常用的一个术语，它大致的意思是："通常情况下，天生的好人和坏人是很少的，不论是谁，这两方面都兼而有之。当演员能够很好地表现出这两方面的平衡，自然地塑造这种人物形象，且使人对这种人物的存在不感到可笑。那么，对于这种人物形象及演员，便被评论为'有存在感'"[1]。这种存在感就是一种高度的真实感，是对真实世界正与不正、善与恶、酸与甜相互均衡的适当表现。

这种表现除了剧情规定以外，主要是靠演员那张"看不见的脸"。如日本演员早川在演"他"被抓，并与已经失踪的妻子对质的一场戏时，当他注视着他的妻子，暴徒们的五对眼睛盯着他的

---

① ［日］小笠原隆夫：《日本战后电影史》，苗棣、刘凤梅、周月亮译，北京广播学院出版社，2001，第 220 页。

脸搜寻，如果他暴露出一点认识这个女人的意思，两人会立即被五支手枪打个稀烂。然而他控制着自己，脸上没有任何异样，暴徒们不得不相信了他。而神奇的是，观众分明从他脸上感到了某种东西。它出现了，但无法肯定在何处。这看不到的，却可以理解到的表情，就是那"看不见的脸"——存在感是大于简单的表象存在的。"看不见的脸"及存在感就是我们常说的"味"，有那么点说不清楚却又绝对存在的"意思"——用生涩的大字眼来说就是"现象之美"——没有实证却绝对存在。

仅用面部表情展现一场凶残的你死我活的斗争，最经典的例子要算《圣女贞德的受难》了。影片中有很长一段宗教法庭上的令人反感厌憎、使人心惊肉跳的场面。50个人从始至终坐在同一个地方，100米胶片上只有人头，这场危险的决斗不是靠刀剑，而是靠眼神营造令人窒息的紧张气氛。每一次进攻与防御都撞击在精神上。演员表演的本质是传达出对人性的深刻理解和对精神潜能的深刻理解。

演员的目标就是要不借助一些陈腐的解释而是靠入微的理解传达出可信的"现象之美"。这其中最要害的因素是演员的"敏感性"。"敏感性"说的是演员要利用自己的内在储备穿透角色的"假面"。每一个演员都在他的表演中展现着他对于"存在"的理解。敏感性的一个表现形式是即兴能力，即兴能力是与直觉直接相连的。通过直觉获得自由，是所有演绎性表演的"总账"。

突发的灵感主要是触发了某种特定的情绪记忆的结果，而情绪记忆是人存在于世的主要内容，也是演员能否表现出"存在感"的主要依据。理解过人、即兴有突破性是有成就的演员与没有成就的演员的差别之所在。理解过人，是自身的哲学素质（未必是哲学知识）、生存感受的积累、专业的结果。即兴表演时的突破力是将自身整个身体的、精神的和情绪的存在方式"拧"成一个巨大的"意向性"投入角色当中，以期穿透假面的异化感，获得"存在感"的表达。演员们常说的"找着感觉"，其实主要是这种与自身的"生存感"沟通、咬合起来。突发的灵感是自身的意识形成了意向性的结果，这种意向性往往是个隐喻或别的什么直觉的凸现。

二、故事平台

前面指责娱乐片的故事化取向，绝不是说故事不重要，恰恰相反，是他们那种实用主义的表浅理解浪费了故事的"微言大义"。

自古以来，人类便为故事的魔力所吸引。希腊的《荷马史诗》《希腊神话与传说》、阿拉伯的《一千零一夜》、印度的《罗摩衍那》、中国的《山海经》等，都说明了故事是人类最早的意识形态之一。用鲁迅的说法——诗歌起源于先民劳动时的"哼哟嗨哟"，小说起源于他们休息时的"讲故事"。亚里士多德在《诗学》中把虚构的故事区分为二：一是"拟态"，即表演——戏剧本身的事件就是表现一个有头有尾的故事；二是"记叙"，即说故事——典型的是史诗和小说。电影则是结合戏剧和小说这两大叙事传统，吸纳了这两大叙事传统的"讲故事的形式"，而可运用的技巧、能力则比它们更复杂、广大。

故事能够以人类交流的任何形式来表达。戏剧、散文、电影、歌剧、诗歌、舞蹈都是故事仪式的辉煌形式，每一种都有其自身愉悦人类精神的方式和效果。20世纪是电影故事为王的时期。电影故事与以往的故事表述形态不同，比如文学的工具是话语，银幕故事的工具是生活本身。巴赞和新现实主义都主张银幕故事是一段"生活流"。但人的一生有许多故事，而且生活中一个故事的牵绊也与电影所要求的简洁性格格不入，选取一个精彩而能说清的故事便成了一种"考试"。也就是说人生故事是多维的，电影故事是一维的，这个"多"与"一"的关系，是一个诡谲的"不同一"却可相互生成的关系。

　　一个好故事能使一部好影片成为可能，如果故事不能成立，那么带给影片的必将是灾难。张艺谋的《英雄》就吃了故事虚假的亏。设计故事能够测试作家的成熟度和洞察力，测试他对社会、自然和人心的知识和智慧。故事要求有生动的想象力和强有力的分析性思维。故事究竟是什么？故事的道理就像音乐的道理一样，其内在的音乐形式使其成为音乐，而不是噪声。这个"内在的形式"就是"道"。所有的好故事，其内核都是有"道行"的，都是人生状态的寓言。每一部好的电影表面上都离不了"爱恨情仇"，但深层的意蕴都切合了哲理化的"道"，于是就有了"内在的形式"，而且往往是越不故意越能找到，像伊朗电影《小鞋子》。当然，更多的电影是靠"故意"去锤炼发觉，如《广岛之恋》《暴雨将至》，这个"内在的形式"不是别的，就是"人生一般问题的现象化"，或者是"具有现象之美的人生一般问题"。每一部影片都以其独一无二的方式在银幕上再现了这一内在形式。正是这一深层内在的形式，打动了广大观众。这一内在的形式绝不是"公式"，配方化的公式不是艺术。"配方"可以赢得票房，但不可能成为艺术丰碑。

　　而将人生一般问题现象化是个悉心倾听潜藏的血脉之声的直觉过程。要做到这一点有两大法门：一种是走淡泊而宁静的超然之路，这叫作静水流深；另一种是走激情澎湃从而高屋建瓴之路，这叫作血脉偾张。总而言之是形成超越常人的创造力，能直觉到别人熟视无睹的"问题"，能以别人想象不到的方式把材料组织进来，然后在作品中引入一种对人性和社会的鲜活洞察力——譬如一双童真的眼睛或一张说出皇帝没穿衣服的嘴。通过故事把"问题"视觉化地表达出来，使你的人物比真人更"真实"，使你虚构的世界比具体世界更深沉。影像的逼真性使电影带给人的真实感太强烈了！它可以以假乱真，让观众忘了眼前看到的只是光影。当卢米埃尔第一次放映电影时，虽无声响，人们却站起来躲避银幕上奔来的马车。相比而言，文学的读者很难忘记文字，绘画的观者更关心色彩和线条，戏剧的观众多欣赏演员的功力。"从理论上讲，电影与真实的关系是在三条主轴上得到体现的：'世界'与'作品'，'作品'与其自身，以及'作品'与'观众'。"[①]电影创造的是给生活带来万般变化且能感动观众的故事。这不是单靠文学才华能够胜任的，比文学才华更根本的是对"看不够的人性"之"思"的能力、是对人心的洞察力、是纵情于灵魂深处的深沉直觉。再往浅里说，就是能对生活中隐藏的矛盾具有锐敏的感觉、对事

---

　　① ［美］尼克·布朗：《电影理论史评》，徐建生译，中国电影出版社，1994，第 2 页。

物的表面现象具有一种"健康"的怀疑，还能笑对磨难，以恢复生活的平衡，从而使故事获得一种睿智的情趣、幽默的韵律。浅到编剧技巧的层次来说，要有一个有助于把焦点聚集在主人公身上的中心事件；要有一个有明确高潮的故事；要有一个能唤起同情心的主要人物；注意从人物关系中出戏；要有一条具有驱动力的戏剧性线索而不能原地踏步式地重复。

讲故事有两个常见的误区，一是拘囿于真实的个人故事，这叫作"实其所不当实"；一是过分人工编排，造成"虚其所不当虚"。真实的个人故事往往是结构欠佳的，或因为太个别了而不具有普遍性、典型性，尽管是实有的事情却让人难以置信。换言之，不能将生活事件的表面逼真误以为生活真实。而且这种个人事实无论刻画得多么细致入微，也只能是"小写"的真实。"大写"的真实位于事件的表面现象之后、之外、之内。若只看到"小写"的真实——可见的事实，便会对"大写"的生活真实茫然无视。只实不虚反而成了板滞。与真实的个人故事相反，过分人工编排的商业片则是一种结构性过强、过于公式化、各种元素过分复杂化、过度感官刺激而具有强烈引导性的影片，全然割断了与生活的真实联系。商业片往往只是把故事作为一个幌子来展现特技效果，这的确能引发观众观看马戏般的兴奋，但其娱乐是短暂的。21世纪的好莱坞奇观电影正在将感官刺激推向极致，同时观众的受用程度也是极高的。但电影史已经反复证明，新鲜刺激的影片在风靡一时之后，便很快为满足过后的感官所冷淡。商业大片的作者往往被宏大壮观的光焰迷住了双眼，而看不到持久的娱乐只存在于蕴藏在影像之下的具有深长底蕴的人生真谛中。而说到底，好的故事就是运载这种真谛的生活隐喻。

电影创作者必须是这样一个具有从生活的迷宫中突围出去之能力的生活诗人，一个目光敏锐独到的艺术家。他能将日常生活事件、内在生活与外在生活、梦想与现实转化为一首诗，一首以事件而不是以语言为韵律的诗，一个长达两个多小时的比喻——生活就像是这样的。故事必须像生活，但又不是照搬生活。它"直觉抽象"于生活，而并非丧失了生活原味的概念抽象。纯粹罗列生活中发生的事件绝不可能将我们导向生活的真谛。实际发生的事件只是事实，而不是真理。而逻辑学常识告诉我们，从事实只能推出事实，而不可能推出真理。真理存在于我们对实际发生之事的思考中。

呆板地墨守生活事实的电影创作者和追求壮观刺激的电影创作者要同时记住：生活事实是中性的，营造画面冲击力的那些技术性策略也是中性的。说生活中的事实是中性的，是因为任何可以想象的事情都会发生，甚至不可想象的事情也会发生，试图把确实发生过的事情都包罗在故事内是没必要的。说那些抽象的技术性策略是中性的，是因为图像设计、视觉效果、色彩浓度、音响配置、剪辑节奏等一系列技术性的策略本身是没有意义的。这些技术性的美学元素只是表达活生生的故事内容的手段，其本身不能构成揭示人生真谛的目的。

在事实与想象这两极之间存在着一个变幻无穷的"光谱"，强有力的故事能力可以在这一"光谱"中间找到最佳平衡的曲线。这要求将人性的所有方面融为一个和谐的整体，要求将锐敏的知觉能力（包括视觉、听觉和感觉）和生动的想象能力达成平衡，创造性地将日常语言转化为一种更具表现力、更生动描述世界并捕捉人性的声音，创造性地将生活本身转化为更有力度、更加明确、更富有意味的体验，搜寻出我们日常生活的内在特质，将其重新建构成一个使生活更加丰富的故事。

每个人都是一个许多故事的结合体。许多人的小故事也总是在一个大故事中。远的不说，新文化及中国电影有史以来的"救亡故事""青春之歌"，乃至"决裂"和"反击"，都是那一代人的共同命运。从共时性结构上看则无非是"命运悲剧""性格悲剧""狂欢喜剧"之类。人的一生有些部分是史诗性的，有些部分是插曲式的，有些部分是转瞬即逝但对其一生有重大影响的。一个人一生中的许多故事是缺乏戏剧性秩序的，谁也不可能按正确的戏剧性秩序来度过一生。生活的故事不是那种明确地走向高潮的故事，而再散文化结构的电影也是有秩序的，尤其是受舞台剧影响的中国电影，无不带有明星的"故意安排"痕迹，无所不在的实用主义倾向更使电影故事难逃"假"气。

真实的生活需要消费"故事"，故事源于生活，又制造着生活，而且古今一个大故事——《二十四史》皆小说。人类到目前为止有了几套基本故事，如"自我折磨的故事""困境故事""爱情故事""成长故事"，它们往往成为电影类型的依据。一个时期有一个时期的"文化压力"，这个压力便是这一时期的故事平台。各种文体的小故事都在描述着那个大故事。明白了那个大故事，能够更好地讲好自己的小故事。故事化的过程是个给日常生活建构意义的过程，人们也通过故事来指认生活中的意义。

三、野性的巫术

故事与其他元素的交感，才是电影讲故事的独特方式。譬如，大灰狼居于画面中心，就显得小红帽处境危险；而小红帽居于中心就显得她占据主动。画面元素的暗示性与故事情节是相映成趣的，否则电影就成了广播剧或连环画。而故事与视听语言的交感既是有规矩的又是可以无限组合的，否则就不叫艺术而叫技术了。这种组合的随机性、任意性、独特性乃至于电影艺术这个体系的开放性，都使它带有足够的野性和相当程度的巫术特征，至少其思维方式是接近巫术的。

说电影思维接近巫术思维，并不新鲜也不含褒贬，柯林伍德早就提出了"巫术艺术观"，他的巫术是"宣传"的意思。我们在前面说过电影艺术的核心要素是广告艺术，也是主要指它的宣传功能，这是其传播媒介的题中应有之义，也同样是既不新鲜也不含褒贬的。巫术在文明人习惯的"看法"中几近"魔术"和"戏法"。电影也被文明人这样称呼着。

当然外在的说法没有什么说服力，关键是电影思维确实与巫术思维是若合符节的。其特征有以下四个：

第一，电影之巫术思维也是神话诗意性的直觉思维，说它是神话，一方面是"世俗神话"那种神话，《世俗神话》一书已经漂亮地加以论证过了；另一方面是其思维特征——通过把事件的碎屑拼合在一起来建立结构——借助事件创造结构，不断地把这些事件和经验加以排列和重新排列，力图为它们找到意义。这种找到的意义当然是种"诗化的意义"，这种寻找的过程主要是靠直觉。

这几乎是电影编剧法的基本原理，当然也是电影现象学的基本原理（庞蒂在《哲学赞词》中所说的"哲学家的绝对知识乃是知觉"及其论证可以辅证这一点）。

第二，影像（画面）的整体效果先于、大于部分的意指和效果，制造、维持这种错觉是为了满足智欲和引起快感，它突出了某些部分，隐蔽了其他部分（如"遮蔽法"），因而使影像的结构秩序和事件秩序是一体的、同质的——如巴赞说的"现实的渐近线"。电影之巫术思维是以完全彻底的、囊括一切的决定论为前提的，用一个结构"构造"了一个组合体。从这个意义上说，影像具有内在的动力学性质，至少是组合游戏中的筹码，充当经验性的能指者。

第三，电影之巫术思维没有排他性过渡，画面则是这种过渡得以进行的具有动力学性质的"算子"。这种思维在不连续的模拟展现中可以联系到任何层次的事物和问题，使实践成为活的思维，把直接呈现于感觉的东西加以系统化的"变奏"。

第四，电影之巫术思维借助形象"记号"建立了各种与"世界"相像的心智系统，从而推进了对世界的理解。这种思维的"尊严"在于它能将具体与抽象、（主观）结构与（客观）事件、必然与偶然、内在与外在、游戏与仪式"一体化"起来。

这种思维的潜能，在其具体逻辑当中——它越是立足于感知方面，越可以掌握多重关系的感性现实。它可以揭示出表象下面深隐内容的自由散漫的影像流，能够成为潜入个体生命史的有效手段。克洛德·列维-斯特劳斯在《野性的思维》中详细地论述过巫术这种"野性思维"的潜能及其逻辑，他称之为"具体性的科学"。① 这里没有将他论述的巫术思维来与电影思维进行类比的意思，只是"仿词"而已。

结合实例详尽分析以确立这四项特征本需要更多的篇幅，下面仅从"小处"管窥其静态逻辑之大略。譬如，克洛德·列维-斯特劳斯把这种"具体性的科学"的运演比作万花筒的变化。在万花筒中，散状的碎片之间会形成千变万化的结构图式，从不同的视角观察它们，这些图式实现着各种可能。它们的片段性和聚合后构成有一定语义秩序的特点，酷似影片的"逻辑"——影片可以通过画面和运动的结合记录下不断变化的图景及处于时间流程中的人、物的各种关系。影片是展示"事态性存在"的最佳表现手段，它可以让人直观包含了杂多的具体，并且只是向我们"展示"事态及其不断的变化。

电影的这种"展示"化的巫术思维是有巨大势能的，其势能在于它越是立足于感知方面，越可以掌握多重关系的感性现实。感知是一种无意识推理，感性思维的力量在于它的具体性，直接感受力支配着感性思维的种种表现。它的综合能力是不可低估的，没有这种能力我们便几乎无法破译眼前的事物。譬如，作者型电影是如此，写实主义、形式主义、好莱坞也是如此。《暴雨将至》《低俗小说》之回环结构是如此；《罗生门》《搏击俱乐部》之套层结构也是如此；无声片全靠影像展示，有声片有了别的能力还是靠影像展示。与此相连，在感性表达的过程中，一切感觉的全

---

① ［法］克洛德·列维-斯特劳斯：《野性的思维》，李幼蒸译，商务印书馆，1987，第1—32页。

部能力都凝聚在一起，使电影可以按照人的内心世界之活动机制来表现宇宙、生命世界的弥散性状态，还因此更有感染力：使得我们的感觉不仅朝理念方向延伸，而且朝情感方向拓展，以获得经验性的认同。所以，电影具有改变人类潜意识的能力。这种拓展通过心理回忆而获得审美的激情（如《埋伏》中罪犯看电影感动得泪流满面）。影像之特殊的魔力在于能将我们带出直接的现在，同时体验到过去、现在和可能的将来之"命运"。这是一种以具体存在为依据的展现，这种展现借助其特有的渗透着强烈情感的象征，以及可以使两个以上相异元素并置所形成的有效的撞击，构成了万民共享的"超类超像的意境"。这些象征的影像是被制作出来的，是从大千世界中一切可知可感乃至潜意识的"宝藏"中"巧取豪夺"出来的，它们是在无穷无尽、无止无休的景象、声音和运动中通过精心的选择、意外的组合和新奇的配置创造出来的一个情感灌注的全新影像世界，而且据说后现代以来，人们的日常生活已然影像化了。

电影这种神秘而理性的巫术思维求助于相似手段，把形象化和非形象化的表现方式、动作性和情感性的表现方式结合在了一起。电影之巫术思维并不排斥抽象化，只需隐匿得更深而已。《去年在马里昂巴德》则是抽象与形象高度统一的"经典"。爱森斯坦具有运用电影手段表现思维辩证法的追求和实力，他曾主张影片可以成为杂文集，甚至论文集，可以提出问题，并且通过最通俗的题材做出哲理性的回答。晚他几十年的法国导演、电影理论家阿斯特吕克比爱森斯坦更进了一步，他说："假若笛卡儿生活在当代，他会选择电影媒介为我们表现他那《方法谈》的思想，因为每一部影片，作为在时间中展开的动态作品，本质上是一个定理。影片是不可抗拒的逻辑的展现场所，逻辑贯穿于影片的关键环节，或者更确切地说，贯穿于辩证法的各级。"①虽然这些还都是理论言说，但他们都是大师，不是外行人的胡说八道，而且电影要想走出媚俗的娱乐陷阱，就得从思想力度方面开拓新世界。基耶斯洛夫斯基的《蓝》《白》《红》《十戒》之所以广受赞誉，就在于他满足了人们对电影艺术形而上的要求。在讲电影感性特征的时候插入这种议论是为了证明：电影之巫术思维具有极强的理性潜能。电影之巫术思维是在为世界"整序"，也是在把自主的智力结构引入表达过程。

四、暗示的"套娃"

在电影之巫术思维中，信息的主要传递者是暗示，而暗示则是模仿和表现之间的一种特殊过渡。暗示的主要表现方式之一是"影像的积累"，如《暴雨将至》中许了两年哑愿的基庐神父，只能通过他看到的画面表现他内心世界的变化。他刚开始在教堂中看到的是耶稣像，他脸上充满虔诚；他藏匿了阿族姑娘以后看到的是另外的画像，而且脸上没了虔诚。强调暗示是为了抵制说教。暗示用的是细节，说教用的是套话。艺术的魅力在细节而不在空话。

暗示是让观众唤起回忆的捷径。暗示的力量在于它是一场要求参加者具有默契且兴致勃勃的游戏，因为与客体的认同和对客

---

① ［法］亚历山大·阿斯特吕克：《摄影机——自来水笔，新先锋派的诞生》，刘云舟译，《世界电影》1987 年第 6 期。

体的体验靠"触动"而不靠逻辑推导。譬如，任何电影中的婚礼、葬礼场面都让人有生死之感，但不同的编剧和导演有不同的细节暗示手段，从而让人有不同的体验。暗示以其富于创造性的简洁方式令人回忆起某种共同经验。通过种种细节和偶发事件表示意义，这也是电影之巫术思维的"公开秘密"：细节负载生活的具体性，偶发事件负载生活的不确定性。思维的最高阶段是具体，而人生的"总账"是不确定。

再往深里说，任何"巫术"都是有结构的。诚如克洛德·列维－斯特劳斯所说："'结构化活动'有其自身固有的功效，而不管导致这种活动的那些原则和方法是什么。"① 根据维特根斯坦的见解，结构是"使事物彼此联系的支配方式"，形式是"结构的手段"。任何影片自然都包括这样那样的结构、形式。正如千变万化的万花筒游戏一样，一系列切换镜头本身就是在组建图式、结构和语义学的美学秩序。维特根斯坦还曾提醒世人，"被显示的"世界绝不比"被言说的"世界贫困。因为感性经验的实效性和多样性比纯理性认知的范围要宽泛得多。感性思维是万民共享的智力工具，从而电影也是一种万民共享的智力工具。"外貌感知"在西方古典哲学时代地位不高，在后现代知识背景中，它的声威正在隆起，而中国古典哲学的起点就是"具体逻辑"（这是个大有前景的理论问题，此处不宜展开）。

如果说巫术思维是电影之"式"的话，表达欲望则是电影之

---

① ［法］克洛德·列维－斯特劳斯：《野性的思维》，李幼蒸译，商务印书馆，1987，第 17 页。

"能"，这个"式"与"能"的组合便是电影之"道"（借用金岳霖《论道》的术语及其语义）。

电影把人类的想象力很好地实现了一次，它不但形象地演示了现象学原理，也形象地回答了许多古人思辨化的猜想：真幻一体、"景不徙"。在电影胶片的一格以内，自其变者而观之，则该影曾不能以一瞬。物质似动非动，在空间中仿佛凝固在其中，影子不徙不移。虽然我们从胶片上看到的是"飞矢不动"的每一个不动的画格，但等它们组合起来，就是人间景象的奇观。亦真亦幻，假作真时真亦假，无为有处有还无。从电影到电视到网络……人类的想象力在加速前进。这种前进的结果就是文化掩盖了现实，尤其是当代"影像文化"不会在任何地方、任何时候消失这一点。它变得比现实还"现实了些"，同时也在将我们带回到原始意识状态当中，影片《超验骇客》展示的正是这个问题。旧的原始文化是随着能够直接反映自身的物质形式的出现，即随着人的出现而产生的。现在文化正在向内转，世界仿佛从反映的过程中滑落下来，变得不再迫切。现在流行一个著名的公式"世界即文本"，即在主体与客体之间已不存在区别。文本描绘世界，就像文本被世界描绘一样；文本和世界互相存在于对方内部，变成了有趣的"套娃"。

暗示问题，说到底是隐喻与换喻的问题。譬如，一个航拍镜头将一辆行驶的汽车拍成甲壳虫在爬行一般就暗示了这辆车的命运和处境，电影中充满了这样的隐喻。换喻则常常使用环境镜头指代主人的身份，如宫廷镜头、荒村野店、神秘山洞。隐喻从本质上讲是联想式的比方，换喻则是邻近性的借代。喜新厌旧的人类总在不断地换词儿，"套娃"就在不断地变换下去。

五、基于意象的思考

"巫术思维"之奥秘正是"基于意象的思考"，其运思特点是以形态（形象）为线索寻求所暗示和所超越的东西，形态（形象）只是透视无形实在物的线索。意象是超形象、超形态的，是"浮游于形态和意义之间的姿态"。这种浮游于形态和意义之间的"姿态"，正是电影之"有意味的形式"，正是电影所谋求的意境，"超以象外，得其环中。持之匪（同'非'）强，来之无穷"（司空图《诗品二十四则·雄浑》。蒲震元教授在《中国艺术意境论》中将它意译为："诗中雄浑的意境超越事物的迹象以外，得之于天、地、人周流运转构成的宇宙环的核心——'道'，即宇宙的本体生命及其运行规律之中，把握它不能有丝毫的勉强，它的呈现无尽无穷。"）。因为司空图揭示了艺术意境的生成本质，所以不仅适用于诗，也适用于电影。电影出手就是声画浑成之品，但有无"具备万物，横绝太空"的雄浑意境，看其能否"得其环中"。这个"环"的本意是"道"，但"道"不是一个操作性的概念，是一种意境性的实体。栾勋说："道是现象环的本体"——"现象"为环，道为"环中"。[1] 所谓现象环是认识之环（由感觉起至理性又复归更高一层的感觉）与宇宙之环（天地人之阴阳大化）的结合。这个现象环正是电影现象学所要面对的"现象"。

其实，"现象"这个西洋名词真不如古汉语语境的"象"来得

---

[1] 栾勋：《现象环与中国古代美学思想》，《文学评论》1988 年第 6 期。

浑成无歧义。"象"是个可实可虚、亦实亦虚的总名。就虚象而言，它包括兴象、喻象、拟象、隐象等；就实象而言，它包括各种具象类的实体及其符号。电影画面正是具象与虚象的结合体。没有具象不成画面，没有虚象不成艺术。更深层面的问题是，如何在"象"的创造中，生动地体现出天人合一的宇宙感与历史人生感——"超以象外，得其环中"。

在中华民族深层的审美心理中，万事万物的"象"都是有限的，怎样通过这个有限来揭示出大宇宙生命——"道"的无限，才是艺术之道——这样的艺术才是"艺"，这样的活动才有让个体生命接近价值源头的意义。天人合一的道本身是浑成的、自在的、无限的、生生不息的，人由于种种后天的原因（诸如认识上的局限、心理上的阴暗）"遮蔽"与道体本来的"澄明"关系，陷入了种种人造的洞穴之中，艺术正是把人从洞穴里解放出来的拯救活动。通过对稍纵即逝的"象"的把握去领悟充满生机的"道"，就是"见道"了，就克服了"死亡"这一天敌带给人的无尽的压迫。宗白华先生在《中国艺术意境之诞生》中说"中国哲学就是'生命本身'体悟'道'的节奏"，"'道'具象于生活、礼乐、制度，'道'尤表象于'艺'，灿烂的'艺'赋予'道'以形象和生命，'道'给予'艺'以深度和灵魂"。"中国人对'道'的体验，是'于空寂处见流行，于流行处见空寂'，唯道集虚，体用不二，这构成中国人的生命情调和艺术意境的实相"，中国人感到的大生命的流行就是"宇宙真体的内部和谐与节奏"。① 这当然只是理想状态中的中国人，而且

---

① 宗白华：《美从何处寻》，重庆大学出版社，2014，第68、70、73页。

伴随着农业文明的解体、田园牧歌情调的消亡，这种节奏与和谐已经成为过去，我们的电影就很少有这种意境了。

但是作为艺术理论成果，作为一种美学思维的取径与理路，这一套依然有效而高明。"其称名也小，其取类也大"的对"姿态"之象征能量的开拓是营构电影画面永不落伍的理念，其感兴触发、迁想妙得的"圆而神"之悟觉思维更是营造镜头语言的"法宝"。因为电影说到底是一种"妙造自然"的工程，它必须通过技术手段达到艺术目的。它比绘画、书法、建筑等造型艺术多出了"瞬息万变"的气韵。电影制作没有一劳永逸的程式，恰如求道，而求道如搔痒：刚要上一点，又要下一点，任何"执一"都是害道。如同任何概念化、教条化的东西都是在坑害电影艺术一样。

而且进入后现代语境，中国古典这一套突然成了他们认同的宝贝了。首先，生活艺术化、艺术生活化这个大方向是一致的；其次，据后现代主义学者说，后现代主义是一种新型的元文化，即所谓的"新的原始主义"。这样自然要从中国这种据黑格尔说没有发生近代化抽象变化的原始思维中寻找印证和武器。尤其是西方自现象学及其各种分支如阐释学、知觉现象、学美学等风行以后，西方人对中国言与道的关系、言意象道逐层递进的"圆而神"的关系显示出与日俱增的学习兴趣。于是中国那一套通过"迁想妙得"，特别是"妙悟"而达天人合一的"悟觉思维"成了"后现代"的先锋。"超象超类，凌空观实"的审美能力生成了空间时间化了的天人合一的意境（这有可能成为后现代状况中的人们摆脱异化境遇的一种精神出路）。再说后现代不是一种时态而是一种状态，尽管西方后现代是西方文化发展进程中的一次质变：文化开始反映自身，世界即文本的意思是世界是按照文本的规律而存在的。犹如中国说的世界存在的根据是道一样，文本（"道"）高于现实，具体地说，文化（第二现实）的意志和规律支配着第一现实的意志和规律。文化与现实地位的转化，正是后现代主义的重要原则。这个转折随着虚拟现实——网络的发展而更变得醒目了。当然，这还需"且看下回分解"。

电影艺术是画面、色彩、声音共同构筑的活生生的艺术综合体。银幕形象系统是对客观物象的剪辑、组接和综合，渗透着创作者的价值取向和审美意向，蕴含着深层的文化意蕴和哲学理念。电影现象学寄希望于恢复原始直观以重建人性的完整和智力的恢宏，这就不得不复归原始思维方式，以期从中获得超越可耻的现代病的真气、元气。而原始思维最基本的乃至根本而一贯的特征就是象征——象思维。荣格说："艺术的社会意义在于此，这不停地陶冶时代的灵魂，凭借魔力召唤出这个时代最缺乏的形式。艺术家得不到满足的渴望，一直追溯到无意识深处的原始意象，这些原始意象最好地补偿了我们今天的片面和匮乏。"[①]《红高粱》的成功就在于它能够给予观众一种对原始生命力的朦胧回忆，对富于激情的生活的向往，在影像直观又不乏诗意的演绎中，表现出对原始生命力近乎崇拜式的讴歌。

基于意象的思考是把现象转化为一个心念，把心念转化为一

---

① ［瑞士］卡尔·古斯塔夫·荣格：《心理学与文学》，冯川、苏克译，译林出版社，2011。

个形象，结果是这样：观念在形象里总是永无止境地发挥作用而又不可捉摸，纵然用一切语言来表现它，它仍然是不可表现的，因而只能暗示它（的一部分）。近代历史科学之父维柯认为，处在神话时代的原始人的智慧是一种诗性的智慧，表现这种诗性思维的语言手段是诗性的词句，即隐喻和象征（海德格尔说了太多太多玄幽的道理，中心是返回这种诗性智慧）。这种诗性思维的语言在当时是不能抽象、不会抽象、不能用概念来直接命名事物的属性，而电影恰恰不能用概念来直接命名对象——概念化是电影的"天敌"。

为了摆脱概念化借鉴现象学还原的方法也许是有益的。最简单的就是现象还原：使一切已知的东西变成存在于感觉之中的现象，使之能够通过直观被人们认识；直观在这里是主体对对象的直接领会，这便形成了新的认识活动的基础。像文学批评中的陌生化方法就是这种还原的卓越运用。电影求新务奇探索的第一步工作就得是对任何现成对象进行这种还原。

还原的目的是寻找、解决那"不确定的点"。因为电影艺术的真正本体，既不是一个物理实体（尽管它具有具体性物理基础），也不是一个心理实体或心理物理实体，而是一个纯粹意向性客体。所谓意向性指的是人所认识的一切对象都不是独立自主的存在物，而是被主体意识到的对象——是主体与客体的融合统一，凡是统一都存在着不确定的点。

比如，艺术的魅力在细节，只有细节能使所有的问题"具体化"，基于意象的思考其实质是基于细节的思考，至少是落实到细节的思考。对一部作品（哪怕是正在构思的）的细节进行"还原性反思"，首先确定那些"在位细节"的张力，所谓在位细节是决定事件因果关系的细节，它们的意义含量决定作品的架构和分量，这种细节当然是动态细节——是使情境发生变化的细节。其次优化"自由细节"的配置，所谓自由细节是增添艺术效果的细节。如果说在位细节主要承担了叙述功能，自由细节则主要承担着抒情表意的功能，这种细节虽然并不决定因果—时间的进程，却肩负着呈现时代环境、描写人物性格的使命，相对地说，这类细节以静态细节为主。所谓优化配置，一是考量节省性，二是考量合理性。烦琐永远是艺术的敌人，烦琐与故意重复以强化意味大不相同，节省就是要去掉任何冗余的东西。合理性其实是求实错觉与艺术构成需要相妥协的平衡。

总之，无论是巫术思维也罢，基于意象的思考也罢，都是想"形容"电影艺术思维的基本特征。这种思维本身是艺术幻象式的排列组合，这种思维的结果是创造艺术幻象，等于是用表现性形式去制造表现性形式，方法与本体是一致的，所以说它们之间的关系是主体性之间的关系，是过程与结果的关系，它们之间也是一种"原则同格"的关系。它们有着共同的属性：第一，直观性。它们是从物质存在中抽取的纯粹直观物，是能够直观到的虚的实体，直观性是其存在方式。第二，奇异性。艺术幻象为我们展现的是一种新的境界，创造新境界是其天职，奇异性往往来源于形式的力量。第三，他者性。如同无意识是种他者的话语一样，艺术幻象是在建构一种他者性。真正的艺术作品都有一种超越感，达不到超越感的作品不是好作品。就连香港闹剧电影的魅力也在于超越感，解构是建设超越感的有效方式，周星驰的"大话体"不仅是对原作的超越，更是对一般现实惯性的超越，表现了高于现状的情感类型。说白了，艺术幻象既以"幻象"表现了人类普遍情感，又用"幻象"超越了现实形式，从而达到了艺术形式与人类感情的统一。

第四章
镜像皆心像：对技术元素的学理阐释

电影是种充满世俗化细节的自我断言文体。电影能用物理的"语言"表现心理的内容，从而将可见的物理世界与不可见的心理世界统一于影像之中。

电影把欣赏者的原始感性变成了审美感性。感性这个艺术赖以生存的基地，是电影艺术的元素被审美感知时所变成的那种东西。电影艺术元素的使命是使时间空间化、使空间时间化，并通过时空架构获得审美意义，通过感性而近乎自然——人类经验最终的自在。

人们只研究镜头里的人，对于镜头外的人则不予理会。其实，镜头里的人是镜头外的人的现象化。一切镜像皆心像。直觉即显现。

一、"上镜头性"与"意识重塑"

"上镜头性"的本质是艺术的假定性。如同舞蹈表现了平常步态中没有的姿态，电影摄影机发现并制造了普通照相机不能发现也不会制造的效果。"上镜头性"用的是诗歌语言，照相用的是日常生活，所谓诗歌语言是种出人意料的阐释，这种阐释带有"自身即目的"的不可理喻的功利性，从而能在重新审视熟识的景象时表现出"陌生化"的经验，这是在"实录"的过程中将现实变形的假定性。例如，一种情景用不同的角度、不同景别或不同光线拍摄，就会获得不同的修辞效果。镜头特点（景别、角度、照明、光圈等）与蒙太奇类别能够决定影片的基本风格。"意识重塑"的核心是设法克服"材料"的阻力以表现情绪。略微回顾一下问题提出的历史也许是有趣的。

让·爱泼斯坦在《在埃特拿山上回忆电影》一书中说："1919年及以后的几年，电影无论在实际方面还是在理论方面，无非是给学生们消愁解闷，是多少有些主见的物理学游戏、娱乐品，如此而已。然而就是在这个时候，卡努杜就发现当时的电影尽管只存在少许的可能性，但它一定会成为新的抒发感情的工具，他很早就预见到电影会有无限的发展。"这位卡努杜是意大利人，1879年1月2日出生，年轻时移居法国，过着"流浪"文人的生活，是公认的电影理论创始人，用基多·阿里斯泰戈的话说："电影理论真正的先驱者是意大利人里乔托·卡努杜。"① 当时电影的水平相当低幼，受到当时文化人和装腔作势、高深莫测的人的纷纷反对，但卡努杜恰恰认为这种还没有理论的艺术是新生的艺术。他探索了电影新表现方法的规律和目的，第一次提出了与圈内术语"上镜头"

---

① ［意］基多·阿里斯泰戈：《电影理论史》，李正伦译，中国电影出版社，1992，第70页。

含义不同的"上镜头性"，并于 1911 年发表了《第七艺术宣言》一文。他的"第七艺术的美学"观点大致如下：电影不是戏剧。电影是最高级、最精神化，能通过最具体的现实来再现梦幻的高级魔术。就其本质而言，无论它的灵魂还是躯体，都是适于表现而诞生的艺术，电影所独有的表现领域之一将是非物质的领域，就是下意识状态。电影可以通过巧妙的倾斜摄影、多次曝光、局部虚化等手法来改变画面形象的造型风格，是用光触变成节奏的艺术，是以影像创作的视觉戏剧。这种视觉戏剧可以而且也应该发挥它那表现非物质世界的不同寻常的感染力。

卡努杜认为，基本艺术有两个：建筑和音乐。绘画和雕刻是建筑的补充。诗是语言的提高，舞蹈是肉体的奋发，都能化为音乐。而电影则包括了这一切，是动的造型艺术——"第七艺术"。它融合、转化、吸收了其他动的艺术和静的艺术、时间的艺术和空间的艺术、造型的艺术和韵律的艺术。他的理论为电影朝着新时代前进获得了理论上的合法性，并将电影定位于一个"开放系统"，能够在任何时候与文化哲学氛围、科技潮流、社会环境发生能量和信息的转换，而它生长的根本在于抓住"文明的根源"——这一点直到今天依然是重要的。今天的，尤其是中国今天的电影想要有大发展必须抓住文明的根源，尤其是中华文明的根源。

卡努杜认为，电影是心灵的表现，是创造者人格的结晶，他把能动员许多人协作的人称为"银幕艺术家"。他坚信：新的表现方法要通过生命本身的活动求得，同时还必须把生命的所有形态导向一切感情的根源。他承认抒情纪录片，谈及色彩和有声电影问题，谈了检查和知性的义务、为科学服务的电影、电影与大众的关系、电影和音乐的关系，都表现出先驱者的明智；最为内在的理论贡献是他的电影节奏学说，他认为节奏是"平面的游戏"（"其大小与追随先行各种影像有关的一个影像相同"），是"造型的音阶"："同一画面上同时出现的影像的表现总体"——这是"电影的特性"，也是后来蒙太奇理论出现的序曲。他还展望了以拉丁语世界为舞台的电影和以东方世界为舞台的电影，这些电影时至今日仍有令人瞩目的价值。

他的理论得以形成影响，还因为他在当时投入了大量的社会活动。他创办了人类史上第一个电影俱乐部——"第七艺术之友会"，并创办了《第七艺术新闻》，尽力使诗人、画家、建筑家、音乐家接近电影。他认为，这些不是确立技巧法则，而是能够确立美学根本法则的文化人来接近电影这一新的表现形式，这会给电影的发展提供思路。他还广泛宣传，通过"公共卫生委员会"要求政府在中等教育、高等教育中研究电影。诚如爱泼斯坦所说"卡努杜是电影之诗的传道者"。

受卡努杜的直接影响，德吕克创建了"电影俱乐部"，并有了后来的"法兰西电影俱乐部"，他被称为"电影评论之父"。他在《电影与公司》（1919年）中说："我们恰逢堪称惊人的艺术的诞生。这恐怕是唯一的近代艺术。为什么这样说呢？因为它是机械的女儿，同时也是人间理想的女儿。"它是只有极少数艺术家才能掌握的艺术，它的力量来源于有直接表现力的独特方法。这独特的方法可简称为"上镜头性"。他说"上镜头性"不是被摄对象固有的一种品质，也不是靠摄影机所揭示的一种品质，而是一种观察事物、表现事物的艺术，是导演让摄影手段为激情、睿智和影片节奏服务的艺术。他纠正了人们认为照相是电影唯一根源的偏见，认为镜头上活动着的影像才是电影艺术。优秀的电影作品应言之有物，应建立在符合电影艺术特性的手段即"上镜头性"之上。"上镜头性"是"电影和照相术的和谐结合"，但"我们不要照相，要电影！"[1]即用"新的电影语言"表达出"电影表现人和事物的诗的特殊方面"[2]。他们的理论为电影先锋运动开辟了道路，并形成"视觉主义潮流"。这些成为后来电影理论的"原型"，到现在为止，视觉主义依然是个重要框架。

德吕克从四个基本元素来确立他的"上镜头"观念：装饰、光、抑扬、假面。装饰是说场面的设置，其中的要点是：导演选择的目的不是照相，而是创造。到了 1960 年贡布里希写他的《艺术与错觉》时还在弘扬这一点，并提出了石破天惊的著名命题："艺术家的倾向是见其所欲画，而不是画其所已见。""见其所欲画"的要点在于建立"关系模型"。德吕克所论述的四元素，其中的关键是"抑扬"，据理论史家说，这是发现电影特性的开端。"抑扬"是要求比例的均衡，全凭这个均衡，电影的任何部分都不至于作为其他部分的牺牲品而存在，从而获得持续的均衡，使许许多多的插曲取得逻辑的联系，进而产生幻想的成果。说白了，这个"抑扬"说就是在呼唤蒙太奇理论。正是这个抑扬说开拓了

① 李恒基、杨远婴主编：《外国电影理论文选》，上海文艺出版社，1995，第 56 页。

② ［意］基多·阿里斯泰戈：《电影理论史》，李正伦译，中国电影出版社，1992，第 77 页。

电影大胆发展的思维空间：由于穿插不同的各式镜头，才有可能进行对位和比较，才能把形象各异的影像交相结合起来，如使我们看到室外场面时能够平行地看到室内场面。最为重要的是，这样的对照能使人发现丰富的惊人领域——现在与过去、现实与梦等，建立了各种关系均可以成立的可能性。德吕克是蒙太奇理论的先导者。抑扬说是一种效果论，它要求装饰、照明、假面这三者与演员很好地结合在一起。他认为，演员固然是创作的要素，然而它首先是生命经过雕琢才赋予活人气息的"玛斯克"。

这些都是"暗合"现象学原理的。当然，无须做无聊的印证，倒应该引进一点胡塞尔的观点来"照亮"上述"素材"。胡塞尔认为，想象决定艺术的本质，其目的在于唤起人们内在的心理体验。所谓内在心理体验是些"想象表象"，也常被称为"表象"。人们被某些画面打动或者厌弃某些画面，个中原因或曰道理，就在于画面所呈现的表象与受众心中的表象是对位的还是错位的。对位的就"搔着了痒处"，不对位就产生厌烦。胡塞尔认为，想象是形象化的体验或体验的图像化。想象既非对象的存在，又非对象的呈现，而是复现对象和创造对象性的东西。想象的创造性使艺术创造能出人意表地诞生新的意象，是主体审美意向性的投注。艺术总是在形象中呈现出超越形象之外的东西。艺术的生命在于对生命事物的表现，而不在于事物本身。艺术使对象客体作为形象表现出来，它已不再仅仅具有"物"性，而是变成了意向的存在，它包孕着形象意向及体验与作品主题等复杂关系。这使得艺术超越于现实之上，艺术的把握使体验和理性在意向层面上达到新的统一。内在心理体验（想象表象）与审美的图像互相唤醒，只是内在的图像性意识对审美的图像起了反应，审美者的意趣从属于图像，从图像中直观主题。图像激发出美感时，一种表象使主题或其某些局部达到更完全的直观。一言以蔽之，正是艺术揭示出生活世界中那最深邃的精神特性。换言之，揭示出生活世界中那最深邃的精神特性才是艺术的真正使命。

　　胡塞尔在《想象与图像意识》（1904年）中说，艺术在与现实的关联中，使人超越现实世界和经验世界而臻达直观性形象，所以艺术与人的精神相关，而不能从自然科学的观点去解释人的审美精神。到了20年代20年代末，胡塞尔更完整地表述了自己的现象学美学观：在想象体验中，或者说在那种我们由于生活在"图像"世界的态度中，我们不曾完成经验的现实世界的任何东西，特别是对那些用于表现和实在事态的经验世界之物，这一世界是没有设定给我们的、被关闭了的世界。艺术不是现实，艺术是意识的重塑（胡塞尔语义的想象），是主体意识对现实对象的审美改型，使之成为非真实的东西。这一意识重塑即现象学的"审美改造"，包孕着无限的内容——这个后面再说，现在只说一句：用图像意识去阐释艺术与现实的关系及艺术审美判断，开拓了现代美学的新思路，对于一切都从"上镜头"、镜头上说起的电影来说，则尤有切要的指导意义。另有文化意义的是，他延续了西方的"审美拯救论"，尤其是康德的"判断力"可以沟通纯粹理性和实践理性的理路（他是以当代康德传人自居的），将拯救现代人精神危机的使命、为人的存在争取意义之人文情怀追求，交给意识重塑、审美改造——艺术图像的创造，实在是给了电影理论一个崇高的定位，一个带有宗教意味的感召。

经由深度的意识重塑，电影才是表现诗意的最有力的手段，才成为表现非现实之物的最现实手段。

二、灯光之笔

在电影中，相对于生活形态的场景和细节，灯光就是意识形态，就是感觉、颜色、色调、深度、气氛的操纵者，当然光本身也是叙述的工具。导演用光的方向和强度的变化来引导观众的目光。灯光会补强、删去、减少、增加、丰富画面的信息，甚至创造意境，使梦境幻想可信、可接受。它给影片增添透明度，隐含着张力与动感。当光照在一张脸上时会创造出脸原本没有的表情，平板的脸变得诱人、聪明。光也凸显身躯的优雅，让原本平凡无奇的空间光彩难忘，背景也因光而有了生命。大诗人歌德的遗言是"多一些光"。光是自然与人类赖以生存的基本条件，是一切艺术都要触及、表现和探索的对象。绘画艺术色彩的变化离不开光的运用。雕塑作品靠光的作用，可以使观赏者感觉到皮肤表面的温暖，"好像生命本身一样"，这就是著名的法国雕塑家罗丹端着灯让葛赛尔在灯光下欣赏维纳斯像的"奥秘"所在。[1] 电影的诞生，意味着人类从此拥有一个"用光写作"和用光电传播的全新传播形式与传播行为。通过这一新媒体，人类不仅可以创造新文化，把整个现实世界和已经创造出来的文化世界（包括文学、戏剧、舞

---

① ［法］罗丹口述，葛赛尔记：《罗丹艺术论》，沈琪译，人民美术出版社，1978，第 29 页。

蹈、音乐、绘画、雕塑、建筑艺术）予以音像化的记录、复制或改造，而且可以用光之笔创造一个音像化的新作品，走上银幕。

光既是基本前提也是特殊效果，写实主义喜欢用自然光，自然光会使影像有纪录片的感觉，形式主义偏向象征性的暗示灯光。拍电影最耗费时间的就是调整每个镜头复杂的灯光。灯光有深度、有风格、有品质，只能"利用"而不能强迫，光是一种化妆、一种巧妙的魔术。再简陋的布景设计经由光就可以展现出意想不到的影像。有时只需把强光改为弱光，便能将悲愁痛苦之感融成肃穆、熟识、安详，更不用说现在的"滤镜"及"人工智能美颜"等光影的信息技术了。夸张一点说，电影是在灯光内写就的，它的风格也是靠灯光表达的。《一个和八个》以超常的视觉造型，打破了常规电影中的全景构图，打破了原有的用光习惯，要么是强烈的黑白对比，要么是顶光与逆光的反常运用。导演说："如果我们拍出了人物脸上粗糙的皮肤，拍出了干裂的嘴唇，拍出了阴暗的牢房中那黝黑、肮脏的脸，拍出了生死搏斗中那扭曲、精瘦的身躯，拍出了昏暗光线下面面颊上那大块的阴影……一句话，如果能再现那艰苦环境中的斗争，如果能让每一个人物在观众心中留下印象，我们认为，我们表现了美！"[1]

每一种光都有它最亮的一点和它游荡到该处便完全消失的一点。光可以直行、绕行、斜走、回转和穿行。它可以聚，可以散，可以使之闪烁，也可以使之受阻。影神秘，光明澈，影藏匿，光显

---

① 张艺谋、肖锋:《〈一个和八个〉摄影阐述》,《北京电影学院学报》1985 年第 1 期。

露。每种光都投下自己的阴影。在有阴影的地方必定有光。在电影中，各种光或相得益彰，或互相掣肘，更糟的是互相重复。这时光线不再是美的载体，而是在传播着混乱了。

光是电影艺术重要的造型手段。创作者对整个片子造型及风格的总体把握，是从照明的构思与设计开始的。首先，确定全片光线的结构形态怎样配置，即全片主要使用什么光线去构建整个片子的用光骨架。光调形成全片色彩和影调基调，并成为与整个片子相契合的光线韵律与节奏。其次，画面形象造型处理，主要指利用不同的光线形式描绘物体的立体感、表面结构质感和画面的空间透视感，突出强调主要场景和主要人物。另外，光线具有表意功能和象征功能，可以用光线表现某种特殊寓意或情感，把光线作为"角色"进行塑造，有很强的寓意效果。电影中常采取写意性效果光来说明某种时间。如日出，创作者模拟太阳光线从窗子透射到室内，在一面墙上形成窗子投影，光线偏暖色；傍晚，"阳光"又从窗子另一侧照射进来，洒落在另一面墙上。创作者通过这种光影的变化，造成很强的视觉印象，从而交代时间。光效越精练、越"抽象"、越典型，就越有视觉美感。光线的表意、象征功能，使光的语言更为理性化和哲理化，使画面审美特征更富内涵。《红高粱》将光用到了鬼斧神工的化境。

阿恩海姆说，光"是帮助我们知觉空间的最重要的标志物"，"是揭示生活的因素之一"。[①] 光线不仅仅停留在视觉的基本感受

---

① ［美］鲁道夫·阿恩海姆：《艺术与视知觉——视觉艺术心理学》，滕守尧、朱疆源译，中国社会科学出版社，1984，第 410、436 页。

方面，它还具有调动观众的情绪、启迪人的思想、使人们在精神上得到很大愉悦与满足的功能。用光线营造气氛，形成光线的艺术感染力，是光线体现画面美的魅力所在。

也许有一天，用光风格会成为区分电影类型的一个标准。

三、色彩：视觉的十字架

电影中的色彩既可以是理性的也可以是非理性的，它对观众的影响主要是通过刺激其无意识感知，产生新的支配力量，对剧中人物的情绪、意愿等心理空间的拓展是表意性的，对全剧的主题主要起指代和象征的作用。如《红高粱》《大红灯笼高高挂》《菊豆》中大块红色的运用；又如美国影片《阿甘正传》，主人公跑步跨越全美国，随着背景的变化，色彩也从灰暗向明朗、单一向多彩变化。色彩在这里传达了一种主观情绪。这种表达方式类似图解和意景对应。最典型的例子就是基耶斯洛夫斯基的三部曲：《蓝》《白》《红》。蓝、白、红，是法国国旗的三种颜色，象征自由、平等、博爱。以法国国旗的颜色作为影片的片名，寓示了影片所要表达的主题和基调。影片通过三个平凡人的小事，反思了自由、平等、博爱对个人来说到底意味着什么。色彩的运用，采用了表现主义手法。如充盈画面的碧蓝的泳池，白色的窗帘和炫目的白光，大块大块热烈的红色，突出了主题的象征意义，渲染烘托了气氛。

早期电影是黑白的影像，这种二元色调不符合五彩缤纷的现象世界。但是，黑白影像与人的某种回忆、梦魇、恐怖等心理经验相契合，因而黑白色调的巧妙运用会更加逼近现象世界的真实状态，通过对色彩的捕捉可以把握深层的意蕴，从而产生巨大的艺术魅力。费里尼就说："烂片常偏好彩色，你可以想象那五彩俗丽的颜色如何把人的想象力窒息死，你越想模拟现实，就越容易陷入模仿的假象中。"例如，张艺谋的《英雄》想玩色彩却因太玄而假。有时候黑白片反而提供想象力驰骋的大空间。一组色彩关系在一幅电影画面中形成的色彩倾向，以展示色彩的总体特征，人们称之为色调。《辛德勒的名单》以灰褐色为整部影片的基调，契合纳粹统治下阴森、恐怖、沉闷的战争氛围。但是，被法西斯杀害的犹太人的血，则是鲜红的；一个犹太小姑娘的红裙子进入辛德勒的眼帘，激发了辛德勒的救助决心；最后献在辛德勒坟墓上的花，也是红色的。红色因此成为片中生命和正义的象征。改编自同名漫画的《罪恶之城》全片以黑白色彩为主，而仅仅在暴力镜头、女人铺开的连衣裙、狰狞的面孔等处加入红色，这样"红色"一出现便象征着题眼的"暴力"和"性"了。在张艺谋的《我的父亲母亲》中，他甚至用过去时的彩色来与现在时的黑白作为对比，突出想象中的纯情与现实的苍白之对比。艺术在于诠释颜色的技巧。电影影像不能像绘画之类的平面艺术那样准确地界定颜色的色调，因为平面绘画的光是确定的。在电影中，每个画面的颜色会彼此渗透蔓延，如此才能打破画面与画面不相连的界限。

色彩的运用要讲究形式美。我国清代画家方薰在他的《山静居画论》中曾写道："设色不以深浅为难，难于彩色相和，和则神气生动，否则形迹宛然，画无生气。"清代画家费汉源也曾讲过："设色之妙，妙于浑化，丑莫丑于浓浊。"换成教材语言说，首先是和谐原则，在冷色调（如绿色）与暖色调（如红色）之间，采用近邻色调（如橙色或紫色）作为转换的中介，让色彩的变化保持和谐；其次是对比原则，把冷色调（如绿色）与暖色调（如红色）并列，强调鲜明、醒目、不和谐的视觉效果；最后是统一原则，各种色调的有序组合，营造既单纯又丰富的艺术氛围。色彩是画面的感情外化。色彩既有客观性，又有主观性。由于具体语境的不同，同一色彩往往具有不同的意向特性和审美意蕴。白色既可象征纯洁又能寓示凄凉，黑色既可象征庄重又能寓示恐怖。巴拉兹·贝拉说得好："色彩的变化能够表达没有颜色的面部表情所不能表达的情绪和感情。色彩的变化能为面部表情增添微妙的神韵。"[①]

色彩的调配可以有效地暗示情绪的波动。不同色调、比例的色彩传达出不同的情感内涵和故事内容。柔和的色彩表现宁静的心态，而强烈的色彩则表现亢奋的心情。色彩的巧妙运用还可以推进剧情的发展，传达更细致的情感、思想变化。"除非我们能够感觉出贯穿整个影片的色彩运动的'线索'……否则，我们就很难对电影中的色彩有所作为。"[②] 但是，我们也不能把色彩凌驾于其他元素之上，正如巴拉兹·贝拉所指出的："彩色不能从根本上改变一部影片的剧作结构，它只能有时强调出某些场面的意义。"[③]

苏联著名导演杜甫仁科认为，人们总是拿彩色电影同油画相

---

① ［匈］巴拉兹·贝拉：《电影美学》，何力译，中国电影出版社，2003，第258页。

② ［苏联］谢尔盖·爱森斯坦：《爱森斯坦论文选集》，魏边实等译，中国电影出版社，1962，第440页。

③ ［匈］巴拉兹·贝拉：《电影美学》，何力译，中国电影出版社，2003，第260页。

比，这种比较是不正确的、肤浅的。电影中的色彩是层次分明、富于动势的，它处于不断运动的状态中。因此，电影中的彩色与油画比起来，更接近于音乐。瑞典影片《毕加索》中也出现过同样的手法。画家爱上了一位歌女，当他到她家拜访时，一推门，房间里呈现出褪了色的棕黄色，原因是歌女的父母说她不在家。当毕加索转身要离开时，歌女突然从室内出来，画面立即色彩斑斓。姑娘讲了两句话又返回室内，画面又失去了色彩。这是一部喜剧片，作者以色彩夸张地表现了画家观察事物的眼睛，并以喜剧手法揭示了他的心理变化。同样的例子还有《简·爱》中的裙子颜色的变化。

色彩进入电影，无疑大大丰富了摄影师的造型手段，满足了观众的视觉享受。电影中色彩的直观性、具象性特征，既是造型构成必备的有利因素，又在一定程度上具有自身形式的内在制约性，外化特点内在意蕴的发掘，用俄罗斯画家列宾的一句名言来概括就是："色彩即思想。"《黄土地》深邃、严肃的理性思考是透过大面积色彩的整体造型来加以凸显的。《辛德勒的名单》通片都是黑白色调。法西斯将犹太人驱赶向集中营时，一位穿着红裙的小姑娘进入一幢房子躲了起来。"小红裙"再次出现于银幕是在一个犹太人手推的尸车上，红色的两次出现告诉观众，法西斯杀害了这个小女孩。小女孩的红裙和黑白色调形成强烈反差，显然是一种强调——"强调"了辛德勒的良知和救援行动。

电影只有找到本真的生命形态，揭示出人性或世道的真理、用色彩启示了存在感及其意义之时，电影及其用色法才会焕发出艺术的力量。《菊豆》和《英雄》都像开染坊铺，但前者表现的是人性的压抑与反叛、对封建礼教的冲决与最后惨遭毁灭的悲凉。影片巧妙地借助染坊琳琅满目的大红、正黄、明蓝等各色布匹来喻示着男女主人公鲜明直露的感情内容。这些鲜亮明艳的色调，始终被青灰蓝黑的冷色调所包围。这灰黑的冷色调对暖色调"挤压与紧逼"艺术氛围的营造，必然造成禁锢与抗争的激烈冲突。色彩的运用（无论冷暖），在这部影片里，更多地渗透着导演对人生的理性思考，色彩成了作者理性思辨的符码，透示出深厚的文化意蕴，显现出特有的艺术感染力。而《英雄》虽然赤橙黄绿青蓝紫什么颜色都用了，但是由于没有内在的必要性而很难让人感到震撼的力量。

中国传统绘画理论的"墨分五色"使水墨画成为中国传统主流绘画。中国画的意象性造型原则，不重绘画色彩的丰富多彩，而追求墨色的"气韵生动"和"神妙意趣"，主张"意足不求颜色似"。在绘画中，画家不追求色彩自身的独特个性，而把它当作附属于物象的"随类赋彩"（南齐画家、理论家谢赫在他的《古画品录》里提出了总结中国传统绘画的著名"六法"论。"气韵生动"被列于首位，"随类赋彩"在第四位）。它所表现的不是对自然物象的直接摹写，而是一种朦胧、虚拟的非现实感，一种隔帘看花的"隔"的境界，色彩讲究虚灵和空静。传统中国画所欲达到的最高境界是一种高、古、清、雅、逸，是所谓"胸罗宇宙，思接千古"超越物象之外的对人生和宇宙有所感悟的"意境"。

西方古典绘画时期对色彩、造型、结构、光线追求自然真实，它不像中国传统绘画那样注重墨色的"神韵"和"意境"，而是注重造型与色彩的统一。色彩在西方电影中已不仅是一种外在形式，它成为银幕视觉影像的内在元素。它参与银幕剧作，构成造型语言，是体现影片生命质感的外部显现。色彩在影片中发挥了独特的视觉语言作用，显示出独有的艺术魅力。安东尼奥尼称《红色沙漠》"诞生于色彩"。他在拍摄这部影片时，在外景地上喷洒颜色，借以制造内在、心里的感觉。为了创造出现代工业社会丑陋的形象，他将工业废料、河水污染、沼泽和大块地区染成灰色。有了滤镜和光学底片以后，可以支配的色彩就更丰富而容易了。

四、音响的真值

由于缺少声音这个维度，无声片的画面就需要加倍的说明性镜头。因此，蒙太奇成为无声电影的重要语言。当时人们不得不在叙事过程中插入许多解释性的镜头，以使观众了解何以要出现他眼前的场景。许多快速蒙太奇（或闪现）都有音响跟进的作用。例如，想表现工人放工出车间时，必须插入一个表现正在喷气的汽笛的特写镜头；想让观众"听到"钢琴家在演奏德彪西的音乐时，就需要放上一个表现落叶或平静的水面的镜头。而有了声音和音响之后，影片有了更广泛的描述手段。音响可以同画面构成对位或对立的综合文本，不仅与出现在银幕上的音源相符合，而且它尤能用"画外音"来表现。从现象学的角度说，这种机制是意向意象化及意向、意象的多重性问题。它不仅包含着自然音、画外音等现实主义的表现力，还产生了象征意义——尤其体现在对观众的情感震撼与心灵震动上面，可以产生"小事件大情感""小细节大情感"的效果。现在，音响音乐在电影中已经成了举足轻重、决定胜负的元素。李安执导的《断背山》讲述了两个牛仔在碧草蓝天下的恋情。他们相爱时的炽烈痴狂、依偎相守时的寂静恬淡、与世俗抗衡时的隐忍悲怆，很大程度上来自背景音乐的"叙述"。该片在众望所归中斩获了奥斯卡最佳配乐奖。好莱坞大片的震撼效果有一半是靠音响和音乐——若把它们变成默片，将会一塌糊涂、惨不忍睹。

音响增加了画面的逼真程度、画面的可信性，可以说是极大幅度地增长了画面的美学效果，使观众找到感觉上的多面性，恢复了所有感觉印象上的相互渗透性。音响在某种程度上同时为简单感觉和美学感觉建立一种连贯性。音响在一般情况下是较能脱离视觉蒙太奇的。由于背景有了音响，画面就恢复了它真正的现实主义价值，富有魅力的自然音响的艺术处理给画面染上了强烈的情绪色彩。自然，音响作为叙述方式，常与画面以各种形式的组合来传达它的艺术魅力。音响伴随着画面的流动，提供更丰富的信息内容。

声带重现了许多主观效果，如过去用叠印镜头去表现回忆的场面，如今可以代之以"画外音"了，凡是用来代替音响的印象蒙太奇都变得无用了，解释性的镜头也没有那么必要了。创造性地构思和运用画外音可以获取独特的艺术效果，甚至构成整部影片的独特结构及风格。如《广岛之恋》中的画外音独白不仅叙事且使影片更有哲理力量。它的叙事功能建立了一个套层结构，在一个日本男人和法国女演员的爱情场景中，夹叙了这个法国女子与德国军官战时的爱情故事。它的哲理功能，使极其平静的画外独白与画面上出现广岛 1945 年轰炸后的恐怖景象，形成了强烈的声画"错位"，让人灵魂深处惊悚震撼。

有了声音以后，如何运用声音，反而又成了新问题。如电影中的"沉默"反而成了一种具有积极意义的美学手段，通常成为表现死亡、缺席、危险、严重、不安和孤独的象征。沉默能发挥巨大的戏剧作用，它比喧闹和嘈杂的声音更能有力地渲染某段时间内的戏剧紧张性。还有"省略"可以去掉一些"现象学的冗余"，使影片的节奏更流畅而含蓄。有时，如《第四十一个》用洪亮的音乐代替对话而与画面构成综合文本——青年军官讲鲁滨逊的冒险故事时，我们并没有听到他在讲什么也不想听到，只听到一阵洪亮的音乐，看到女主角的容光焕发。

普多夫金极为重视"声画对位"，这种对位可以产生良好的表达效果。阿巴斯的电影很慎重地使用伴奏音乐，只是很精当地作为心理激流的物化体现，反而能给人留下深刻的印象。一般地说，音响通过包含的形象张力与象征的价值而去突出画面的意义。这种象征是与视觉形象的象征相得益彰的，它既不与画面争夺含义，又在视觉画面之外产生一种更深广的意义。在《在码头上》中，当男主人公向他的女朋友承认是他引她的哥哥进入埋伏圈，致使后者丧命的经过时，一艘驳船在附近鸣笛，观众听不到他的话，只见女的双手捧头，神经质地喊叫起来。这个动作既可能是震耳欲聋的汽笛声所致，也可能是由于可怕的事件所致。汽笛声的对称效果极大地增添了戏剧性的效果。视觉内容与音响元素相并列是基本构成法。例如，一个奔跑者的喘气声与火车机车的喷气声相并列构成类似钢琴奏鸣曲的织体。音响与画面不对称则是更见独创性的隐喻效果，如在《化装舞会》中，马叫同正在大笑的资产阶级绅士的画面相叠；鹅叫同年轻姑娘的镜头相叠；母鸡叫同夜总会中几个姑娘的闲聊的场面相并列。

电影区别于绘画的特征之一是多出了"听觉"方面的刺激，音响装置几乎从一开始就能够用机器造出变音和艺术感受。音响可以使画面的视觉形象转化为言语的听觉形象，是影片的阐释。尚未配音的片子只拍出了 60 分的效果，音响则能加到 80 分。这说明了"听觉"对感知电影的重要作用，说明电影对于人性诸要素的综合刺激。视听语言，之所以是电影独特的语言，也在于此。也有人说，"视"占 60%，"听"占 40%。听觉是人类的重要元素，从而也成为电影的重要元素。

《公民凯恩》的作曲者赫尔曼说："音乐实际上为观众提供了一系列无意识的支持。它不总是显露的，而且你也不必知道它，但是它却起到了它的作用。"[1]《秋菊打官司》中秋菊每次出门告状，画外音都有一声秦腔叫板"走哇——"，不仅渲染了一种苍凉的气氛，而且传达着一种独特的文化意味。张艺谋称："在写实的基础上也需要再创造，音乐、音响的再创作不是独立的，它要衬托、渲染、传达作品的立意。"[2]

现代复杂而有效的混合音响系统能够制造出任何声音。在画面中，让说话的声音伴随着听话者的面孔；把户外的世界带入室内；把脚步声放大变成一种含义；用远处的谈笑声作为音响序幕的一部分，代替在空旷的世界里听一支独唱曲；使回声和太空音调富有戏剧性。当然，声音虽重要并有潜在的效果，但其作用永

---

① 周传基：《电影艺术中的一个被忽视的方面——声音》，《电影艺术》1981 年第 3 期。

②《张艺谋称"只要超常规"》，中国台湾《影响》1995 年第 3 期。

远是画面的一个随从，因为摄影机已证明自己是一种借助闪电的速度传达思想的有魔力的仪器。

五、镜头：用局部表现整体

（一）特写

电影艺术的内在驱动力是电影人努力超越自然"写真"的状态，使电影的手段能自由地表达艺术家的创作意境，艺术家对现实事象的感受、想象或认识的境界。格里菲斯发明的"特写"手法，后来被认为是电影艺术表现上的重大贡献，而在当初却是极为越轨出格的妄举。当初导演是从来不敢把人物场景分解摄录的，而在拍摄《爱诺克·阿登》时，为了表现安妮·里等待丈夫回来时的殷切心情，用了她一个脸部的特写插入动作。这首先遭到了电影监制人的反对，认为是不自然、难以接受的方法，当时的观众也有人惊呼"她的脚在哪儿呢？"但不久，"特写"就成了被滥用的手法。麦克·塞纳特发现了开麦拉诡术的喜剧手法，开创了所谓打闹趣剧的纯粹电影风格。他利用"停顿运动""慢运动""快运动""复摄"等诡术，使片中警察以反常的速度追逐对手，英雄极轻易地跃上快车或穿墙而过，胖子跳到百尺空中，爆炸把人物平静地送到树顶上。这一切都不是现实的写真，却极有表现价值。还有声画各自表示自己的事象，并不对位的所谓的"对位法"，成为有声电影表现方法的发轫点。尽管这里的声音与影像的个别表现是与有声电影技术发明的目标恰恰相反的。当初技术家为了让人们既看到影像又听到它的发音而苦心钻研，而不对位的对位法却故意把影像跟它所发的声音分解，以完成画面与声音的非"写真"的相互补充的表现。例如,《断背山》中恩尼斯向杰克的遗孀打听其死因时,对方的声音从电话听筒中传来,说到杰克死于车胎爆炸的意外事故,但此时的画面却是杰克正在被几名男子毒打。因而我们看到,声音与画面叙事的分离可以引起观众的警觉和思索。

电影艺术以超越写真状态为规范。技术上的求真能力只是艺术上表意的准备,而只有能动地改动自然的"真"才能作自由的创作——在超越自然之"真"处,才存在着电影艺术家的表现手法和艺术。

米·杜夫海纳在《审美经验现象学》一书中说:"艺术只有凭借感性并按照使原始性变成审美感性的,操作才能表现。"[1]特写镜头直觉化了这个过程。为了让人感受、对人发生感染作用,从复杂多样的周围世界中抽出一个细节、一个表情,让它成为表现的高潮,又能最简洁、最精确地反映所要表现的对象的实质,以引起观赏者的注意、共鸣、深思,让它成为文艺理论所说的那种"典型细节"——这就是特写最主要而基本的"道理"了。譬如,卓别林说:"喜剧用远景,悲剧用特写。"

特写镜头是省略的,又是充满暗示的。许多大师都说过:"在电影中,暗示就是原则。"电影是省略法的艺术。生活中,最善于少干的人往往是最能干的。电影中,通过一个画面、只言片语就能让人了解全意的地方就是最有戏之处。艺术活动是种选择活动,电影创作者就像戏剧家一样必须对有意义的元素进行选择,

---

① [法]米·杜夫海纳:《审美经验现象学》(上),韩树站译,文化艺术出版社,1996,第138页。

去安排成一部作品。

特写的本质是放大，放大是为了夸张被特写的重要性。夸张是为了造成视觉冲击，强烈传达意念。特写是面对观众的、冲向观众的，如同话剧中的抒情独白。大特写是特写的变奏，让一个局部的具象铺满画面，譬如不是一张脸而是更进一步的眼睛或嘴巴。这自然省略了很多的东西，然而"此时此刻"非如此不可。这种镜头改变的是距离感，尤其突破了常规的距离感。随着技术的发展，能充当特写使命的镜头增多了，如一个望远镜头能够在银幕上造成特写，实际上，该摄影机却离被摄物相当远。而一个广角的特写镜头可以使人的鼻子更大、眼睛歪斜，从而要奋发就显得更奋发，要阴险就显得更阴险。

电影中的特写镜头作为完整视像的具有概括力的分子，就像小说中的典型细节一样能够立即唤起受众的"结果的感觉"，使受众下意识地、闪电般地感受该镜头的暗示信息。它以可见的具体性使造型表现的信息充满画面，从而成为将对象"现象化"的重要手段，成为对观众产生情绪冲击力的重要手段。普多夫金说："特写镜头带来了生气，成为必不可少的东西。它显示出极其丰富的可能性。"

特写镜头只有在电影的蒙太奇体系，在它与中景、全景的戏剧性相互关系中才能具有特殊意义。如影片《战舰波将金号》里随舰医生的眼睛或儿童车等用特写镜头表现出来的细节，只有在整个影片的蒙太奇、剧作结构中才充分展示出它们的戏剧性意义，才能唤起广泛的联想，让特写细节体现了它本身以外的东西。若违背了这一整体原则，在运动中塞满特写镜头，夸大特写镜头的表现能力，都必然导致静态性过剩的呆板和图解性过剩的枯燥。

（二）省略

电影艺术是最能体现人类之时间节省、精力节省法则的艺术样式。从最初的将剧本分镜头化到最后的剪辑组合，都是在千方百计地"损之又损"。分解剧情的分镜头是一项解析活动，进行剪辑组合工作的蒙太奇是一项综合活动。"分镜头和蒙太奇是同一事物的互为补充的两个方面。一个属于意图，另一个属于实施，两者不可或缺。唯一的区别在于，分镜头不仅是一种'前蒙太奇'和'前场面调度'，它的任务还在于设计人物和情境的演变，安排故事的结构。"① 两者都是为了压缩时间和空间，或者说这是"省略法"的两面。分镜头意味着去选择将由摄影机创造的现实片段。分镜头主要表现为删除剧情中软弱无力或无用的地方，如《黄土地》中揭去翠巧红盖头的只是一只黑手。创作者有时为了戏剧化的紧张而运用省略，如为了掩饰参加格斗的是些什么人，一盏在格斗中被打翻的马灯只照亮格斗者的下半身。

用有限表现无限是所有艺术的通则。省略是为了通过有所不为而有所为。"省略法"约有下列几种：

表现性省略：说白了就是为了制造悬念。在一般情况下，它主要是向观众"掩饰"（延宕）剧情的关键时刻，以便激起一种不安等待的焦急情绪，这就是美国"悬念片"的惯常技巧。有时，这种省略是为了维持故事的戏剧性，为了避免破坏格调的统一，不露声色地越过与戏剧的总气氛不相称的事件。

---

① 李恒基、杨远婴主编：《外国电影理论文选》，上海文艺出版社，1995，第305页。

具有象征效果的省略：剧情中"省略"了东西不是为了"悬疑"，而是酝酿着一种更广、更深的含义。如《红与黑》中，我们始终未看到向雷诺夫人口授控告于连之信的神父的脸，他的脸不出现反而暗示出现存制度的无上权威，正是这种制度破坏了于连个人奋斗的前程，因为省略反而增容了。

内容的省略：这起初是为了尊重良好的道德风尚和社会禁忌而不让观众看到一些阴暗丑陋的东西。再后，内容的省略成了一种方法。这种内容的省略，可以是用一种具体的物质元素去全部或局部地掩饰事件。在《只要有男人》中，摄影机一直固定拍摄一堆木箱，而在木箱的后面进行着白刃战。

省略来自完整。果戈理说："在我的写作中，只有当我在头脑里收拢了那一整堆平淡无奇的重要生活垃圾；只有当我一面牢记着人物性格的一切重要特征，同时在他周围收集齐每天围绕在这人身边的小至一根别针的一应俱全的破烂之后，对人物性格的充分体现、对它的完整刻画才能够完成。"[1]没有这些"沙"就淘不出"金"来，而所谓"金"就是直接能参与动作的、多用的、活性的、以少胜多的特征。人们常说的"功力"就是指这种"省略"的作用之大小。

有了完整还不等于就能淘出金子来。每个庸人都有一大堆"生活垃圾"。想要金子就得有"炼金术"。托尔斯泰是"炼金"高手，他善于通过作为心理刻画手段的细节来揭示人物之间的微妙关系，以及他们的体验和感情的冲突，如《战争与和平》里对拿破

---

① [俄]尼古拉·果戈理：《果戈理全集》第8卷，李毓榛译，安徽文艺出版社，1999。

仑腿上暴起青筋的肌肉的描写；在《安娜·卡列尼娜》中揭示安娜萌发了对沃伦斯基的感情时眼睛里闪光的描写："她把这种闪光熄灭了，但这闪光却违反她的意志，又从一个几乎不可察觉的微笑里流露出来。"这个微小的视觉细节从内部表达出了她错综复杂的感情。托尔斯泰善于透过一个手势看到丰富复杂的感情和细微的思想活动。他善于交替使用各种景和角度来表现人物，突出人物相互关系的细微变化。他的这种本领使研究电影的人认为他为电影准备了合适的土壤，他的作品是"研究电影蒙太奇、场面调度、镜头调度及电影场景的整体结构等元素时无比宝贵的直观教材"（苏联期刊《文学问题》，1964 年），就好像狄更斯的作品为写实主义的电影做了准备一样，又如同电影启发了意识流小说的写法一样。

六、记录与表现的"眼睛"

其实人的眼睛是第一架摄影机，它的形态像透镜，我们见到的物像是颠倒的，就像在相机里一样，然后大脑又将它矫正过来。人类进化了百万年创造了一种捕捉光影的感光面，又用了几年的时间把物像聚焦在另一种感光面上，并把连续不断的视像变成活动的画面。摄影机仅仅是人眼的一个附件，主要起框定的作用，即吸收和排斥事物。在这个框架里，艺术家收入他想让我们看到的东西，而把他认为无价值的东西摒弃于画框之外。懂得怎样使用眼睛是比怎样使用摄影机更重要的事情。

在立体电影中，一切都发疯般地跳出了银幕，所有东西都从银幕上跳到了观赏者的空间，立体电影"恢复"了电影乃至马戏的老本行。立体片成了观众窥视现实的"理想画面"，超立体片用推向极致的立体摄影术使物体以失真的形式探出银幕。三维画面揭示了"现象"之无限重构性,用不了多久,"相对论原理"可能成为电影的基本原理:让时间倒流、让空间拐弯——还不是老式的"闪回法"。

立体片的追求之一是"眩晕感"。眩晕是人们在生活中避免,而在艺术中追求的一种体验。非立体影片也在追求这种眩晕感,张艺谋的《有话好好说》就始终让摄影机斜着以拍出微醺的眩晕感——他不敢明说这个世界是斜的,但偏斜的拍摄角度传达了这种感悟。追新不已的张艺谋让全剧都在这种偏斜的视点中展示,这种眩晕的确产生了一种奇妙的贴近效果。瓦拉里的《婚礼》也是运用摄影机的非常规动态运动摇摇晃晃、猛拉猛推,常用大特写、骤然降落等,可以说是笔墨酣畅,将粗俗气表达得淋漓尽致。笔墨淋漓和笔墨含蓄,都能促进超验的体味和过程。

以"杂乱无序"和变化无常为主要特征的那些身姿手势、生活事件和流程被选入镜头。镜头这种传播媒介传达出瞬息万变的同时性、重点的强制性与层次的繁复性,必须为自己提炼出一个结构原则。凡现实主义倾向的都对日常事件流程的短暂性和波动性表现出特殊的敏感。电影的表现力不仅来自不同影像的并列或特殊场景的联系,而且至少同样来自具有强烈表现力的节奏变化。由想象力调节的节奏变化是电影的奥秘之一,其中一个特点是用"交替"形成迂回,因为摄影机不仅要围着一个物件或一个事件的迷人现实转,它同时还应该灵活自如地用情绪旋涡、记忆和思想的激流包围这些现实,使一切成为流动的影像。

镜头既然是眼睛,它就受思维的支配。心理学家说,正常思维无非是处于思维跳跃与固定观念之间。其辩证性表现为围绕一个目标的纠葛之中有突发和奔涌。这是一种怎样的运演机制？有什么可供电影的动态结构模仿？雷乃的《去年在马里昂巴德》足资借鉴。这部影片的明确宗旨就是闯入我们意识的防线之后，探索意识的各种构成因素及其相互抑制、相互激励的作用。雷乃强调记忆意识的不可分性：现实与想象相交错，不同时间维度的交叉和不确定界域是这部作品的基调。涌现的画面是支持视觉形象论据的明证。各影像系列的先后顺序似乎是随意的，甚至大多是极怪诞的；但是，在其跳接、重述和反复中，贯穿着一个虽属主观却十分深刻的逻辑，说它深刻是因为它可信，因为它不是建立在某种抽象空间上，最清晰的情感主题使这一逻辑保持连贯和紧凑，对过去的回忆在这里也起一定的作用，但仅仅是为了表现现在时刻的痛苦困境。

电影的"眼睛"无非是要么用"排空法"，即摒弃偶然因素和空间确定性，着力捕捉具体可感性，如一片空旷的草原景象，它可以是抒情的也可以是恐怖的，关键看怎么拍出具有张力的"现象"及怎样与别的因素配置；要么是用"串状法"，即由联翩出现的形象和场景汇成万花筒，变化多端、杂乱无章而又围绕着核心意念。每个核心意念（最好是由这种意念形成的象征）的周围都环绕着一组不断变化、布局各异的事件，在那里，影像之间的联系是以主题的联系为依据，而非以故事的逻辑为依据。这些场景似用魔法召唤出来的一连串无法预料的、感人的戏剧性事件，"串"出精神现实。爱森斯坦在关于拍摄《资本论》的构思笔记中，也曾把联想技巧和"串状法"相提并论。

导演们常常以拒绝理论为美，这时他们就已经受制于自身的心智能量的限制了。爱因斯坦说真理是可能的。拒绝理论就是在拒绝可能性。

七、镜头运动和组接的理则

作为叙事艺术的电影，与小说通过书面文字来叙事不同。文字付诸人的想象，文字具有抽象性及与现象界的间离性。作为视听语言的电影镜头画面，则直观展现了现象界的万事万物，诉诸视听感官，具有具象性和直接性。镜头画面，是银幕叙事的基本意义单位。被显现的东西，既是影像、画面、符号，同时也是事物的意味、内涵和本质。

镜头运动的理则主要按纪实和风格来分类。纪实类的是常规化的，风格类的变数较多。一般地说，摄影机与移动对象的距离和角度决定画面的效果。第一，远离镜头的动作代表退缩，张力减少，压力减轻，反之则相反；第二，远景显得景框很松，中景和特写则显得景框很紧；第三，镜头的推、拉、摇、移、跟、甩能产生视觉无意识。视觉无意识是本雅明提出的一个重要概念："而摄影机借助一些辅助手段，例如通过下降和提升，通过分割和孤立处理，通过对过程的延长和收缩，通过放大和缩小，便能达到那些肉眼觉察不到的运动。我们只有通过摄影机才能了解到视觉无意识，就像通过心理分析了解到本能无意识一样。"[1]另外，充分调动经验拆解和经验重构中的表意性，不仅能强化情绪情感，还原主

① ［德］瓦尔特·本雅明：《摄影小史、机械复制时代的艺术作品》，王才勇译，江苏人民出版社，2006，第139页。

观体验（而非客观经验），暗示叙事所指，而且可以成为一种具体的叙事策略，一种可见可触的叙事。

电影通过一个个镜头画面组成一个相对独立的意义段落，又通过一个个意义段落组成一个完整的故事。画面、色彩、音响按一定的规则和方式（蒙太奇、长镜头等）组接起来叙述故事、抒发情绪或表现诗意。画面叙述时空的交错呈现，使电影能更轻易地驾驭时间因素，而不损害时间感。

卢米埃尔和梅里爱的影片大都只是一个固定不变的镜头，一种客观视点和客观镜头。自从电影有了移动摄影和剪辑技术后，就有了镜头调度，电影视角获得空前解放，影像画面成为制作者观察、认识、思维过程的具体反映，产生了主观视点和主观镜头。电影镜头的相对稳定与变化，生成场面调度与空间调度两种基本话语形态。"场面调度"原出自法语，意为"摆入画面之中"，是戏剧专有名词，引入电影，指镜头处于稳定状态时，导演对画面内空间一切视像构成元素的有机控制。景框处于运动状态，便形成空间调度话语形式。制作者通过摄影机机位及其镜头的运动乃至镜头组接运动，进行运动取景，造成影像画面空间的变化，实现动态构图。空间调度亦可称为镜头调度。

空间调度形式，可化静为动，使原本处于相对静态的被摄体伴随画面空间的运动产生动势，从而创造出具有电影特性的造型形象，丰富影像画面的表现形式和艺术活力。空间调度又可化动为静，将运动的被摄主体相对地控制于镜头视野中，保持它在画面空间中的视觉中心地位，从而有利于展现被摄主体在运动过程中的形神状貌。

景别层次是通过镜头与物象间距离的变化及变化镜头焦距来实现的。根据镜头视点与人物的距离，电影镜头分为三大类：远景、中景、近景。不同的视角产生不同的审美效应。远景强调人与环境的关系；中景注重人与人之间的关系；近景则突出人物的情态。特写镜头能消除我们在观察和感知隐蔽的细小事物时的距离障碍，"好的特写能在逼视那些隐蔽的事物时给人一种体察入微的感觉，它们流露出一种难以言说的渴望、对生活中一切细枝末节的亲切关怀和一股火热的感情。优秀的特写都是富有抒情味的，它们作用于我们的心灵，而不是我们的眼睛"。[1] 远景镜头则主要表露出对人物与其生存、活动环境相互关系的关怀。"远则取其势，近则取其质"[2]，中景镜头则兼顾"质"与"势"的镜头风格。长焦镜头暗示远远的旁观与关注，近摄镜头喻示的是一种"逼视"感。"空镜头"借景写意，触景生情。"一片风景或一间屋子的情调能在观众意识里替以此为背景的情节准备心理条件。"[3]

镜头从变化趋于稳定，由动而静，使封闭的影像画面内容紧凑集中，富有张力并能显现影像画面结构的形式美。而镜头由稳定趋向变化，由静而动，则不断把画外空间的内容纳入景内，扩充和延展画内空间，获得丰富的涵盖力和开放性。

对一个空间的展示，不排斥以一个长镜头完成的可能，但长

---

① ［匈］巴拉兹·贝拉：《电影美学》，何力译，中国电影出版社，2003，第 45 页。

② 沈子丞编：《历代论画名著汇编》，文物出版社，1982，第 53 页。

③ ［匈］巴拉兹·贝拉：《电影美学》，何力译，中国电影出版社，2003，第 92 页。

镜头和蒙太奇结合造型则更为自由。这也是电影的空间展示与绘画的空间展示之差异所在，就如本雅明概括的："画家提供的形象是一个完整的形象，而电影摄影师提供的形象则是一个分解成许多部分的形象，这被分解的诸多部分按照一个新的原则重新组合在一起，因此电影对现实的表现，在现代人看来就是无与伦比的富有意义的表现。"[①]也就是说，电影表现空间经验，是把对空间的整体而混沌的经验拆解成多个局部经验，然后选择部分经验，按自己的表意需要去重构一个对空间的新的经验。这一新的空间经验因为经过了拆解和重构的主观化过程，因而能传达出一定的主体意识。

电影大的风格差异无非是写实主义与形式主义的差异，或者说前者是"照相本体论派"，后者是"制造梦幻派"。前者说电影是真实世界的一面镜子，所有坚持现实主义道路者都用不同的术语表达着这样的观念；后者说电影是施展魔术的梦幻工厂，所有坚持形式主义道路者亦都用不同的口号表达着这样的观念。当然也有将两者结合得很好的。如基耶斯洛夫斯基的《蓝》《白》《红》"三色系列"，给素材打上"作者"本人的观念、风格和"主题"的烙印，用精心设计的达到"本体象征"境界的镜头，非常朴实而真切地表达了他对人生终极价值的关怀，且被公认达到了前所未有的高度。事实上，这种实践早就出现过，《战舰波将金号》成就的标志就是将两种不同的现实：心灵的现实与物的现实同一化了，

① ［德］瓦尔特·本雅明：《摄影小史、机械复制时代的艺术作品》，王才勇译，江苏人民出版社，2006，第85页。

不是简单的比喻，也不是运用蒙太奇显示结合起来的两种现象，而是就显示一种"象"表达了同一化的"意"。另外，如在《圣彼得堡的末日》里，普多夫金为了表现资产阶级统治的摇摇欲坠，拍摄了摇摇晃晃的水晶玻璃枝形吊灯；在《罢工》里，导演用屠宰场面代替表现执行死刑。用物代替观念，或者说，用足以显示观念意识的物。这也说明影像是特殊的"物质的意识""意识的物质"。

八、在第二次目光朝向中作为存在被给予

使用镜头如同使用眼睛一样是人的意向行为，用现象学的话说叫"第二次目光给予"。"第二次目光"就是意向性体验，在所谓"目光朝向中作为存在被给予"的"朝向"就是意向对象的"对象"——图像客体或被绘的客体，作为记号起作用的客体和被指示的客体，变成"我"的意识。如"对……的图像""被绘的""被指示的"——是超越于体验但显然在体验中被意识的统一体。用胡塞尔的话说，这是"直观的晕""意识的晕"，"它属于一个在'朝向客体'的方式中进行的感知的本质"，"原初的体验有可能会发生某种变化，我们可以将这些变化称为'目光'的自由转向——这不仅仅是指物理的目光，而是指'精神的目光'……正如在知觉中一样，事物也在回忆和类似回忆的当下化过程中，在自由的想象中被意识到。"[①]

按照意向性的交错结构，不同的目光方向永远可能随时发生。

---

① ［德］埃德蒙德·胡塞尔：《现象学的方法》，倪梁康译，上海译文出版社，1994，第 127 页。

电影同其他艺术形式一样,既表现人们的情感,也表现人们的思维,并且是用与现实中的人、景、物、光、色"同质"的生动画面来表现(在英语中,所谓画面、画格、画幅原本都是一个词:frame)。无论是无声片还是有声片,也不管是纪实主义、表现主义,还是传统主义、现代主义乃至当代整体综合主义影片,它们无不以画面为基本思维元素和主要思维材料。电影是运用活动画面和声音进行思维的视听结合、时空复合的造型艺术。画面是电影赖以存在的物质基础,又是电影创作者进行艺术思维的载体,同时还是影片整体系统的小型结构及电影语言的意义单位。格式塔心理学通过大量的实验已经证明:"思维需要形状,而形状又必须从某种中介中提取","思维是借助一种更加合适的媒介——视觉意象——进行的,而语言之所以对创造性思维有所帮助,就在于它能在思维展开时把这种意象提供出来。"①

凡是拍摄在胶片上和投映在银幕上,并能传达一定艺术信息的可见影像,都是电影的基本元素。拍摄在胶片上的是静态画面,通过放映机映现出来的是动态画面——这个过程是个机械的过程,但它的含义是人文的:被摄入画面的任何客体都连带着其意义组成和或然性特性。这样做的最后的动力是人性自我实现的需要,拍摄者与观看者从中要看的是"自己",从某种意义上说,电影画面是人这个"类"的"牢靠的记忆表示"——任何一个导演和摄影师所要表达的意思,哪怕是在极力创新制造梦幻,也是人类记忆的延伸或派生。

---

① [美]鲁道夫·阿恩海姆:《视觉思维——审美直觉心理学》,滕守尧译,四川人民出版社,1998,第334、341页。

即使是冲破记忆的"崭新"的画面，也很快融入了人类的记忆系统。

而且不管是何种性质的画面，显现者都保持着它的存在确定性，然而作为观看者的我们对于画面复合物的含义不能"一劳永逸"地确定。观赏者也是在不断的第二次目光给予中获得意识的变样。画面的制造者与观看者完成了这样的"合谋"：存在样态在记忆中改变得更为频繁，而且在直观或晦暗的表象范围内极其频繁地被创生和替换，无须任何特定意义上的"思想"介入，也无须"概念"和述谓判断——因为一切都在直观、感受中，但是都在养育着信念，从而建设着人性。

电影的制造与消费，其实是这样一种循环：它在表达人类的信念的同时，也建设着人类的信念；它是人"给予"出来的，又在每一次与观众的目光遇合时给予了观众人生的感受和信念。胡塞尔告诉我们："信念确定性在严格意义上即信念本身——原信念。信念样态则是原信念的意向性变体。"①

小结：显微镜与望远镜

蒙太奇想建立"意义真"，长镜头想确立"经验真"，它们都想创造一种"镜头里的真理"。作为审美的真理，只是"存在者"的"存在"意义得到了展示——自己显现了自己。所谓美，不是别的，正是真理作为展示性发生的一种方式，当真理自身置入作品之时，美就显现了。真理的显现亦即美的显现，真与美是统一的。

---

① ［德］胡塞尔：《纯粹现象学通论》，李幼蒸译，商务印书馆，1992，第260页。

电影作品的真理与美的显现是通过建立一个意义王国达到的。蒙太奇和长镜头是电影艺术建立意义王国主要而重要的方式，当然这是两种不同的展示方式。蒙太奇侧重的是"去蔽"，长镜头侧重的是"显现"。前者去掉任何冗余的东西，压缩时间和空间，只展示想让你看到的东西；后者则是在"绵延"中让对象尽情凸现自身的潜在含义。长镜头派号称自己的镜头是"现象学的镜头"。我们说蒙太奇在利用镜头的变化、组合制造了视觉无意识与现象之美。我们没有必要比较两者的是非长短，我们只是要温故知新，总结电影艺术创造"对存在的意义的领悟"的能力。

笼统地说，现象之美是一种符号化的存在，蒙太奇与长镜头都是在制造艺术符号，而且是直觉的符号。

电影是公认的世俗神话，这其中的原因除了人们直接感受到的它那带给人想象满足的魅力，更根本的是它能够产生这种魅力的原因。这便是其"文体的魅力"——电影是生活的望远镜、显微镜。人们常用语言学来比附电影艺术，于是有视听语言、组合段之类的提法。视听语言是种仿生语言，它能够最大限度地再现生活的原生态，这种仿生功能只是其物理基础，它的魅力建筑在这种物理基础之上，即使是简单的客观再现，也是对生活中的一个"提喻"，将芸芸众生的一个片段"现象化"。这里所谓的现象化就是强调，就是突出，以造成一种凝聚效果，用有限表达无限。所谓显微镜，是说它具有能够将浅显贫乏的、最日常化的场景变得具有生命意志，变得具有生存感。在《我私人的爱达荷》中，瑞凡·菲尼克斯扮演的男妓独自行走在乡间公路上，跌跌撞撞眼神迷离，恍惚间只见自己童年时期居住的房屋，整栋地从天上坠落到路面上，支离破碎。这栋孤独的农舍反复出现在影片中，于是一束朦胧的隐喻之光照进我们的意识。童年的视觉片段陪伴着主人公走过寂寥、苍茫的一生。所谓世俗神话，就是能够将乏味的生活变得忧伤或浪漫，就是在没有意义的场景中，利用声光化电之变形化意的能力添置一种意义的在场。这就是人们常说的"诗化"，神话其实是诗化的夸张说法。

显微镜的另一个特征是：它是含蓄的不是张扬的，好像只是在记录着生活流而已，其实却有诗意存焉。马基德·马基迪的《小鞋子》极尽单纯自然之能事，几个要害的场景几乎一直使用同一机位拍摄，比如哥儿俩换鞋的镜头，但是每次都同样让人揪心，孩子们的生存境遇通过一双球鞋"放大"到令人震撼的程度。鞋对于脚是武装也是限制。万阿里一定要当季军而不当冠军，就是为了给妹妹挣一双球鞋的奖品，当他空手而返，将那双破球鞋脱掉，将脚泡到水池中时，符合真实又充满寓意的镜头出现了：自由的鱼儿与那双不自由的脚让人为孩子的生存境遇唏嘘不已。就是这双小鞋子，揭示出心灵被物质折磨的人类困境。"小鞋子"将各种现实元素组合起来，将学校、贫民区的生活沿水平轴凝聚起来，并增强着它们潜在的能量。当万阿里哭着要求补报参赛时，新的张力形成了，五千米的马拉松赛跑，就成了前面一直在奔跑的所积累起来的情绪的一次"激情化"的提升，全部写实的"显微镜"组建起来的"现象化"的意义得到高潮性的释放。

显微镜的功能，用传统的说法则是写实主义所强调的主要原则。如当年意大利的新现实主义，他们认为电影基本上不是创造性的艺术，而是"存在"的艺术，而且道德立场先于艺术表现。"从道德立场看世界""当时情形就是如此"是它们的标志性的口号。他们所秉持的道德立场主要是新民主精神，即看重一般人的价值，多展现小人物的生存状况，如《偷自行车的人》。虽然用道德的立场看世界但不轻易地下判断，只是保持同情的观点，因为一下判断，眼前的世界就封闭起来了，就不是真实的现实世界了。因此，他们强调的是情感而非抽象的意志，他们用马克思主义的人道主义眼光展示"二战"以后人类的苦难：贫穷、失业、娼妓、黑市等。从大的角度说，这种电影正是这个社会的显微镜——他们发掘出了这个社会平常被忽略的细节，他们将这个社会的日常生活暴露为事件。他们并不为"发掘故事"而拍摄电影，他们为发掘某些社会现实的潜在意义而拍摄电影。因此，他们并不去展现戏剧化的人生，而只是展现普通人所经历的人生。这种立场和追求自然形成了他们不同于好莱坞的艺术风格，他们以诚实的描述为主，而避免结构精巧的故事情节；他们只截取现实的片段，因而结构总是松散的——也是开放的。为了具有真实的纪录片式的视觉风格，他们不搭景，不用职业演员，多用自然光，很少用花哨的剪辑，更排斥文学性的对白而只用口语性的对话。他们努力追求的风格就是"没有风格"，以消除电影展现的现实与观众的距离。

这种现象化产生的现象之美，用德国电影理论家克拉考尔的话说，是物质现实还原的那种自然之美。他认为，电影本身拥有许多与自然相近的特性，比如它倾向于"未安排的现实"，喜欢"不经意捕捉到的自然"，最好的电影是在"展现瞬间"中生动暴露人性的电影，好的电影应由连续的现实片段组成隐喻人生片段、暗示人的生活开放无止境的本质。而完整、统一的情节结构必然是个封闭的世界，那样电影的世界就与真实的世界不相似了。宁静地"阅读"一遍《偷自行车的人》，以上的话就成了赘词。

望远镜，则是在形容偏重形式主义的电影。偏重形式主义的电影把世界放大给人看，他要将素材改装、将观察到的特性转译到电影这个媒体的形式当中——电影不该复制现实、模拟现实、记录现实，而应该利用、强调、重新塑造素材创造出最大化的效果。用麦克卢汉的话说：由媒体的"形式"会产生不同的"内容"，电影艺术应该把形式的潜能尽情释放出来。譬如，影像的空间只是二度空间，但导演可以通过场面调度来获取透视感，景深镜头就是营造立体空间最好的办法之一，而蒙太奇剪接则是将时空切断再重组为"有意义的形式"的重要操纵方式，造成原有素材没有的连续性，从而形成新的意义。摄像机的运动则是将运动的感觉附加在原始素材上，形成新的含义，比如张艺谋的《有话好好说》就能一路下来有一种"微醺"的感觉。风格化的对白和音响效果也是将素材之含义"放大"的重要手段。

电影语言像所有的语言一样与存在之间有一种障碍，哪怕它是现实的渐近线，是现实物质的还原，它与存在的关系也是异质的。事实上，我们能够讨论的视听语言只不过是理论性的东西，视听语言与存在的异质关系存在于这语言本身，并不存在于他者的本质之中。我们应该承认视听语言是种自身异质的存在。无论是望远镜还是显微镜都还只是"镜"。

第五章
"蒙太奇"和"长镜头"

一、爱森斯坦和巴赞

最早得到发展的电影理论主要有两类：局部—整体理论、与真实之关系的理论（后者也被称为"模仿的理论"）。前一种的范例是爱森斯坦和普多夫金的"蒙太奇"理论，后一种的范例是巴赞与克拉考尔的"长镜头"理论。其实，爱森斯坦和巴赞的出发点都是"真实"。他们之间的主要差别之一，就是爱森斯坦超越了真实（超越了电影与真实的关系），而巴赞却强调必须真实。爱森斯坦认为，一段未经剪接的片子只不过是对现实的机械的复制，而这种东西本身是不能成为艺术的；只有当这些片段按各种蒙太奇的形式加以安排后，电影才成为艺术。这是过于激进的立场、观点、方法了。依据现象学原理，只要"上镜头"就是自我与物体的一种意向性的凝结，上镜头之物已不再是自在之物了。在这一点上，巴赞捍卫"现实主义的天职"。在《摄影影像的本体论》一文中，他强调问题的实质并不在于自然或现实，而在于形象本身。他是在探求形象的本性，并且发现形象是真实的一部分或参与真实。[①]
爱森斯坦却认为一段片子本身就是"现实的片段"，他强调蒙太奇
地位的起点在于蒙太奇形式的组合能使那仅仅作为"现实的片段"
变成电影艺术。也就是说，电影与现实的关系是表现性关系。所
以，重要的不是"现实的片段"而是蒙太奇段落。

　　对较旧的理论加以细致的复审，是构成新理论所必须进行的
艰苦准备工作的一部分。正如电影艺术是靠钻研过去的作品而得
到促进的一样，电影理论也可以靠钻研过去的思想而得到激励。
旧理论的局限与弱点可以使后来者免蹈覆辙，而它们的成就，积
累起来可以为新理论展示出它需要加以考虑的问题和学说。

二、蒙太奇是个充满现象学张力的迷宫

　　早期电影理论认为，电影艺术不是始于剧本写作和选择演
员，而是始于导演按自己的构思组结拍好了的段落，并赋予它们
一定含义的那个时刻。就像人们把节奏当作诗歌的基础一样，人
们也把蒙太奇当作电影的基础，认为蒙太奇就是电影的本质。蒙
太奇又有两种形式："即理性蒙太奇（巴赞称为'杂耍蒙太奇'）和
分析性剪辑。巴赞在描述爱森斯坦和普多夫金的理性蒙太奇时
说，蒙太奇产生的意义并不在影像中具体表现出来，而是银幕上
一个影像叠加在另一个影像之上后的抽象结果。在这种风格的剪
辑中，意义并不是影像所固有的，与被表现物的意义是两回事。

---

　　① ［法］安德烈·巴赞：《电影是什么？》，崔君衍译，中国电影出版社，
1987，第6—15页。

好莱坞电影开创的另一种剪辑风格,巴赞称为'分析性剪辑'。这是一种企图满足三条要求的折中方案:一是合乎逻辑地、分析性地描述剧情(身旁有一支枪);二是配合片中主人公的注意点进行解析性展示;三是顺从观众场景中戏剧性最强点自然转移注意力的逻辑。镜头中的含义被解析及再拼合,在这一点上,分析性剪辑与杂耍蒙太奇是类似的。这就是说,在分析性剪辑中,含义仍不在单一影像之中而在各影像之间。"[1]

严格地说,蒙太奇是个充满现象学张力的迷宫。所谓现象学张力是指它具有极大的可拆解性和组合性,镜头之间冲突的原则占据中心地位,而且镜头作为这个体系的基本表现单位不是单义的,随着它进入不同的联想系列,它往往将自己直接的内容和含义变得面目全非。如《战舰波将金号》被外国重新剪辑变成主题相反的故事,德国纪录片《意志的胜利》被俄国重新剪辑变成《普通法西斯》的故事,还有上面提到的租借蒙太奇的商业行为都从一个侧面反映了其可拆解性和组合性。托尔斯泰说,艺术作品就像各种联结组成的无尽头的迷宫,艺术的实质也正在其中。蒙太奇的艺术本质也正在其"艺术联结"之中。其现象学的张力不仅在于镜头之间的联结,还在于镜头内部的联结:环境和演员、演员之间感情和思想的联结、画面和语言的联结等,这些使蒙太奇成为具有巨大能量的对比、联结的艺术形式。

其实,支配期间的是"选择":单是对事实的选择就包含了如

---

[1] [美]尼克·布朗:《电影理论史评》,徐建生译,中国电影出版社,1994,第72页。

何理解这些事实的提示。这种选择又是以连续性和同时性为外观的，选择是基础，连续性和同时性是形式。观众看到的是经过"选择"的镜头联结。全部要害在于怎么选择。最后的选择是各国都有的"电检处"的选择，但这已是非艺术规律的问题。

蒙太奇开拓了电影在时空表现上的巨大可能性。狄德罗曾设想在戏剧舞台上同时再现各种生活场景，说这样将会给人们留下"令人震惊的印象"。后来的戏剧终于改革到这一步了，但电影凭借蒙太奇的能量几乎可以无限地这样做了。蒙太奇能够组结出多层次的视觉向度，并开辟了把空间表现形式变为时间表现形式，或把时间表现形式变为空间表现形式的巨大可能性，成为能动地改造心理和视觉形式的巨大力量，从而提供了多样化视觉转换的可能性。这使电影比任何别的艺术都能更直接地看到别的时代和遥远的生活及内心心理"现象"，可以将任何历史、地理现象在视觉上联结在一起，真正做到了把不可见之物变成了可见之物。

有经验的导演都知道，镜头的衔接、镜头的长度和景别最终只有在排演中才能确定。因为演员心灵的运动本身决定着蒙太奇的逻辑。蒙太奇的形式在很大程度上还要受到镜头的构图，如透视、景、角度和光的制约，为了保持镜头内部运动的构图连续性和线条、影调、空间结构的连续性，"蒙太奇"不能随心所欲。蒙太奇还是剧作逻辑的外化。人们常常赞叹《战舰波将金号》的蒙太奇具有非凡的表现和节奏感，它表面上像是事件的实录，而内在却是严密的戏剧组织。爱森斯坦自己也说本片的结构是完全符合传统剧作原则的。而且决定其形式和谐匀称、蒙太奇关系清晰流畅的原因是其内容、主题形象的和谐严整，剧作的思想是强有力的。蒙太奇是形式，但形式主义是蒙太奇的天敌。蒙太奇形式的戏剧性并不是来自蒙太奇本身的特殊性，而是来自戏剧结构的"戏"本身，蒙太奇是落实之手段。

电影综合了各种各样的表现手段，这些手段本身日益突出，几乎"异化"了这门艺术的内容，尤其是"娱乐片"在日益走向蔑视艺术的境地、走向解构人性的险滩。作为电影的神经系统的蒙太奇，日益被高科技手段所营构的刺激性画面压迫，蒙太奇在"后现代语境"中需要为之再"正名"。个中的道理之一是观众的热情不能被滥用耗尽。蒙太奇应该恢复它那在描述事物的物质现实和贴近自然方面无与伦比的能力。

爱森斯坦为了使电影成为艺术，过分强调蒙太奇把"现实的片段"变成艺术的魔力，而造成了一个逻辑上的或者说本体论上的缺口：一方面是真实，另一方面是完成的电影作品，两者之间只有一种安排上的表现关系。为了弥合这个缺口，爱森斯坦一再强调蒙太奇是电影片段本身的质变，"把无论两个什么镜头对列在一起，它们就必然会联结成一种从这个对列中作为新的质而产生出来的新的表象"，[1] "所得出的结果从质上不同于每个单独来看的组成元素"，"整体与其局部的总和完全是另外一回事"（《电影感》）。"将一些单义的、在含义上中立的、映像描写的单镜头画面，按含义的前后关系和含义的系列来加以对比"，不是"二者之和，而是

---

① ［苏联］谢尔盖·爱森斯坦：《爱森斯坦论文选集》，魏边实等译，中国电影出版社，1982，第348页。

二者之积"。^①这样蒙太奇就变成了神秘的炼金术。如果爱森斯坦能承认未经剪辑的电影片段从某种意义上说已经是艺术（哪怕是较少的艺术），那么这个逻辑缺口就不存在了，但爱森斯坦偏偏不允许这样。因为，未经剪辑的镜头能成为艺术，那蒙太奇就多余了——长镜头和长镜头风格也能成为艺术了。"单镜头画面绝不是蒙太奇的要素。单镜头画面是蒙太奇的细胞。蒙太奇是单镜头画面在统一系列中进行辩证飞跃的彼岸。"^②蒙太奇的特征"是碰撞，是两个并列的片段的冲突""是由两个客观实在的东西相碰撞而产生思想"^③。爱森斯坦要让蒙太奇成为电影艺术的唯一表现关系，使之成为电影艺术的本性，从而保证它作为电影艺术的独占权。

爱森斯坦的基本思路是：要想使电影成为艺术，就必须靠蒙太奇创造出来的艺术真实去远离简单的生活真实。他用蒙太奇本位的理念取代原先被视为第一位的"电影与真实的关系"问题，将电影的问题圈到电影的局部与局部、局部与整体的范围中，这便凸显了电影作为艺术的条件和要求。他还着重研究了电影形式就是对观众情绪的严格安排的问题。

整个电影表现的发展史，是如何从自然的"写真"状态解放的历史，也是战胜了观众追求"像真"的幼稚习惯的历史。在今天无奇不有的高新技术制造的幻觉世界中，人们甚至忘记了当年走

---

① ［苏联］谢尔盖·爱森斯坦：《爱森斯坦论文选集》，魏边实等译，中国电影出版社，1982，第138页。

② 同上书，第145—146页。

③ 同上书，第164页。

出"写真"的困难历程。

到了 1921 年，爱森斯坦在《电影先生，你好》（巴黎美人鱼书店出版）中这样高度评定"唯一的表情独白——特写"的作用：特写是电影的重要基石，是以动态表现影像美的。它还能产生强烈的感动，是"理解二字的现在式命令形"，而且它使人物改变原貌，让观众的眼睛不能离开银幕。特写"使空间受到限制，给注意力指定方向"，这时创造出特殊意识的"体制"就是导演指挥观众的眼睛。

1946 年，爱森斯坦在《机械的理性》中用相对论的形而上学的、观念的方法企图建立起电影的形而上学。比如，他给电影下了这样的定义："组合宇宙形象——即思考——的实验性装置，引导人们走向毕达哥拉斯和柏拉图的诗的境界。为什么呢？因为所表现的现实无非意识和数字的调和而已。"

任何艺术制作都不外乎是对现实素材的分析（分解）与综合（组合），都是现实部分的再组合——较小单位的表现（直接采自自然对象的）再组合为较大单位的表现（通过想象再创造的）。电影人在创造作品时，总是在不断地将他的现实素材分解成部分（如镜头），同时又将这些部分组合成较大的单位（蒙太奇段落、整部影片）。"以若干镜头构成一个场面，以若干场面构成一个段落，以若干段落构成一个部分等，这就叫作蒙太奇。"[1] 分析与综合的关系几乎是一种目的论的关系：分析是适于影片构成的分析，分

---

[1]［苏联］弗谢沃洛德·普多夫金：《普多夫金论文选集》，罗慧生、何力、黄定语译，中国电影出版社，1982，第 119—120 页。

析而来的部分，不是任意从现实取来的，而是符合总体所需之效果的"现实的片段"，"连接在一起的各个片段之间，一定要有这种或那种联系，使蒙太奇（或 cutting）能够在银幕上构成不断发展的明白易懂而又意义深刻的情节"。[①]同样，综合是利用部分效果的综合，是将部分综合成某种艺术意象，表示它对现实的某种观感和认识。"蒙太奇就是要揭示出现实生活中的内在联系，那么我们仿佛就在蒙太奇与任何一个领域中的一切思维过程之间画上了一个等号。"[②]蒙太奇这一电影"微积分"定律，就是把事件整体分解为部分，再把部分组成整体，并按特定的时空关系构成情节，从而再造新的电影时空，实现整体叙事抒情。所以说要无偏颇地理解这个问题，就是综合决定着分析，分析也决定着综合。

三、长镜头：显示真理的"自行置入"

"长镜头"理论远非只是关于如何运用长镜头的"学问"，真正要在一个长镜头内展示一个行动或事件的完整段落，它至少应包括景深镜头、移动摄影和场面调度。它是巴赞的"影像本体论"。

巴赞的本体论注重保持事件的现象学的完整性。"影像"与客观现实中的"被拍摄物"都具有本体论的意义，"作为摄影机的眼睛的一组透镜代替了人的眼睛……在原物体与它的再现物之间只

① ［苏联］弗谢沃洛德·普多夫金：《普多夫金论文选集》，罗慧生、何力、黄定语译，中国电影出版社，1982，第 136 页。

② 同上书，第 142 页。

有另一个实物发生作用……外部世界的影像第一次按照严格的决定论自动生成"[1]，而且摄影机"自动生成的方式彻底改变了影像的心理学"，"完全满足了我们把人排除在外、单靠机械的复制来制造幻想的欲望"[2]，即绘画难以实现的人类"用逼真的模拟品替代外部世界的心理愿望"[3]，"摄影机镜头摆脱了我们对客体的习惯看法和偏见，清除了我的感觉蒙在客体上的精神锈斑，唯有这种冷眼旁观的镜头能够还世界以纯真的原貌，吸引我的注意，从而激起我的眷恋"[4]。

　　基于影像本体论，巴赞提出真实美学观。他宣称电影语言的演进方向是纪实主义。他强调：第一，表现对象的真实——如实再现事物原貌的多义性、含糊性、不确定性及题材的直接现实；第二，时空的真实——严守戏剧空间的统一和时间的真实延续；第三，叙事方式的真实——"这种叙事方式能够表现一切，而不分割世界；能够揭示人与物的隐蔽含义，而不破坏自然的统一"[5]。为此，他主张运用"景深镜头"和"镜头段落"（"连续的摇拍"）构思和拍摄影片。这种构思要有故事的发生和发展，具有生命般的真实与自由的结构，同时是用动作的真实细节之叙事单元替代传统的省略法结构。这就是巴赞的"长镜头"理论。

---

① [法]安德烈·巴赞：《电影是什么？》，崔君衍译，中国电影出版社，1987，第 11—12 页。

② 同上书，第 10 页。

③ 同上书，第 8 页。

④ 同上书，第 14 页。

⑤ 同上书，第 80 页。

"真实"是巴赞唯一能承认的整体。他那"在现实面前的自我消失"的主张违反了现象学原理，尽管它"曾经"是很有影响的经典理论，而且他也曾特意标榜现象学。

　　巴赞的"现象学"理论认为："戏剧，即使是现实主义戏剧，也要按照戏剧性与观赏性结构安排现实。不论是为意识形态主题，为道德观念，还是为戏剧动作服务，现实主义仍然要求取自现实的素材服从超然性的需要，而新现实主义仅仅知道内在性。""超然性"指通过现实表达一个固定的理念，"内在性"则强调事物本身的属性。他又说："它只知道从表象，从人与世界的纯表象中，推断出表象包含的意义。它是一种现象学。"他强调指出，新现实主义也就是"现象学的现实主义"。①

　　经由胡塞尔开创的现象学之"现象"，并非实指客观事物的表象，而是一种"纯粹意识内的存有"。"现象的还原"是要人们从感觉经验返回所谓的"纯粹现象"，即先将现象"悬置"，或放进"括号"里，视之为不存在的，以便能全身心专注于自身的经验和体验。现象学要求理解现象的"意向结构"。现象学提出"面向事物本身"与巴赞所言之"现实纪实"倾向一致。而梅洛－庞蒂的理论之所以可能为巴赞所吸纳，主要是因为他的"知觉现象学"美学。在他的《知觉现象学》(1945年)、《意义与无意义》(1948年)等著作中，他首先强调了知觉的核心地位，他认为"哲学的第一个行动应该是深入到先于客观世界的生动世界，并重新发现现象，重新

---

　　① [法] 安德烈·巴赞：《电影是什么？》，崔君衍译，中国电影出版社，1987，第331—332页。

唤醒知觉……"。① 这个看法与巴赞倡导的电影"是表现",而"不是证明",的确是很近似的。但梅洛-庞蒂强调语义,"视觉是各式各样的存在的会合点"。② 这与巴赞所强调的空间的整体性是相吻合的。蒙太奇派更强调电影的"假定性"及其幻觉和造梦功能。长镜头理论的哲学,却是现象学的现实主义。巴赞称赞雷诺阿偏爱深焦距和长镜头运用时已有明确的回答。他认为雷诺阿发现了电影形式的奥秘:"它能让人明白一切,而不必把世界劈成一堆碎片;它能揭示出隐藏在人和事物之内的含义,而不打乱人和事物所原有的统一性。"③

克拉考尔明确提出电影应实现"物质现实的复原"。他认为,电影艺术与别的任何艺术的不同之处在于,它是属于原始素材——现实本身的唯一艺术。因此,电影艺术家在组织自己的印象时,必须选择那些能再现现实、揭示现象的东西,只应探索现实,不应利用现实。这无疑与胡塞尔现象学提出的从感性经验返回纯粹现象的"想象的还原"如出一辙。克拉考尔的"复原"说的旨趣是想让电影这种能引导观众认识到世界具体品格的艺术摆脱抽象思维的异化。胡塞尔也认为,还原的意义在于要求一个个人的转变,"这种转变可以和宗教的皈依相提并论,而且甚至不止于如此,它具有期待人类的、最伟大的存在性皈依的意义"④。在克

① [法]莫里斯·梅洛-庞蒂:《知觉现象学》,姜志辉译,商务印书馆,2001,第69页。

② 朱立元主编:《现代西方美学史》,上海文艺出版社,1993,第549页。

③ 邵牧君:《西方电影史概论》,中国电影出版社,1982,第80页。

④ 朱立元主编:《现代西方美学史》,上海文艺出版社,1993,第475页。

拉考尔看来，"电影按其本质来说是照相的一次外延，因而也跟照相手段一样，跟我们的周围世界有一种显而易见的近亲性。当影片纪录和揭示物质现实时，它才成为名副其实的影片"[1]。他认为，电影的"照相本性"决定了电影只能揭示现实，而不便提供"内心生活、意识形态和心灵问题"。因此，电影的本性是物质现实的复原。电影要充分发挥"纪录"和"揭示"的功能，排斥那些由艺术家主观设计、具有明确思想指向、叙事结构有头有尾的影片[2]。他片面强调了电影的写实属性。他指出，电影与戏剧的根本不同是，戏剧要受到特定空间的束缚，而电影可以表现偶然的、含义模糊的生活流。

"长镜头"理论所倚重的写实主义，远非只是反对形式主义或技术主义。他们更反对的是逃避和歪曲现实，他们同存在主义者（也包括现象学哲学家）一样，认为艺术是存在和真理的一种表现模式，对于现实只有敞开，真理才能自行在作品中显现。它不需要分析，也不是事先设计好的，只要把存在者的存在从遮蔽状态中显示出来，真理也就"自行置入"作品中了。正因为这样，巴赞在评论法国导演拉摩里斯的《白鬃野马》和《红气球》时才一再指出，《白鬃野马》中用特写镜头描写马，把脑袋转向那孩子以表示已经驯服于他，拉摩里斯必得在前一镜头中把两个主角拍摄在同一画格里；而在《红气球》里，摄影机也把一只会跑的气球与小狗和小狗的主人拍摄在同一镜头里，如将这些分成几个镜头，那么

---

① ［德］齐格弗里德·克拉考尔：《电影的本性——物质现实的复原》，邵牧君译，中国电影出版社，1981，第 100 页。

② 同上书，第 5 页。

观众就不会相信那是真实的。这看起来似乎有点死板，但其目的正是为了表达通过一个长镜头来显示真理的"自行置入"。

巴赞的理论具有文化学意义。他认为，电影是以影像来捕捉生命、保存生命现象的，通过写实和讽刺，让影像自己对社会现象做出分析和揭示，提出一系列令人深思的人生问题。所以，"长镜头"理论主张借助摄影机将一定视野内的人物与景物关系，以及人的命运都如实地收入画框，以保持时空的客观真实性。

四、表现与再现同体

不妨用古老的表现与再现的说法来想象蒙太奇与长镜头的异同，同时也不妨认定无论是蒙太奇还是长镜头都是表现与再现同体的。这个所谓"同体"，是说影视艺术家在将对象"现象化"的时候，既再现着客体的自然与现实，又必然表现着自身情致。说白了就是在表现他者时表现着自我。即使是客观性极强的长镜头也具有超出它所陈述或再现的东西，这就是表现和再现的统一。

再现并不就是模仿，并不就是"照相"，它力图使对象超越其"物性"，在一个新的意义世界中取得位置。再现是为了表现，表现使再现诞生。

表现与再现的这种统一关系根源于主体与客体"原生"就是统一的。人类的意向性能力使这种统一能够在人自身实现，所谓蒙太奇与长镜头都是这种意向性的表现形式。

第六章
象征与意境

一、象征与意境得以构成的元素：格式塔

格式塔为德文"gestalt"的音译，原词含有形态、面貌、外形、形象的意思。英语中无精确的同义词，通常译作"形式"(form)，但不是一般的形式，而是"构形"——最后能够成为整体的、完备的形式(即"完形")。在阿恩海姆的格式塔心理学中，格式塔是这样一个核心概念：它是为人的知觉活动创造性地组织起来的、事物的"力的模式"，这个"力的模式"存在于世界的一切过程中，不管是精神活动、身体活动、机器活动，还是社会观念结构，都存在着自己特定的力的作用模式。人的知觉活动与事物的力的模式之间存在着"异质同构"关系，人从而可以把握这种力的模式。更重要的是，知觉活动，尤其是艺术创造的知觉活动，"永远不是对于感性材料的机械复制，而是对现实的一种创造性的把握，它把

握到的形象是含有丰富的想象性、创造性、敏感性的美的形象"①。这种创造性的把握得以完成在于人有这种完形能力。这几乎是电影得以把握世界的基本原理,也是电影的象征有构形能力,从而产生感染力、产生意境美的原理。

法国电影理论家让·米特里以格式塔心理学为依据,探讨了作为电影基本要素——影像的格式塔质。他认为,影像可分为三个层次:一是知觉层次:影像是现实的物象,由它"所映现的全部内容构成的","影像的第一层意义便是被再现物的意义"②。二是叙事层次:影像具有表意符号功能,"电影的表意从不取决于(或很少取决于)一个孤立的影像,它取决于影像之间的关系,即最广义的蕴涵"③。电影在此意义上成为语言,影像也成为"语言的元素"。三是诗意层次:影像通过象征,在剧情意义之外建构一个抽象意义,诉诸观众想象的"诗意",电影因此成为视觉语言艺术。"影像可以超越它所映现的这个现实:再现形式成为它所再现的事物的某种具体符号(信号),同时又是凝聚了'被再现的现实的一切潜在特征'和'一切存在潜能'的相似体。"④银幕既是结构现实的"边框",也是通向现实的"窗户",而这个"相似体"就是现象之美。

---

① [美]鲁道夫·阿恩海姆:《艺术与视知觉——视觉艺术心理学》,滕守尧、朱疆源译,中国社会科学出版社,1984,第5页。

② 李恒基、杨远婴主编:《外国电影理论文选》,上海文艺出版社,1995,第283页。

③ 同上书,第284页。

④ 同上书,第301页。

这又回到电影艺术假定性的本性和方法问题。假定性何以能够成立且有魅力呢？极而言之，就是人类和自然万物中存在着同构的"格式塔"。"格式塔"奠定了艺术家与公众之间的"默契"，使他们能够"人同此心，心同此理"。这绝不是随心所欲的，不是作为预先规定或随意译释的密码从外部强加进来的，而是从生活现实中非假定的东西发展而来的，并沿循着它们的内在逻辑。所谓假定性或象征只是这种"逻辑"的解释、体验性的传达。

因此，艺术假定性是个微妙的东西，艺术形象是借助假定性来创造的，成功是假定性的成功，失败是假定性的失败。具体到象征则更是如此。象征是假定性的极致，也是假定性的冒险。

列宁在《哲学笔记》中论述过，人的智慧对个别事物的摹写（等于概念）不是简单的、直接的、照镜子式的，而是复杂的、二重化的、曲折的；有可能离开生活驰骋幻想；还有可能使抽象的概念、观念向幻想（最后等于神）转变（而且是不知不觉的）。因为即使在最简单的概括中，在最基本的一般概念中，都有一定的幻想成分。列宁在另一处还说"艺术并不要求把它的作品当作现实"——这是关于最"唯心"的艺术最"唯物"的表述了。

假定性及其极致象征维系着艺术现象与生活现象之间内在的、极其微妙的相互联系，具有变化而不失真的那一部分才是最得分的。如《战舰波将金号》里蒙上帆布枪杀水手的著名场面中，爱森斯坦并没有直接模拟真实形态，而是用蒙在犯人眼睛上的"巨幅黑布"这一象征性的夸张形象向观众强调和概括了这一事实的内在含义，比事实形态增添了更大的视觉感染力。《列宁在十月》里攻打的冬宫并不是冬宫本身，而是设计建造的正面冬宫，它摆脱了准确和纪实性的约束，使这一场戏的动作环境和蒙太奇结构得到了含义丰富的处理：冬宫的楼梯一方面被大大压缩了，另一方面又被制作者的想象大大扩展了。

通过电影的艺术形象，人们总能看到、感觉到比形象直接展示出来的还要多的东西。这种透过特殊的具体表现得到深邃共性的"功能"就是格式塔的功能，也是象征的功能。其间间接联想的氛围就是所谓艺术的空间。象征正是在这个空间里"跑马"。凡是假定性突出的地方都是象征意味充盈之处，对于电影来说，尤其表现在构图如镜头的俯仰角度、不同的景别、光调处理，还有音乐点题概括、节奏等。假定性和象征的解释终端在于观众，观众会从各自的感受出发把自己放进去，沿着自己的心理假定完成自己的内心影像。电影是一种黏合着具体的艺术象征的人的象征。

二、"生活世界"的象征

电影通过艺术假定性营构着一个象征的宇宙，它可以自如地把语言、神话、宗教、历史、科学和其他兄弟艺术等不同象征系统囊括在自己的意象河流中。作为以肉体直观、感性裸呈为文体特征的电影具有其他兄弟艺术无法比拟的优势。就其假定性而言，极而言之，几乎可以说电影就是现实的象征，而且这个象征是本体象征，而非符号象征。

在电影符号学中所谓的象征符号说，标志者与被标志者之间既无任何自然类似性，也无经验或逻辑上的联想，只是按照社会约定俗成的使用习惯形成了一种表意关系——这只是大象征的"具体而微"罢了，如西班牙导演布努艾尔用象征架构全片的法国电影《一条安达鲁狗》。

电影的这种象征功能先于胡塞尔克服了欧洲的心物二元论传统（在中国，庄子的美学一出手就超越了心物二元论，而且古代中国人基本上就没有分裂过，只在近代西方科学传统强行输入以后才产生了这种分裂的术语体系）。但是电影不会理论言说，不能从哲学上深化总结，我们现在想来总结也只能先从哲学话语"借句"了。

让我们且从卡西尔说起，他认为人正是通过制造象征才规定了自己的本质，它改造了亚里士多德"人是理性的动物"的经典定义，而代之以"人是象征的动物"[1]这一新的功能性的定义。所谓文化，就是象征形式。象征运用的是前逻格斯的原初语言。象征说到底是种"原根型隐喻"——原始的"简单感性体验的中心化和强化"，是原初体验向语言、意象转化的过程，是内在张力的转化渠道，是以确定的客体形式和形象对主体冲动和激动情状的表征，它使存在以意象化的"形式"呈现于人——不是简单地依据相似性原则以此代彼的狭义隐喻，而是"构形性权力"——这让我们想到前面引述的格式塔的"形式"。

事实上也是如此，象征是原初隐喻的再生，是"生命""情感""直觉"的形式，从而使生命的动态过程获得其审美结构，如韵律、节奏、和谐等——这些是电影艺术的生命线。单讲"直觉""表现"不能构形，便只能是私人的或神秘的。构形不单是外在表达，

----

① ［德］恩斯特·卡西尔：《语言与神话》，于晓等译，生活·读书·新知三联书店，1988，第70页。

更是艺术创造过程本身的必要元素。电影艺术是关于人类生命运动的"构形"活动。卡西尔说:"艺术家的眼光不是被动地接受和记录事物的印象,而是构形性,并且只有靠着构形活动,我们才能发现自然事物的美。美感就是对各种形式的动态生命力的敏感性,而这种生命力只有靠我们自身中的一种相应的动态过程才能把握。"构形就是赋予生命活动以审美的规范或结构,就是使之成为"激发美感的形式"①。构形就是审美的赋形能力及其过程,就是找到象征的方式。构形能力成为电影艺术的第一支配性能力,这不仅体现在画面的营造上,更体现在一个题目的框架设定、一个电影故事的结构设置上。

认识自我是所有文化活动的最终目标,也是电影象征艺术的阿基米德点,认识自我是实现自我的第一条件。象征是这样一种"功能圈":它既是感受器系统又是效应器系统,它编织着人类的感性和理性的各种符号之网的丝线,用康德的话说,它是"感性概念"的格式,是感性直观的杂多形象的具象综合。只需要想象和设想出客体的实质部分,我们就能在感知过程中综合整个客体,综合出客体的完整形象。例如,在电影中只要"显示出"屋顶,我们就能形成"房屋"的概念。只要在银幕上看到普多夫金影片中警察的皮靴,脑海里就会浮现出"意指"专制制度这一概念含义丰富的多重形象。领悟象征需要康德说的那种"鉴赏力"的感知,制造象征则需要创造性想象的天才。天才之所以是天才,正因为他

---

① [德]恩斯特·卡西尔:《人论》,甘阳译,上海译文出版社,1985,第214页。

从事创造，而不屈从于所谓必然性的法则。

推论性因素与直观性因素的相互作用是象征思维的内在纽结。象征的表象是一个想法的表述形式，通过这个形式，那个想法获得了普遍传达性，如能获得长久普遍的赞同，就成了一种精神"范式"：它生起许多思想而没有任何一个特定的思想（即概念）能够限定它。但它又确实包含着理念化的判断——无法用理性语言逻辑展开的价值感觉，无以为名，勉强名之曰"感性概念"。这种象征不是单义的隐喻，而是一种总体的、哲学级别的"情绪的物化"。如《美国丽人》用一家人的心理展示美国人的心理沙漠化。心理沙漠化的最有可能的后果就是暴力普遍化，如该片的结尾一样：片中三个成年人都拿出了手枪。

达到本体象征化境界的是基耶斯洛夫斯基的《蓝》《白》《红》三部曲。它们可能太"沉思"了，让追求愉悦的人看不懂、不想看，但它们又是那么耐看：缓急有度的剪辑、精心设置的色彩、渗透入影片内部的音乐、镜头与镜头主角的微妙呼应及对生命富有感受力的每一个画面，都在缓慢地触动我们，温和地向我们显露其强大的精神力量。这位哲学家导演拍片的宗旨是："我喜欢观察生活的碎片，喜欢在不知前因后果的情况下拍下被我惊鸿一瞥的生活。"《红》中的退休老法官是个与现实"隔绝"的人，为了"显现"他不再与人交往、不再爱和被爱、不再爱自己的牧羊犬及自己，导演让他所有的门都敞开着。这是个典型细节：所有的门向世界敞开，而外面的世界依然一点也进不来。老法官生硬而阴冷地"回敬"了瓦伦蒂之后，他变得有所期待了——那扇一直开着的门，连门板也被拆掉了。

有的电影是在讲述一个故事，有的电影是在幻想一个故事，有的电影是在消解一个故事，还有的电影是在沉思一个故事。《蓝》《白》《红》是在不动声色地沉思，它们并不企图震撼人们，而是让人进入作品，去找到隐蔽在人物、情节后面的"存在的真实"。导演在相互独立的三部影片中，穿插了一些充满意味的互映镜头。《红》的结尾，一场海滩事故中只剩七位幸存者，他们其中的六位分别是《蓝》《白》《红》三片中的朱莉和卡洛等人，他们被搭救上岸时的影像和名单从老法官注视的电视屏幕上一一闪过，尤其是朱莉与那个男青年因这场灾难而站在了一起。这里，我们可以借老法官的眼，看到命运的一个意味深长的暗示。而另外的幸存者在老法官眼中只是一闪即逝的影像，还是在提示我们眼睛的界限和生活的局限？这三部电影都是只让故事维持在简单的人物关系中——正是这种简单，才更贴近我们的生活。生活中看得见的一面精微含敛地提示着看不见的"隐喻层面"，使我们在那精心构造的镜头语言中，体会说不清楚的丰蕴暗示——也是昭示。

真正的象征就是这样，一点也不神秘，存在本身的"显—隐"运作乃是一体两面的，它既是"显"（由隐入显）又是"隐"（由显入隐）。由隐入显即成世界——我们看到的影像，由显入隐来沉思存在。象征的功能说到底是显示了这样一个"道行"：语言不能归入"人"的概念下。同时，对语言"超越人"这个事实的认识将提供新的社会—政治学的可能性。

象征凸现了语言之暗示本性，电影艺术的第一本性也是暗示，这种暗示是通过"显示"来实现和完成的。刘书亮有个很好的提法："形象＋形象 = 思想"①。

象征是存在本身由"隐"入"显"的运作和展开，是让真理进入"形象"。创作是"把……带出来"，象征就是这个"带"。用现象学的话说就是："显现即现象。"电影带给世界的一个巨大影响是使世界视觉化了。

本来，艺术的目的就是使事物的性质成为——表现为可感知的，这也正是电影艺术与原始艺术的相通之处：一切"形体"都是"形式"，形式只是能为视觉理解的"形体"与"形体"间的关系。它们的区别在于在现代社会这个视觉化的形式是人造的，沟通"人造"与"真实"之间关系的一个有效方式（"形式"）就是象征——不再是狭义的修辞技巧，而是人类学的修辞术了。电影本是这场"运动"的先锋，更是通过象征让人找到生存感觉的"重镇"。

三、蒙太奇与象征

任何画面都是"提示"多于"解说"：海洋可以象征满腔的情欲（《圣西尔维斯特之夜》）；一撮土可以象征远离乡土（《母亲》）；阳光下闪闪发光的一缸金鱼则喻示着幸福；等等。象征，是使一部影片拥有多层意指的基本生产方式。运用象征能够启发观众的地方远比简单看到的明显内容多得多。电影画面同时具有"显文本"与"潜文本"，潜文本是一种提示性的、虚拟的、由象征意义组成的。这既是镜头的效果也是镜头组合的效果。

象征往小了说就是隐喻。有一位专家说，镜头之间组合而成

---

① 刘书亮:《影视摄影的艺术境界》,中国广播电视出版社,2003,第10页。

的寓意是蒙太奇构成的隐喻，镜头内部的寓意是象征。他是从导演角度区分的，我们要从观众的接受角度说，从一般的电影评论的习惯说，二者都是象征，至少都起象征的效用，所以不妨合而说之。当然，蒙太奇构成的隐喻多是直接的、一望即知的"比方"，如在爱森斯坦的《罢工》中，直接以动物名字称呼的警方告密分子的面部特写直接与那个动物的镜头相并列；在《总路线》中，一个呆头呆脑的妇女同一只火鸡的镜头相并列；在《战舰波将金号》中，焦急等待进攻的水兵的面部特写同停转的机器镜头相并列；最为著名并且已成经典的是普多夫金的《母亲》，里面的工人罢工与春天冰河解冻的镜头并行地表现，冰河在奔涌，工人在前进，使隐喻延伸得很远，早春解冻后的冰块顺流倾泻，与意识到正在冲击专制制度的工人洪流之间的明显相似终于引出了象征意义。如此等等，都表明运用蒙太奇是制造镜头含量、开拓"潜文本"空间的重要方法。爱森斯坦在《蒙太奇论》中说："镜头绝不是一个字母，而永远是一个多义的方块字。正如一个方块字，只有依它如何组合，是单独读解还是加有标明读法的小小偏旁，才能明确它的特有含义、意义乃至读音（有时截然相反），一个镜头也只有在对列中才能读解出它的含义。"[1] 所谓隐喻，就是通过蒙太奇手法将两幅画面并列，而这种并列又必然会在观众的思想中产生一种心理冲击，其目的是便于观众看懂并接受导演有意要表达的思想。这样能够奏效的原因在于一代人生活在大致相同的文化象征语

---

[1] ［苏联］谢尔盖·爱森斯坦:《蒙太奇论》，富澜译，中国电影出版社，1999，第 432 页。

境中。

　　爱森斯坦从日本的"歌舞伎"中解读出了《总路线》的蒙太奇思路：建立统一的一元化感觉——统一的刺激总和，"每一手段作用于不同的感官，但其设计（每一个别"片段"的设计）却是针对大脑刺激的最终总和，而不考虑它通过哪条渠道发生作用"[①]。《总路线》的蒙太奇正是以这一手法为基础的。这里的蒙太奇不是依据个别的主导成分，而是把一切刺激的总和当作主导成分。这就构成一种独特的镜头内部的蒙太奇综合体，是镜头固有的各种刺激相互撞击和组合的产物。"这些刺激就其"外部本性"而言是种类不同的，但因其反射生理学的实质而被牢牢统一起来。之所以说它是生理的，是因为感受中的"心理"也只不过是高级神经活动的生理过程。"因此，镜头的一般特征是指镜头整体在生理上的总和效果，即组成镜头的一切刺激的综合统一体。这就是镜头整体所产生的那种独特的镜头'感觉'"。[②] 电影与歌舞伎一样是以它对整个大脑皮层最终的总和效果来生产它的艺术感染力的。因此，"这样获得的总和可以做出任何冲突的组合，从而挖掘出蒙太奇处理的全新的可能性。"[③]

　　任何新的可能性都是"激情化"。所谓"激情化"，就是不断地状态叠加、"如痴如狂"，不断地失去常态；就是随着一个镜头、一段插曲、一个场景，整部作品情绪的力度在不断增强过程中的

---

　　① ［苏联］谢尔盖·爱森斯坦:《蒙太奇论》，富澜译，中国电影出版社，1999，第 430 页。

　　② 同上书，第 433 页。

　　③ 同上书，第 434 页。

每一个别元素或特征不断地从一种质向另一种质飞跃。同时，必须注意：第一，保持直觉的统一；第二，它是作为主题的激情本身有机而自然产生的，这样才会形成整体的象征力量。

譬如《凛冬兄弟》中不断轰鸣的砂石机器。主人公埃米尔是一名地下采石场的普通工人，终日与阴暗潮湿的地下矿坑及轰鸣的作业机器为伍。工人们头戴的矿灯照亮的闪烁不定的视野、工厂里大型球磨机转动时穿透耳膜的隆隆声、音调陡然上升或下降的背景音乐，观者的心境与剧中人物一同随着这音声起起落落，感受到埃米尔生活的麻木和压抑。影片展示着他每日坐着上班的破旧卡车、恶劣的工作环境，以及灰色调的日常生活中唯一的一点亮色——安娜——他喜爱着的姑娘。随着这些日常生活影像片段的不断重复，影片的刺耳音效使观众的舒适度即将达到极限；这时我们知道，埃米尔的忍耐极限将要到了！无处安放的情绪和欲望将要冲破堤防。当他撞见了亲兄弟与安娜偷情之后，二人大打出手，埃米尔大喊着："她是我的！她是我的！"次日清晨，白雪覆盖下的矿井轰然坍塌，伴着大地崩裂的巨响，诡异的音效再次出现，声波震动逐渐加强，直叫人疯狂绝望。

坍塌的矿井与主人公的个人情感并无直接关系，但二者的巧妙重合使心灵的"坍塌"感更加直观地显现出来。埃米尔要的只是最为普通的"爱"，在冰天雪地中能够日复一日相伴到老的爱人。冰雪、隧道、贫穷便是压抑，主人公狂热、爆裂的情欲随着一声声刺耳的音效，将沉寂的空气豁开了一个缺口，直冲云霄。

达到思想的隐喻才是象征！这种隐喻的目的是在观众的意识领域内激起想法，这种想法的价值远远超出了银幕形象的所指——它是一种巨大的能指。

这里有必要讲讲在一个画面中如何实现象征意图的问题，可以称它为象征主义的构图。象征以某一特定的具体形象含蓄地表现与之相似或相近的概念、情感或思想，这是古今中外文艺家孜孜以求的高品位境界。这种构图往往是导演"任意"集中两个现实片段，以便通过两者的对比、衬映迸发出一种比它们原有的简单具体的内容更为深广的意义。如《母亲》中的母亲之死：她摸到了血泊中的红旗，艰难地用旗杆撑着身体站立起来。俯拍的镜头中，一个挂着红旗的灰发老妇人站立在一片狼藉的陈尸之间。仰拍的镜头中，"高大""威武"的军警马队呼啸而来。前者表达了"不屈"，后者表达了"杀戮"；前者是生命的尊严，后者是国家机器的暴力。接下来作为视觉意义上的反转，我们蓦地在一个大仰拍的镜头中看到了母亲，那是一座高耸入云的方尖碑，狂风吹动她头上的灰发、手中的红旗，那在透镜作用下变形的脸上的不屈和呐喊。这叫作"返虚入浑，积健为雄"。

四、意象与意境

让我们将镜头转到中国的电影和中国的现成理论上来。

中国的"意象"是一个相对稳定的审美术语。《易传》云："言者所以明象，得象而忘言；象者所以存意，得意而忘象。"中国意象理论讲究"得意忘象"，"得象忘言"既要有"言"，又不能受制于"言"；既要"明象"，又要超脱于"象"，因为只有突破了有限的"言""象"，才能真正领悟到无限的"意"。所谓"意象合一"，即以象写意，寓意于象，以象尽意，象有尽而意无穷。银幕形象在影片中呈现出来的，是从有限的现实物质空间（象）上升到无限的、非现实的精神空间（意），升华为一种以"象"写"意"、以"象"达"意""意象合一"的境界。这种"意象合一"的境界所表现出的是无限广阔的人生空间，它从表现生活中的具体事件和具体场景的有限空间中跳跃出来，从某个角度揭示了人生的意味，从而对整个人生、宇宙生出一种哲理性的感受和领悟，获得了一份现象之美。

这里的"象"是生动可感的，是具有可视性的形象。电影艺术是仿像的，仿像的目的恰恰是营造"意象"。《那山那人那狗》《暖》《巴尔扎克和小裁缝》一类风格含蓄蕴藉的电影，在如诗如画的镜头中强化了"意"的深层内涵。朦胧的山村景色配上独白和闪回，在清新的空灵中抒发出一种隽永的意蕴和典型的东方格调。这类电影不仅再现了中国画中青山绿水间的"象外之象"，而且借助电影语言留给观众"味象"的空间，让人们可以凭自己的体验去领悟浓浓乡情、拳拳真情。这算是小桥流水派的特点。追求大红大紫大气派的张艺谋则是另一种取径，他把"大象无形""大音希声"视作电影的最高审美境界。影像作为电影语言的编码本文，包含环境影像的意义。环境所指的表意功能具有全局性的象征建构。《红高粱》中那一望无际的红红的高粱地、红轿子、红盖头等一系列银幕形象构成了原始生命力、民族酒神性格的隐喻意象，是自然浑成之美，是游刃有余之技。张艺谋充分认识到运用影像进行文化编码的特殊性，创造了许多"象"外之"意"、"意"外之"境"。比如《红高粱》里的颠轿、祭酒、酒歌；《大红灯笼高高挂》里的点灯、灭灯、封灯、毁灯的象征性民俗；《菊豆》里长长的五彩缤纷的染布;《摇啊摇,摇到外婆桥》里神秘莫测的芦苇丛……这些饱含象征意味的意象,构思精妙,境界幽远,调动着观众的想象与联想。环境造型的象征化倾向,是主体与客体、心与物、情与景、意与象的高度统一而形成的一种诗化境界。

"东方诗学"所推崇的意境及营造意境的艺术经验支撑其间,如中国山水画式的写意,中国诗学所要求的理性认知与感性直觉统一。刘若愚说:"王国维'境界'的概念,与当代现象学关于文学'世界'(world)的概念具有某些相似之处。"[①] "世界"在艾布拉姆斯的《镜与灯——浪漫主义文论与批评传统》中被这样表述:"第三个要素便可以认为是由人物和行动、思想和感情、物质和事件或者超越感觉的本质所构成,常常用'自然'这个通用词来表示,我们却不妨换用一个含义更广的中性词——世界。"[②]

西方也有类似意境的理论。康德说:"美的艺术,是一种意境。"[③] 朱光潜说,康德的审美意象"指审美活动中所见到的具体意象,近似我国诗话家所说的'意境'"[④]。克罗齐《美学》中的"直觉"(intuition),是指"情趣"(feeling)和"意象"(image)的统一,"艺术把一种情趣寄托在一个意象里,情趣离意象,或是意象离情趣,都不能独立"。朱光潜说,克罗齐的"直觉说","颇近于中国

① [美]刘若愚:《中国的文学理论》,四川人民出版社,1987,第196页。

② [美] M.H. 艾布拉姆斯:《镜与灯——浪漫主义文论与批评传统》,郦稚牛、张照进、童庆生译,北京大学出版社,1989,第5页。

③ [德]康德:《判断力批判》上卷,宗白华译,商务印书馆,1964,第151页。

④ 朱光潜:《西方美学史》下卷,人民文学出版社,1983,第398页注〔1〕。

过去批评家所说的'情景交融''意境'"。①《歌德谈话录》中说，荷兰画家吕邦斯的一幅风景画，"最美妙地把活跃而安静的意境表现出来了"。②其实，这种意境是一种理念的体现，是一种情绪化的东西——现象化。

中国美学的意境理论是唐宋时期由"意象"论逐渐演化而来的。"意境"说的产生同佛学的"境""境界"关系密切，也同儒家的"诗言志""虚静"说等传统有关。"意境"产生于象内之境（象）和象外之境（意）的融合，后者是前者的延伸和升华。由画内影像所表现出的画外含义的延伸和升华，正是中国传统艺术所谓的"意境"。"意境"不只是情与景，"立意"与"形象"的统一，"境生于象外""超以象外，得其环中"，都需具有严羽所谓的"妙悟"，才能去"味"出"境"中之虚实相生、动静相宜的生机和神韵。"意境"与"气韵生动"同出，"境界"才能含有天人合一的意味。"气韵生动"作为一个画论中延伸而来的概念，体现了宇宙生命意识。这是由精神经验和某种意念构筑成的空间和画面，但这种经验和意念，一旦得到会意性的领悟，便可获得多义的效果。艺术往往需要一种只可意会不可言传的意境。

五、电影意境的营造

电影艺术的意境与别的艺术样式的意境是"同构"的，都是"虚笔"生发出来的韵味，用西方术语说就是"什么也不意味的

---

① 蓝华增:《意境论》，云南人民出版社，1996，第 255 页。

② ［德］爱克曼辑录:《歌德谈话录》，朱光潜译，人民文学出版社，1978，第 129 页。

'有意味的形式''什么也不表现的表现形式'"。

电影中意境的营造，妙不可言，约略有以下几种手段。

首先是"境生象外"的空镜头，可以创造出浓郁的诗化风格。空镜头的巧妙使用使人想起清代绘画理论大家笪重光的话："空白难图，实景清而空景现。神无可绘，真境逼而神境生，位置相戾，有画处多属赘疣。虚实相生，无画处皆成妙境。"郑君里指出："空镜头在影片中的作用，显然绝不止于说明人物在什么环境中活动，那仅是空镜头最基本的、最原始的用法。景最好和人结合起来，写景是为了写人。影片中的景物是一定的人眼中的景物，这不单指所谓主观镜头，而是说景物如果和人的心情相呼应，它给予观众的感受跟人物的动作、遭遇给予观众的感受就可能相辅相成，融成一体。这样的空镜头才是有生命的。"[1]

其次是音乐与音响。在电影中，空灵境界和意境的推出，除了镜头、画面的调度起重要作用外，音乐、音响的有机配合也是极为关键的因素。《城南旧事》中颓败的北京旧城墙，风中摇曳的蓑草，逶迤起伏的古长城……似中国画般地渲染着苍凉的氛围。秀贞、英子、宋妈的缓缓诉说和那首寓意深长的毕业歌"长亭外，古道边，芳草碧连天……"折射出人生如梦、往事如烟，但人类不能没有梦的凝重情结。苏珊·朗格说："音乐的基本幻象，是经过的声音意象。"[2]声音意象，即听觉意象，是指声音的感性样式。《乐记》中说："乐者，心之动也；声者，乐之象也。"这里的"乐象"，

---

[1] 郑君里:《画外音》，中国电影出版社，1979，第 137 页。

[2] [美]苏珊·朗格:《情感与形式》，刘大基、傅志强译，中国社会科学出版社，1986，第 132 页。

就是指声音意象。其实，意象的全部意义在于："我们并不用它作为我们索求某种有形的、实际的东西的向导，而是当作仅有直属性与关联的统一整体。它除此之外别无它有，直观性是它的整个存在。"[①] 法国印象主义作曲家德彪西说："音乐能无中生有，制造出幻想的形象，创造出夜晚充满魔幻的诗意的真实和神话的境界，创造出这些在微风吹拂下人所不知的万籁。"[②] 这种"幻想的形象"一旦形成系列，主体便进入了由作曲家苦心创造的意象世界。

阿炳的《二泉映月》美丽而凄冷，那泉中所映之月，浸透了他对人生苦难的深切体验。忧伤的旋律是他情感的抽象。双目失明、街头卖唱等一切生活的具象，经过创作想象的中介而转化为生动的音乐表象。转化的结果，是创造出一个夜深人静、泉清月冷的诗化境界。

故事情节与叙事节奏疏密缓急的搭配，也关涉电影意境的高下。中国传统的艺术意境并不追求情感的一泻千里、境界的一览无余，而是追求"不着一字，尽得风流"的含蓄韵致。张艺谋《我的父亲母亲》的情感以最富有中国审美意味的优美、含蓄、空灵的方式表现。绚烂的白桦林伴着招娣纯洁而热烈的爱情，茫茫白雪中痴痴等待的招娣被渲染成了一抹红色（招娣的红袄），透露着爱的执着和坚贞。担水、送饭、青花瓷碗等精致优美的细节珍珠般地串起，见出叙述视角的新颖，唤起我们情感的共鸣和对往事的回忆。这一反轰轰烈烈、生离死别的情感模式，只讲述了青春时

---

① ［美］苏珊·朗格：《情感与形式》，刘大基、傅志强译，中国社会科学出版社，1986，第58页。

② 刘智强、韩梅：《世界音乐家名言录》，中国华侨出版社，1989，第12页。

代一见钟情的相识和暮年生者对于死者魂牵梦绕的凭吊。张艺谋说，"只选择了第一步和第一百步，而没有中间的故事，没有其余的九十八步"，为观众"留下了最大限度的空白"。[①]《我的父亲母亲》弱化了电影的叙事特征，强化了电影的影像功能，如一幅淡淡的人生画卷，美丽的画面中蕴含着感人的情愫，情景交融、浑然一体、意境尽出，深得含蓄之妙。故事只有一段前奏和一个尾声，留给观众一个诗意隽永的想象空间。还是王国维说得好："境非独谓景物也，喜怒哀乐，亦人心中之一境界。故能写真景物、真感情者，谓之有境界。否则谓之无境界。"

　　人物形象的模式化、脸谱化造成的不真实，会削弱电影的意境美。过去有些电影出于中国戏曲的脸谱化传统，出于中国人物肖像画的变形传统（帝王高大，臣下矮小），出于主导意识形态的宣传需要，有意识地在化妆造型、灯光运用、机位角度等多方面褒扬电影所要突出的一方，贬抑所要否定的一方。在画面布局上，我正敌偏；在摄影机角度的定位上，我仰敌俯；在景别的选择上，我大敌小；在色彩的处理上，我暖敌冷。这本来是为了保证正面人物的高、大、全，反面人物的假、恶、丑，但一旦成了数学公式般的定律，就在一定程度上影响了影片的美学品位。一走向极端就走向了反面——假定性是为了发现实在的意义，是为了"存在的开放"，而一旦"假了"便余不足观矣！

---

① 张艺谋、黄式宪、李尔葳：《以"小"搏"大"坚守一方净土》，《电影艺术》2000年第1期。

六、意境是种现象之美

银幕上的世界以景框的边缘为界限，景框是银幕影像画面的空间界域。歌德说，"显现与分离是同义语"，"那些将要显现的物体，为了将自己显现出来，就必须分离"[①]。景框这一矩形屏障，屏蔽与分离出显露可见的画内世界和引人联想的画外世界两个空间。银幕上的风景让风景获得了电影的空间特性，周围世界成为潜在的绘画世界，同时风景具有了这个世界的特性。"景框犹如窗框，而这扇窗户是向世界敞开的。"[②] 有限的景框内的影像世界是制作者从无限的外部世界精心选择甚至苦心营造出来的，同真实的现实生活世界分离而成为银幕幻象。借助电影和银幕造成的心理感受特性，景物所包含的象征和抽象的符号恢复了现实所具有的明确性和分量。

"画内"影像空间的有限与画外想象空间的无限，决定了电影画面构图在"无限"中选择"有限"，以"咫尺之图，写百里之景"，借局部暗示整体。"山欲高，尽出之则不高，烟霞锁其腰则高矣。水欲远，尽出之则不远，掩映断其脉则远矣。"[③] "以少总多"，善于"用刀子把一切多余的东西都剔掉"，恰如契诃夫所说，"在大理石上刻出人脸来，无非是把这块石头上不是人脸的地方都剔掉罢了"。

"山之精神写不出，以烟霞写之；春之精神写不出，以草树写

---

① ［美］鲁道夫·阿恩海姆:《艺术与视知觉——视觉艺术心理学》，滕守尧、朱疆源译，中国社会科学出版社，1984，第92页。

② ［法］阿兰·罗伯-格里叶:《我的电影观念和我的创作》，卞卜译，《世界电影》1984年第6期。

③ 沈子丞:《历代论画名著汇编》，文物出版社，1982，第71页。

之。"① 虚实相生乃是艺术创造的重要法则。所谓"景外之景"须出自"景内","象外之象"则源于"象内"。通过景框与影像空间的转换与组合及其节奏变化,"从画面的联系中创造出画面本身并未含有的意义",说到底是为了使意象具有思想的力量,成为"思想形象"——现象之美。

电影中的风景形象是对现实景物的提炼、再造型,去凸显景物的内在实质,去发掘景物中人性的含义——使之现象化,其创作过程犹如雄鹰飞翔的策略:为了搜寻猎物而开阔视野进而升到高空,为了不失去猎物,又必须始终盯着地面。具体而敏锐的直觉、想象力、共同体验、超意识活动具有特别重要的作用。作为现象学的核心概念,直觉的作用更为直接而致命。直觉是创作探索中最后的依据和触点。直觉及其下意识因素是天才与非天才的一个分水岭,它当然是靠了无数生活观察和体验来生长的,靠了理性来滋养的,但是它毕竟是天启般的灵感。当我们说真正的艺术家首先是个思想大师时,不是说他有多么了不起的学院化的系统哲学思想,而是说他的直觉有过人的含量。它是保证艺术和谐的"统一行为",是能够敏锐地接受印象,迅速地涵化为意念,并能解释意念的心灵状态——这就是镜头运用的神韵问题。

镜头是遏制非艺术幻觉的元素,"摄影用绘画梦想不到的方式克服了主观性"。"为了对我们和现实的联系保持信心,保持我们的现在性,绘画接受了世界的退隐。摄影则通过接受我们不在世界之中来保持世界的存在。照片中的现实对我是存在的,但这

---

① [清]刘熙载:《艺概》,上海古籍出版社,1978,第82页。

时我却不在现实中；而这个我所知道和看见但我并不存在于其中的世界（并不是由于我的主观性才如此），是一个已经过去的世界。"① 镜头的框格本身随着运动和蒙太奇而消失，于是我们所感知的空间便好像是无限的、向四面八方延伸的，如为了表现《战争与和平》的哲理性，导演用鸟瞰的摄影方法来俯瞰原野、森林、蜿蜒的河流、村镇、城市——俯瞰战争和俄罗斯，以表达托翁"完整的现存生活"的意绪。电影展现的风景从视觉上深入窥视了小说的意境，同时展示了环境与"家族和历史"的依赖关系。

塑造风景形象，照样可以运用电影手法的借喻、夸张等，有时候"间离效果"能构成深刻的隐喻。这种表现上的假定性让观众感知、调动观众关注他需要注意的东西，在一定程度上偏离事物、景物的惯常面貌，从而力求揭示其不能从外貌上捕捉得到的内在实质。布莱希特提议使"戏剧成为哲学家的活动场所"，电影则已然是哲学家活动的场所了。电影中的风景，是在把习见的和寻常的景象变成特殊的和意外的、仿佛初次看到的东西。真正的艺术总是能使观众变成首次发现者：

要使那习见的真情
把我们刺痛和唤醒！

风景形象有能力缩短观众心灵的冗长道路，只用一两个景象

---

① ［美］斯坦利·卡维尔：《看见的世界——关于电影本体论的思考》，齐宇、利芸译，中国电影出版社，1994，第 27 页。

的变换就勾画出一个完整生动的现象，把可见的和不可见的东西结合在一起。这是艺术的假定性本性所特有的，也是艺术的惊人威力之所在。

风景及再广义一些的景物，是人与世界的搭界处，是表现人物与环境之间和谐或失谐关系的外在表征。镜头含义和表象的关系是现象学与现实主义的关系。景物表象始终作为一种独特的发现，保持着自己生动的、细节的力量，电影艺术家作为意义的发射者既能巧妙地显示出这一景物的含义，又能保持景物的含糊性。景物表象的作用在于让观众在不知不觉中将世界"现象化"、表意化，建立起一种诗意的类比，通过表达的有形之物与无形之物的对应获得一种对于不可见之物的感应。

电影和其中的风景是真实而神秘的，它可以成为体现完整宇宙观念、完整哲学观念的具体形象。

在电影的各种造型元素中，这叫作"一切景语皆情语"，风景具有音乐那般表达情绪的能力。风景绝不是树木、湖泊和山峰的图表，风景是对情绪进行造型阐释的种种可能性的复杂载体。爱森斯坦曾说，风景镜头不是简单地理状貌的复原，也不是提示地理信息的"邮票""纯情绪的领域，在各种造型元素中，最接近于音乐的便是风景。在无声电影中，风景承担起这个任务——从情绪上充分表达那些只有音乐才能完全表达出来的东西"。[①]

如果一个悲剧性场面的纯造型外貌并不同时在情绪上被解

---

① ［苏联］谢尔盖·爱森斯坦：《并非冷漠的大自然》，富澜译，中国电影出版社，1996，第 287 页。

释为"悲剧性的风景"，那么这个场面本身的感染力大半要化为乌有。风景所能表达的并不仅仅是纯粹的——甚至抽象的情绪，它同样可以表达尖锐的戏剧性。

音乐上最重要的形式手段便是反复。同一动机以不同音调、不同音色一再反复和变奏。交响乐句是不断反复的。同一方法也适用于电影中的"风景段落"，用音乐性的、情绪性的手段诠释一段可见的大自然。高明的风景段落特别善于把现实的风景造型与构图手段对这风景所作的音乐性、情绪性诠释美妙地结合起来。动机的反复构成直接印象，这些印象形成节奏感，并在观众心中产生"回响"，这种回响就是电影画面中现实可感的自然现象在观众心中引起的情绪"共鸣"了。许多构图恰恰是通过"动机的回响"而被感知的。

在影片的整体行进中插入"风景段落"，其作用方式完全像在特写镜头中人物张口说话时插入字幕。情绪性的风景容易变成无对象朦胧体验的纯印象主义演示，但是要清醒地意识到，这只是"手法"而不是目的本身，这个毛病可以避免。

日本电影中风景的作用尤为醒目而重要，如著名的成濑巳喜男模式："下着寄托人心情的雨""下修饰人心情变化的雨"。还有月光、日光、雪山等，都是与人物的命运或心情一体化的重要抒情符号。在成濑巳喜男的早期电影《歌行灯下》中，在深夜皓月当空的氛围中传授舞技的场面，通过移动摄影机将轻漫的雾完美地表现出来，凸显了心心相印、以心传心的情致。影片最后又回放了这种情致：在皓月当空的旅馆房间里，跳起同样的舞蹈，登场的人们像是磁石相互吸引一样，与月光一体化了。而增村保造模式则是更强调环境、景物突出人性的力度。在《青空娘》中，主人公向着海和天空大声呼喊了一声"妈妈！"海、天空、松，就作为主人公所呼唤的自然登上了银幕。《妻之告白》中有相当多的场面是在悬崖峭壁上拍摄的。最为突出的是《冰壁》，片名就说明这部电影与自然景物的关系非同一般，它不但与景物密切相关，而且是以山这种日本电影不太重视的景物为背景的，并且不是一般的背景，是人物命运展开的生存"场"——以散发着洁白美丽光彩的山为舞台，出现了一个被这座山赋予了无尽魅力的男子——他一有空就爬山，最终死在山里。当然，增村保造所描写的是在山里那毫无变化的人和他们作为主体的选择意志和愿望，主人公因雪崩摔断了腿，在呼唤他的爱人的名字时死去了。增村保造所"背对"的日本惯性，借助景物凸显他要表达的人性理念是相当有震撼力的。风景，在电影中必须成为"审美的意象"，成为意境，成为本体象征。而所谓意境则正是那象外之象、味外之旨、景外之景，这也差不多是现象之美的别名。

第七章
先锋派的哲学追求
及电影艺术的后现代症状

一、回顾先锋

世界范围的先锋电影开始于 20 世纪前 10 年的末期，20 年代进入鼎盛，多是不以营利为目的、不侧重叙事的纯视觉影片，多由创作者独立拍摄，多为短片。有声电影出现后，第一期先锋电影趋于衰微，代之而起的是在拍片方式和艺术主张上大同小异的"实验电影"。20 世纪 20 年代，先锋电影的活动中心在德国和法国，他们为了抵制美国电影的强大竞争，以及随之而来的商业化倾向对电影艺术的侵蚀和阉制，而提出了反对商业电影的口号，力图阻挡电影的大众化趋势。他们的理论武器就是现代派文艺的各种主张和手法，如未来主义、达达主义、超现实主义等。他们提出了一系列新的电影观念，如纯电影、抽象电影、绝对电影、视觉交响乐等。但是，他们的理论建树大于实际拍片上的成绩，无论是欧洲还是美国的先锋电影理论主张大致上无非是以下几点。

第一，反对叙事，把情节纠葛和性格刻画列为电影的"敌对元素"，要求以抽象的图形和唯美的形式、孤立的形象和哲理的抒情作为影片的内容。提出了"非情节化""非戏剧化"的极端要求。

第二，追求通过联想的绝对自由来营造"电影诗"的境界，排斥理性霸权，追求形式上的"纯粹的运动""纯粹的节奏""纯粹的情绪"。

第三，描写一个充满了潜意识活动的世界。法国的先锋电影从 1925 年开始转入超现实主义，主要表现梦幻、疯子或其他精神分裂者眼中的世界。

第四，把对物的表现放在重要地位，而且是一种万物有灵论的物象神秘主义，因为物、景更易运载作者的情思。

实验电影是很"精英"的，它的出现是西方自我与社会、人、自然之间的关系失去了平衡的产物，消极、悲观、失望的情绪和强烈的个人主义及虚无主义成为主导倾向。其中的理论纠葛，集中体现在真实性原则的嬗变上，从传统的强调客观真实转而追求主观心理的真实，又转而强调物象神秘主义；从强调个性和风格倒转为漠视与敌视个性和风格；面对大众文化的"山吃海喝"，他们在进行着悲壮的反抗。而到了后现代又把他们给"泡了汤"。

我们应该对实验电影给予相当的尊重。就连利润至上的好莱坞都要拿出三分之一的人力和物力进行实验——当然这也许是为了赢得未来的市场、获得更大的利润，而且只有这样探索才能找到新的增长点。因为电影只有满足了人性的需求才能有市场；因为电影艺术家是用镜头进行创造的人，他总是要为世界增添一些新意义和新形象，透过现实对象所揭示的事物重新获得一些新意义，并恰到好处地将一些"不可见之物"转化为"可见之物"。艺术家永远是抒情和感觉再造的先觉者，没有艺术家，人类将对很多不可见之物难以把握。在这个意义上，实验是永远需要的。

真正的艺术家承担着文化的创建、重建的义务。电影这种艺术是纯粹的"无中生有"，在艺术家未表现出来之前，一切如旧，而当他的作品完成了，他才找到了某种神秘之物。真正的艺术、思想交流就应该建立在这种全新的创造之上。作为创造者的艺术家所面临的最大困难就是创新——他想要创造世界图景，还想通过这个图景感动世人。他不仅要创造和表现一种思想，还要唤醒世人来体验这种思想。电影作为艺术品就是要将那些散开的生命结合起来——不探索，难道等着天上掉馅饼么？

电影艺术家总是赋予艺术材料一种有形的意义，并让世人从中透视到生命的含义。电影艺术使得生命变成了一种"审美历险"，它只针对我们的感觉、知觉，并通过唤醒我们的感觉、知觉而包围我们，使我们在审美历险中获得心灵的充盈。电影艺术家用感觉和知觉来接近世界，并用独特的语言来谈论这个时代，揭示那个不可言说的世界。他们用自己的艺术幻想，为我们寻找生命、历史之根，寻找我们对家园的体认。

先锋电影的实际成绩是另外一个问题，它们在哲学上是了不起的，在人类下一轮的游戏中，它们又会成为人们频频回顾的宝藏。

二、美国先锋派

一般将美国先锋派分为四个流派：个性派或曰自传派、"幻影派"或曰神话派、新达达派和结构主义派。它们的共同特征是突出视觉形象，抵制叙述化，因此人们也就将他们的电影称为"非叙事电影"。

1.美国先锋派的很大一部分电影采用了自传体，他们就是用电影写自己的日记。梅卡斯居然根据嚎叫派诗人金斯伯格的诗歌拍摄了《枪林炮丛》，他甚至像巴尔扎克写多卷本的《人间喜剧》一样，自1967年开始拍摄大型自传体影片《笔记·日志·素描》。这是个开放性的体系，分"册"问世，开篇第一回的题目叫作《马戏团日志》（1966年），影片大量使用了自1949年以来他到美国后每天拍摄的素材。他于1970年拍摄了《日记》的第九章至第十四章，这几章的素材取自他在纽约的后期生活。影片运用了有意弄得很模糊的短镜头和节奏非常快的、犹如点描画般的画面，极有自己的特色。1976年，他将日记的头几章以《失，失，失》为名问世，以朴素的、个人经历的连环画形式描绘了自己以立陶宛流亡者的身份在纽约最初几年的生活。这个20世纪的"先锋"，如今成了"日常"——中国的DV时代也到来了，中国还没有完成命名式的第六代则兼有自传和DV色彩。而且随着信息化的深入，电影越来越个人化了，这种自传式的东西将不以人的意志为转移地发展起来。

2.20世纪60年代美国先锋派电影最突出的代表是"神话派"，又叫"神话诗派"。这个流派源于欧洲的超现实主义，通过流亡美国的德国先锋派鼻祖里希特的作品传入美国。这个流派的电影侧重于表现自己的主观经历回忆和梦想。斯坦·布拉哈格创立了一种新的"幻觉"电影的模式——将幻觉处理成三个方面：一是源源不断地进入眼睛中的未加整理的印象；二是"头脑中的内部电影"，即以视觉形式进入意识表面的各种回忆和幻想；最后是人们"闭目"所看到的东西（他展现出来的是用化学方法处理过的胶片，由影片的颗粒度所形成的光的反射、颜色和形状）。这一派的创作者将种种神话的、神秘的、哲学的或者文学的想象编入电影，他们将自己的影片看作一种新的交流思想的媒介。他们认为，人们可以通过视觉作为交流媒介，而不通过语言就可以彼此了解。这一派的表现手法及其主要特征是：多次曝光、摄影机的不停运动、快速的蒙太奇组接，去掉了影片内容的个人色彩，使之成为通用的诗味的思维媒介，主要采用了内省的观察方法并抓住了对某些幻象的"原始感受"。这些影片大部分是无声的，因为其出发点是突出视觉，他们追求画面本身就是音乐的那种感觉。这一派的代表人物布拉哈格拍了无数短片，它们的片名都很美。在1963年拍摄的《飞蛾之光》中，他用类似20世纪20年代先锋派的方法把飞蛾翅膀贴在胶片上，拼出很抽象的形状和图案。1961—1964年，他拍摄了影片《狗·星·人》。1965年，他又将这部影片的所有素材重新组合成一部长达四个半小时的题为《视觉的艺术》的影片，从中可以看出蒙太奇的无限可能性。他还在1967—1970年摄制了另一部共分四集的影片《孩童场景》，他想以此记录下视觉的发展史，为后来的电影史上的心理片发展做出了有益的探索。他的这种探索精神是"实验"的真意之所在，只有保持这种探索，电影艺术的无限发展才会成为可能。他在1971年又探索出一种半纪录片的方式，在太平间里拍摄了《亲眼目击的行动》，以探索死亡这个人类永恒的主题。这个主题让人难以接受，从而使探索者不那么踊跃，用半纪录片的方法则更为罕见。运用两次和多次曝光技巧构成特色的是马科普洛斯，他的《名人传》(1966年)用这种方法及淡入淡出效果巧妙地将名人用"蒙太奇"的方法摄入镜头。这一派还拍过《相对论》。从哲学角度说，这一派应当很有前途。

3. 新达达主义的主要技巧是"拼贴"。一部名为《电影》的电影是从现成的新闻片和故事片中摘取出一些片段编辑成的，它宛如一股奔腾而下的山洪以闪电般耀眼的重叠画面冲击着观众。电影中有各种毁灭和破坏的幻觉：赛车爆炸燃烧、飞机坠落在湖里、飞船燃烧、原子弹的蘑菇云升上天空、一再插入的画面——一座在风暴中朦胧晃荡，最后终于断裂的吊桥。这部12分钟的短片是电影构思的杰作。《骗局》和《窒息》则把从杂志上剪下来的形象以奇特的方式拼贴在一起，用以强调世界上各种事物之间联系的荒谬性。许多一闪念的想法紧凑地堆砌在一起，使它们汇成一股动人心弦的、不断扩展的联想激流。新达达主义的蒙太奇手法和拼贴画方法，在当时很有革命性，但不久他们就纷纷转向，进行新的探索了。有人在电视录像和电脑上进行实验，在20世纪60年代末就设计出一种叫作"电影跑道"的半球形影院，整个电影院的内墙都是电影画面。这种方法未必是高档次的，却是一些玩花样者变魔术的"武库"。《低俗小说》的导演昆汀就大张旗鼓地鼓吹这种"拼贴方法"，而《低俗小说》的成就却不是拼贴可以概括的。拼贴的道路可能还会发展进步，这是当代人没有办法的办法，也算"拿来主义"。

4. 结构主义电影出现于20世纪60年代末，它很快就发展成70年代国际上先锋派电影最主要的流派。这一流派主张使表现手法和情节简单化，认为有几种形式元素就足够，武断地否定电影形式以外的任何内容，与当时美术界"最低限度艺术派"若合符节。他们追求表现"结构"，而把这一追求视为对电影中日益细腻的刻画倾向的反动——当时无论是现实主义的还是神秘的先锋片都有越来越细腻的特点。在结构主义影片中，影片的形式是现成的、经过简化的，并且要有四个基本要件：固定的机位、频闪观察器式的"闪烁"效果、使用首尾相接的环形胶卷（即重复的原则）、从银幕上反拍影片。《净地——战争尽头》（1966年）一片利用单镜头蒙太奇对"最低限度"的含义进行了实验；《刺刀边缘》（1968年）一片利用双投影对节奏的"摇曳"效果进行了实验；《水流》（1970年）用流水画面作素材，然后让水流擦过的痕迹不断地出现，最后使原来的画面变得模糊不清。结构主义电影的代表人物是迈克尔·斯诺，他在1967年所拍摄的《波长》是国际先锋派电影的一次创新，而且几乎是空前绝后的一部纯"形式"的影片：该片共长45分钟，由摄影机一次穿过房间拍摄而成，配一缓慢的、由弱到强的空旷音响。这间房是纽约式的"阁楼"，从房间另一头的窗户可以看到马路上来来往往的车辆和行人。当摄影机穿过房间时，白昼和黑夜交替多次出现。最后，摄影机向墙上的一幅画移动，这幅画画的是波浪翻滚的海浪，最终人们在银幕上只能看见波浪。这样做很好地展示了摄影机移动的形式原则，并通过对其他现实因素的利用充分体现了这一原则：例如画面上出现了各种各样的人物，电话铃响了，甚至给人房间里杀过人的感觉。窗户外面各异的东西也给影片造成了内在的紧张气氛。有的评论家说，这是一部迫使观众去思索电影本质的少数影片之一，因为它的"情节"

是时空所与物的寻索，它的"行为"是作为意识运动的摄影机的运动。"还原"是指将外物归结到内心；"所与物"是指在知觉直观中直接呈现的东西；"行为"是指意识界的任何活动。如果此说可以成立，电影就是完美的现象学舞台。

美国先锋派电影史家一般将电影看作是"艺术世界"（这个世界当然还包括绘画、刻印艺术、音乐、诗歌，有时还有建筑），而非"娱乐消费企业"。美国艺术馆副馆长 J. 汉哈特在他为《美国先锋派电影史》一书所写的"导论"中给了先锋派这样一个权威的定义："一位涉身超现实主义、立体主义、抽象表现主义或最少主义这类前卫美术运动的艺术家的作品。这种电影通过探索介质及其特征和材料来破坏电影常规技法，并在此过程中创立独立于古典叙事电影史的本身的历史。"下面一些特征通常是美国先锋派电影史家认定与流行的正统不一样的地方：非商业性对商业性、非叙事对叙事、形式主义对政治、16 毫米对 35 毫米，以及偶尔还包括抽象对再现、排除语言对使用语言等。总之，它们是形式主义的、反好莱坞的、珍视艺术家个人信念的、用个人性风格去创新的。

《美国先锋派电影史》在方法论上主要受到麦柯逊的现象学批评方式的影响，写这部电影史的人大多数是麦柯逊的同事或学生，我们对此要说的是——他们怎样和谐一致探讨：电影是现象学的艺术，电影是完美的现象学舞台。

他们几乎是自发地来确定电影与现象学的类似性，也许主流的观念促使他们放弃已成为定势的社会学立场，以及各种自封的历史唯物主义的框框。他们宁愿转到认识论、生存论的关切上来，关注"眼睛的看的行为"，反思通过世界可见性的构成来把握自身。他们呼吁建立新的看待电影的方式。这方面的表率人物就得首推麦柯逊。她影响了电影的"新批评"派，她对于电影的研究，对于爱森斯坦、斯诺的分析都是现象学式的。她把电影看作20世纪认识论探索的媒介，她这样定位电影的功能：电影的力量在于它作为用于寻索一切意识活动本质的重要视觉隐喻的惊人能力。她说："认识论的探索和电影体验似乎共同形成了一种相互模拟关系。"她用现象学的方法分析斯诺的《波长》，这是电影现象学的经典案例。梅洛－庞蒂在《电影与新心理学》中说："电影是现象学的艺术。"有时也被称为"意识神话学"的先锋电影勇于把激进的技巧用作知觉和意识的隐喻，他们形式上创新的愿望是为了更好地模仿人的心灵——先锋派们直接用电影手段来揭示知觉和意识的内核，如斯诺在《来来回回》《中部地区》中用移动的摄影机作为意识模拟者的隐喻。M. 德兰有本书叫作《摄影机舞蹈术研究》，追寻舞蹈动作的流动性与意识运动性之间的同构关系。

在《美国先锋电影史》中到处可见类似的说法：布拉哈格的"伟大设计"是"意识运动本身的再现"；贝尔松的影片根本不是一些影像，而是一些"意识形式"；"视觉持续性的运用成为在观看电影过程和意识过程之间创造类比关系的基础"；"影片结构既作为意识的类比又作为意识机能发挥作用"；《无粮的土地》这部关注意识的影片"类似于思想过程"本身；等等。总之，他们要精心严格地证明这些影片是"意识的类似物"。

梅洛－庞蒂在《知觉现象学》中说，现象学的目的在于"对时间、空间、'被体验的'世界进行'报道'"，它是不涉及心理发生学和因果性说明而直接描述我们体验自身的。他们注意到电影现象学与从现象学中"分蘖"出来的电影符号学等新理论不同，电影符号学专注于抽象体系的建立，以便理解电影机制，如有关代码及其在电影系统内层级结构的概念，譬如在特殊代码与非特殊代码之间的重要区别；还有"本文系统"的概念等，都是按照"自己"的分析体系和目的来描述电影，尽管它们能始终接近电影，但不是在重建电影系统。

法国、英国关心电影与现象学的类似著作与美国的方向十分不同。麦茨在《想象的能指》中说："的确，电影的形态学机制类似于现象学的概念机制，后者可以说明前者。"但是太刀走偏锋了又会失去许多东西，"现象学本身（哲学现象学）的存在作为对知觉主体（'知觉的我思'）的一种存在的揭示，可能存在的任何东西都是对此主体本身的，这种'存在'，如我企图确定的那样，与电影能指在自我中的创生有着紧密准确的类似性，结果观者返诸作为一种纯粹知觉机能的自身，而全部被知觉物却'被抛开了'。"麦茨说："电影理论中的唯心主义的主要形式是现象学，这绝非偶然。"但是麦茨和路易·博德里都认为，电影正巧奇迹般地恰似人类知觉（而且像心理机制，如投射、景象结构）一样地活动；观众某种满足欲望的位势是隐在电影机制的结构中的，电影机制包括电影企业、技术基础和观众进电影院的愿望。电影重演了无意识愿望，其结构与现象学类似：知觉把握的幻觉，由先验主体的创造所致。

当前，美国的理论界认为，在某种意义上，现象学方法可能被看成是基本的，人们希望这门电影哲学能够继续前进，去发展各种批评工具，以便超出描述活动而进入对电影的美学的、心理学的和社会的功能分析。

三、后现代电影景观

先锋派在后现代大潮中成了"古典的孤岛"。因为先锋派的核心是哲学研究，而后现代的核心是哲学的终结。后现代主义是20世纪50年代以来欧美各国（主要是美国）继现代主义之后前卫艺术思潮的总称；实际上就是对"二战"后信息社会和后工业社会时期的现代艺术的总称。如果说现代艺术是对传统艺术的超越，那么后现代艺术则是"想"超越现代艺术。"后"的含义就是直达目标——反对并超越包括现代在内的一切传统，所谓直达目标就是回到事物本身的意思。

（一）生活艺术化、艺术生活化的生活方式

现在电影艺术的生存空间正在发生着变化。传统的精英与大众、艺术与娱乐的二分法已经明显不适合今天的实际情况了。过去那似乎是唯一的，以启蒙天下为己任的文化精英已经风光不再。就算现在，精英也不再是思想家式的文化精英，而变成了所谓专家型的知识精英。所谓精英的内涵和外延都已发生了变化。

更关键的是，电影艺术成了生活艺术化、艺术生活化这一后现代格局的重要缔造者。电影艺术以其物质性、技术性、可复制性与工商社会的内在机理、外在体制若合符节。电影艺术是唯一能够直接将美学价值变为市场价值的艺术。以好莱坞为代表的电影艺术产业是美国的龙头产业之一，日本战后电影的崛起，韩国青春偶像剧对韩国经济的作用，中国香港电影在香港经济、文化中举足轻重的作用都说明了这个问题。

现实主义乃至现代主义的美学理想已经变成了日常的现实经验。审美能力成了"白领"们"格调"的重要构成部分，成了社交场合的文化身份的标志性装饰。而日新月异的电影艺术及像新鲜食品一样不断变换花样的电影艺术作品，融入日常闲聊成为大众生活"习俗"最重要的组成部分。研究表明，人们一生所说的话中98％都是闲聊，一部电影或一部电视剧能够成为他们闲聊的话题才叫"火"了；而不能成为他们闲聊的话题，仅是影评人说好那只叫"成"。当然，能够提高大众的闲聊内容和质量，就实现了"艺术为人生"的宗旨，而其他任何形态的艺术都不及影视的传播幅度和到达频度。

（二）广告和 MTV

电影艺术商品化似乎是宿命般的事实。出现跨国资本主义的电影垄断和电影电视的联姻是必然的。电影挂靠到电视上意在分割那诱人的广告费。弗·杰姆逊指出：在这个多国化资本主义／后工业社会的时代，广告化已成为中心问题。商品拜物教，或者称为"拜商品狂主义"就是：要卖钱，要做广告多卖钱。能否卖钱已经成了检验电影艺术是否成功的唯一标准。我们生产广告、消费广告；我们生产电影、消费电影；我们生产电视剧、消费电视剧。而广告成了我们打入市场的核心力量。广告在各方面都成了影视机制的浓缩和极致形态。广告的极致形态无疑是 MTV。MTV是现象之美的明显例子。

第一，MTV 是诗、画、乐的组合。这似乎是在一个新的技术条件之下重新回到了东方古人那诗、歌、舞同源的抒情方式。

MTV 的常见结构是怀旧与现状交织：例如残墙、断桥、老屋、摩天大楼、车水马龙的立交桥，来回闪烁，再加上大雨瓢泼之下的湖面，天空的云絮以凸显人的孤单与无助，歌手或歌或舞的同时摆出种种姿态、造型表示肢体语汇；哀愁的眼神，娇媚的轻笑，似嗔似怨的表情，雾霭之中飘移的身姿，拥膝而坐的无望等待，月色溶溶之中孤独的背影，这些都是在用视听语言作诗。

第二，速配式的碎片化构图揭示了后现代的精神状况。通常，MTV 之中的影像片段是零散的、跳跃的、无中心的。这也许是后现代文化那无历史的、无常规的、只有表述而没有制度之属性的一个"现象化"。整个社会的成规链条已经崩溃，于是只有跟着感觉走地拼贴了。碎片化是后现代文化、后现代电影艺术的典型特征。原有的"元叙述""宏大叙述"都被解构了，因此这些拼贴起来的碎片背后没有了一个结构性的整体。如果说环环相随的电视连续剧象征的是一种封闭的稳定空间，还有来自古代评书传统的支撑，那么 MTV 的速配拼贴则象征着后现代的纷乱。这也是许多 MTV 保持了都市视点的原因：冷漠的门，半开半合的窗，滑动的电梯，熙熙攘攘的地铁站，一台跳动的闹钟，酒吧里的电话，玻璃背后一张模糊的脸庞……因为都市本身是后现代文化的一个重要标本，都市化改变了人们的生存维度。《圣经》说人不能仅靠面包活着，言外之意是让人要有精神，要有信仰。而都市化告诉人们差不多可以仅靠面包活着，如果需要精神，看看电视就可以了，尤其是 MTV 里面什么都有了。

第三，从一个影像滑向另一个影像，从一个片段跳到另一个片段，这里不存在任何逻辑约束。这种艺术自由恰恰打开了传统表意体系的枷锁。传统影像的表意探索很大程度地集中于摄像的叙事职能，受制于横向组合的"引力"。MTV 则与先锋电影的追求一致，不追求叙事而追求表意。MTV 影像的组合是跟着歌词走的，也就是说跟着诗歌走，它当然要解除横向组合的叙事逻辑，去表现那闪烁不定的意义，故意击破传统的影像解读预期。它要建立的是旋律与象征。这种现象之美将给电影艺术带来什么还难以预言，但它的潜质可以让我们有所预期。

（三）后现代主义将是一种原始主义的狂欢

人们所看到的电影图像似是"现实"，但又不是现实本身，只是现实的"影像"。由物退到物的影像，这种状况被法国解构理论家所言中：商品物化的最后阶段是形象，商品拜物教的最后形态是将物转化为"物的形象"。当指涉物退隐时，距离感也消失了，这样一切都处在一个平面的影像上，没有深度和历史，没有主体和原体。人终于被各种人造的类象包围起来，人创造了文化，但文化的形象扩张使现实本身退隐了。信息的芜杂使人丧失了思考和判断，主体在影像的包围中消隐。电影这类文化产业产生了反文化的效应。

一如我们吁请产生现象之美，而事实上更多的是与现象之丑一样。现象之丑的存在，否定不了我们呼吁的现象之美，尼古拉·米尔佐夫说后现代主义即视觉文化，赵汀阳说后现代主义只有表述没有制度。所谓视觉文化的"重镇"当然是影视，这里无须详细引述各种"图像理论"了，就转述海德格尔在《林中路》中的话以作小结罢：现代之本质是指世界被构想和把握为图像了。而海德格尔是把"在"与"世界"区别开来的，世界敞开，"在"便遮蔽；世界凸显，"在"便隐退。而艺术的本质或使命是让"在"敞开、让"在"自我建立和自我显现。这自然差不多是悲壮的徒劳。

因为人们日益依赖传媒手段以扩大个体视界和对话交流，但同时又分明感到"话语"的异在性、其意义的不可把捉，从而使自己日益消隐并失语于这种单向度的无回应的"交流"中。后现代信息的紊乱和超量化导致人的信息过敏症，并使其心性情怀在信息的恐慌中渐趋萎缩。信息膨胀使当代人置身于超负荷的信息网络，日益感到自己与他人、自己与世界之间铭心刻骨的疏离。

当然，后现代主义张扬多元性，使人的选择具有无限多的可能，这其中也许包含着能够使人自由的机会。但是后现代的文化策略却有鼓励人的"平面性"。尽管如此，也正因如此，我们还是寄希望于"俱分进化"之真善美那一面的进化，而也许不是自作多情地倡导一种培养新感性的电影艺术接受学。

四、电影艺术是种冲击现实的交流形式

黑泽明说："我认为所谓'电影'，就像是个巨大的广场，世界上的人们聚集在这里亲切地交往、交谈，观看电影的人们则共同体验银幕世界里形形色色人物的人生经历，与他们共欢乐同悲伤，一起感受着痛苦与愤怒。因此，说电影能使世上的人们亲切地交流也正是基于电影的这一特性。"[①]电影的共享性决定了电影受众的集体性。"那些组成集体的单个人，一旦他们被组成了一个集

---

① ［日］黑泽明：《我的电影观》，洪旗译，《世界电影》1999 年第 5 期。

体，他们就不同于单个人了，他们会产生一种集体意识。"①这是说什么呢？这是说：电影艺术是一种冲击现实的交流形式。

这种交流形式是一场特殊的合作博弈。电影成了"被看"的客体，观众成了"看"的主体，"成交"的契合点则是"不确定的点"。观众的"痒处"是不统一的，要想搔着多数人的"痒处"只有一个办法，就是把观众吸引到"你"预先配置的"道"上来。电影院放映必须关灯就是一个外在的措施，在一个黑暗的特殊收视环境中，受众的视觉重心被吸引到眼前反射着强光的巨大银幕上，视听觉内容作用于心理，形成心理重心，形成理解、感受的心理定式，并直接影响受众接受"表层语义"，生成"深层语义"。观众席间的黑暗与银幕上耀眼的影像，给处于黑暗之中的观众创造了一种隔绝感，仿佛他们身处一个隐秘的位置，进而激发了观众进行窥视的幻想。同时，如同白昼般的银幕世界又造成了观众如置身其中的幻觉，加上常规影片所建立的一整套诱导观众的叙事成规，更强化了观众对电影的心理迷恋。作为旁观者，电影受众的视角原是客观的，但融入电影画格中的无数主观视点，使旁观者获得了一种以当事人的视点来体验情节动作的感觉，于是受众和电影角色的融合，就比剧场密切得多。而且，在影院里是一个群体的信息接收过程，群体对作品的喜怒哀乐反应可以影响、引导、作用于个体的观赏心理定式。银幕信息在每一个观影者身上形成了信息磁场，产生了艺术共赏的氛围，有了无形中的信息交流，这就是影院效应。信息

---

① ［美］艾·威尔逊：《论观众》，李醒等译，文化艺术出版社，1986，第10页。

在闭合系统中的传播同时又是在一种特意营造的特殊条件下实现的，电影放映厅的黑暗环境就是电影信息传播的理想条件。"黑暗使我们同现实的联系自动减弱，使我们丧失为进行恰当的判断和其他智力活动所必需的种种环境资料。它催眠我们的头脑。"①

从讲述者一方来说，要与观众"下完这盘棋"就得"逗逗"得观众不能中途退场，各种叙述技巧的总"策略"就是"陌生化"：总是让观众看到"熟悉的陌生人"，看到"熟悉的陌生事"，体验到"熟悉的陌生感"和"熟悉的陌生情"。所谓艺术魅力就在于这"熟悉而陌生"——把观众熟悉的东西陌生化、把观众陌生的东西熟悉化。这里，"熟悉"的本质是存在感，它包含着现实的人生一般问题；"陌生"的本质是独特的发现、新颖的解释、新鲜的表现方式。至于情节上的出人意料、细节上的别致感人则是"具体而微"的要求了。

传递者与受众有了成功的交流条件之后，剩下的事情就是传递者与受众"成对地相互作用"了。电影艺术对实在的发现有待于受众的接受，受众发挥自身的能动性来转化、建构，才能在受众心中呈现那"潜在的现实"。

五、接受心理是个"格义"②过程

银幕上流动的影像进入观众的视域，映入脑海，就成为观众

---

① ［德］齐格弗里德·克拉考尔：《电影的本性——物质现实的复原》，邵牧君译，中国电影出版社，1981，第 201 页。

② "格义"本是翻译佛经时用汉语概念比配佛经术语，获致观念上对等理解的一种方法，这里则是取其广义，用本已熟悉的来领悟陌生的这样一种"翻译"功能。

的心象。电影通过"画格"表现出来的"视象世界"往往数十倍、百倍于"物质现实",由此而产生的"心象世界"具有放大、夸张的功效,使电影具有了画面表现的事件与空间的张力。电影营造的全息幻觉使受众进入梦境。弗洛伊德认为,梦幻是无意识愿望的象征性满足。观赏状态和影片本文都在以某种方式调动着无意识幻想的结构,电影实际上复制或逼近梦与无意识的结构和逻辑。电影正是通过令人愉悦的方式激活了人类心理那些最深层次的总体建构过程。其他艺术欣赏活动中,欣赏者可以保持同作品、同创作者的距离,而电影的视听冲击效果、蒙太奇叙事节奏和特定观赏环境(暗室)等却使观众处于较为被动的位置,在叙事者的引导下,与叙事者的视点合一,完全投入其中。思想退居次要位置,情感占了支配地位。

所谓的接受心理是个"格义"过程,是想揭示接受主体对影像意旨的"类比""共现"意向性反应。所谓类比就是"相似性联想",这种联想使"我"理解"他",并确立"他"的意义。说白了,类似人们说的"像""不像"。说"像",就认同了;"不像",就不认同。而"共现"则复杂一些,它是指相异性、相似性、共同性在"作用共性"中使陌生文化经验得以成立的意识能力。用胡塞尔的话说,共现是一种对原初不能被当下拥有之物的共同的当下化。它刻画着人们从"求同"出发则结果"致异"的意识状态,这种意识状态始终既是自我本身的不断占有,同时又是对自我本身的不断远离。

现象学读者导向批评认为文学作品一方面产生于作者的创造行为,另一方面也是一种物理的存在,作为一种存在,它使得作者的意向活动结束后以另一种形式继续存在，因此接受者有了重构的可能。其代表人物英伽登强调了作者的重要，同时更加注重文本和读者的能动作用。他认为，文本中存在着许多"未定点"，"它在自身之内含有明显特性的空白，即各种不确定的领域"。这些"未定点"必须依靠读者加以想象补充，使它成为一个完整的实体，英伽登将这一过程称为"具体化"。在英伽登看来，作品一旦写成便开始分裂，读者可以根据文本自由创造另一个世界。

后来的接受美学的两位代表人物尧斯和伊泽尔都受到了英伽登理论的影响，他们分别提出了"期待视野"和"填补空缺"的著名观点。尧斯的期待视野是指任何一个读者在阅读任何一部作品前，都处于一种期待的状态中。伊泽尔则从文本自身特点考虑读者，强调"阅读过程"的重要，他从理论上把读者提高到参与作品创作的地位。

从符号学角度来说，观赏电影的过程又是受众对电影文本的读解过程。"读解"原是特指那种从语言学、符号学角度对本文和编码进行精细分析的研究活动。"能指"与"所指"之间很难一一对应，因此就形成代码系统的紊乱，使"意义"永远处于一种可被重新解读的漂泊状态，居无定所。接受美学观强调，受众在电影中扮演了解读者和创造者的双重角色。由于受众成了对电影信息的主动寻求者，在"暗夜"似的观赏环境下，受众出现了直接进入故事的幻觉，成为"本文中的一点"。由于这些幻象至少在表面上是未经加工和整理的，所以留有许多"意义空白"，受众的读解就是一个不断填补空白的过程。一个镜头的意义取决于下一个镜头，没有一个镜头只靠它本身就能构成一个完整的陈述句，从符号学角度来说，电视与电影共用一种符码系统——图像。这就是说，受众对电影的读解，不仅要靠视觉暂留现象的生理机制，而且依赖于受众的想象、联想与记忆，依赖于把各个画面构成动作整体的心理过程，依赖于对形象与情景的再创造。

电影艺术是一种诗意的创造，电影艺术的接受也是一种诗意的创造。观赏活动就算是消费也是一种诗意的消费，消费前的"旧感性"在完成了上述影像心象的转换后就产生了些许"新感性"。所谓电影文化就是这样存在于大众心中的。马克思认为："艺术对象创造出懂得艺术和能够欣赏美的大众，——任何其他产品也都是这样。因此，生产不仅为主体生产对象，而且也为对象产生主体。"[1]受众对电影信息的接受，是一个感知、思维、想象、情感多层次复杂构成的心理活动过程。观看电影，既是感知（观看者观看着对象）又是无意识的（观看者以幻想或想象方式参与）过程。

"格义"的过程是个"建立意义"的过程。

六、电影艺术应该成为市民生活的形而上慰藉

人人都在生活，但生活中有看得见的一面，也有看不见的一面，前者是生活的表征层面，是普通感觉就能感知的，如同嘈杂的音响；后者是生活的隐喻层面，是"哲学"感觉才能感知的，如同玄幽的音色。就是在数字化的生存中，其隐喻层面的含义也需要

---

① 中共中央马克思恩格斯列宁斯大林著作编译局编译：《马克思恩格斯选集》第 2 卷，人民出版社，1972，第 95 页。

哲学感觉来领取。电影既是个文字化的世界，也是个数字化的世界。它在技术上的支持系统是个数字化的世界，它在艺术上的支持系统是个文字化的世界。电影叙事作家的本领全在于对生活感觉的敏感，能够感受出黄昏的恐慌、清晨的厌倦。但是，对生活的敏感只是成为叙事家的必要条件而非充分条件，这就是对生活的隐喻世界有所感的人并不少，而叙事作家却不是很多的原因。叙事需要一种运用语言表达对生命中轻微音色的感受、突破生活的表征言语织体的能力。叙事家是那种能够反向运用语言、进入形而上的文字世界的人。

只能感受生活的表征层面中浮动的嘈杂、大众化地运用语言的，是流俗的电影艺术家，他们不缺乏讲故事的才能；能够在生活的隐喻层面感受生活、运用个体化的语言把感受编织成故事叙述出来的，是合格的电影艺术家；不仅在生活的隐喻层面感受生活并在其中思想，而且用寓意的语言把感觉的思想表达出来的人，是电影艺术思想家。思想叙事是形而上的文字世界的主要表达形式，而电影艺术叙事已经成为市民生活中必不可少的形而上的世界，因为市民生活中没有别的形而上的形态了。当然这种"应该"句式显得滑稽而无奈，这事实上是在乞求电影艺术家们多向市民社会制造出能够召唤出"自由的幻觉"的现象罢了。

七、大众文化与电影艺术的循环互激成为"习俗"

"大众"文化的迅速扩张和繁荣，以及它对日常生活的大举"入侵"和深刻影响，使得以影像文化为"老大"的"文化企业"取代了以往关于文化的任何经典定义。"文化"的含义已转化为"表达特定意义与价值的特定生活方式，它不仅存在于艺术与学识中，还存在于制度与日常行为中"（雷蒙德·威廉斯语），并且使得电影文化成了日常生活中意识形态的构造者和主要承担者。从电影中脱胎出来而且占据了日常生活场景的电视，比电影更具有多元文化定位和繁复的社会功能，尤其是那些美妙光洁、半深不深的肥皂剧展现着中国的无名世界的都市景观，构造着"个人"和关于个人的文化表述，同时也在重申着现代化的中国特色的家庭伦理、"平装版"的人道主义信条及商业社会的职业道德，显示着今日大众传媒和大众文化在当代中国所扮演的重要而极度复杂的角色。这种令市民永不厌倦的影视艺术就成了当代美国美学家乔治·迪基和刘易斯的美学习俗说、艺术习俗论的最佳注脚：这种艺术和美就是一种习俗。刘易斯说习俗是一种默契，这种影视艺术与市民生活是协调的。协调出平衡，平衡出稳定，因此这"习俗"难以移易矣。

在很多国家，一个以金钱为主要推动力的时代，在以商界为依托的电影作品的呼风唤雨的"传呼"声中，重建精英的或传统的价值取向，也是悲壮的徒劳。

杰弗逊宣称美国的娱乐业和文化业在不断地将美国"生产"出来，还有一本美国电影文化史，书名为《电影造就美国》，他们的意思是说电影参与制造了"民族—国家"的幻象。这其实是美国的成功之处，是美国文化业的成功之处。从镍币影院到好莱坞都确实是在制造着美国。镍币影院中最早的电影观众是穷苦的新移民，他们没有钱也没有较高的文化享受高等娱乐，而作为"文盲的艺术"的电影正好满足了他们想象美国的精神需求。所以，当镍币影院中的观众看到银幕上徐徐升起的美国国旗时，他们大都热泪盈眶。而今日之好莱坞在向全世界构造并推销着美国，不仅在向第三世界推销，也在向欧洲制造着美国、生产着美国。

　　然而，我们国家有很多的影视从业人员却是跟风赶潮的趋时者。自身没有信念怎能制造含有信念的梦想？文化工业是通过制造幻影来制造现象的。很多的文化正在变成仿影文化：表象代替了意义，欲望代替了情感，表演代替了存在，文化在整体上成了形象的生产和交换，说白了就是"卖包装"。电影的高科技制作就是包装化，刺激感官的手段在花样翻新，培育心灵的精神力量却在日益稀薄，这说明了时代感情和语言的贫乏，反映了缺少虔诚心性、缺少精神仪式的生命贫困。

　　我们提出"现象之美"，也是为了让更多的美在这镜像文化中发挥它拯救人类的感性作用。俗人迷恋的"现象"是佛学所说的"假象"，我们提出的现象之美相当于佛学所说的"真相"。若不怕冒险，则可说是胡塞尔钟情的"纯现象"①——这太绕了，简短地说，迷恋现象让人沉沦，喜悦现象让人自由。用萨特的话说，美感

---

　　① 陈嘉映、王庆节在《存在与时间》的附录《关于本书一些重要译名的讨论》中有一段很能说明问题的文字："流俗的现象概念"是各门具体科学的研究对象；"形式的现象概念"是能"自身显现"的现象；而那决定这种"显现"，并且即为这种显现本身的东西则是"现象学的现象概念"。这就是存在者的存在，是存在论哲学探究的目标。从"流俗的现象学概念"转到"形式的现象概念"再进到"现象学的现象概念"，这是一个不断去除晦蔽，达到无前提的明证性的过程，这一过程被称为"现象学"。在流俗的和形式的现象概念的层次上所进行的研究称为"现象的"，而在现象学的现象概念的层次上所进行的研究称为"现象学的"。详见［德］马丁·海德格尔：《存在与时间》，陈嘉映、王庆节译，生活·读书·新知三联书店，1987，第518页。

即"自由辨认出自身"。到目前为止，先锋派是努力"辨认自身"的探索者。因此，我们期待先锋。

八、期待先锋

先锋的根本精神就是自由。因为人的本质属性是自由，所以自由的先锋探索永远是必要的。从开放存在的角度说，先锋是对旧感性的挑战，对新感性的探寻与确立。所谓旧感性就是被旧理性压抑约束的感性，所谓新感性就是克服了攻击性和犯罪感的人性状态。攻击性侵犯了别人的自由，犯罪感桎梏着自己的自由，新感性就是获得人性上的自由。从电影艺术的表现形式上，这种自由主要体现在对规范的挑战上。规范异化是人类最重要的异化，挑战旧的规范就是要获得表现形式上的自由。在这个意义上，电影艺术永远需要先锋的探索，而中国的电影艺术几乎没有出现过先锋派，第五代导演有过惊天动地的探索精神，他们也因此而载入史册，但是他们很快就老了。而中国的电影要想拥有大国的神威，没有先锋精神怎么能抢占制高点呢？没有创新的制造者，大众传媒只能传播套版的故事，只能低水平地重复。

要想成为一个先锋电影艺术家，他的精神内核中必须具有超前的思想力度、超前的精神高度、对抗现实价值体系的挑战姿态及形式创新的天赋。

先锋电影艺术家应该是时代的精神先锋，是疏离主流体制、主流意识的精神漫游者。先锋电影艺术家只有在精神内部具有了与众不同的、绝对超前的先锋禀赋，拥有了对人类存在境遇的独特感受和发现，才有可能去寻找、探求新的电影表达方式，才有可能去颠覆既有的成规和范式，突破现成的思路和法则，才有可能自觉地去进行表现形式的革命。中国所谓的第六代导演就因为缺乏强有力的思想根基和精神定力，缺乏对人性和存在本质的更为尖锐的追问，而没有创造出独到的审美意蕴，从而没有什么超前性，算不上什么先锋。

先锋派，尤其是美国先锋派并没有赢得市场，但赢得了声誉。他们太超前了以至于无法被大众认同。但大众是在变化、是在进步的，终有一天能看懂先锋派电影的人会越来越多，那时电影就不再是"文盲的艺术"了。有先锋派在芸芸众生的头顶上飘忽着，就对娱乐电影是个压力。如同大师都是孤独的一样，但是有没有大师，人类的精神状况就不一样了。对电影艺术探索的评价，若乞灵于多数人的认可犹如过分相信收视率一样，不是学理的态度。先锋派给后来电影的启示还不到"结账"的时候。但现在我至少有以下两点理论上的收获：

第一，真正的电影艺术是"哲学研究"在其中成为可能的艺术，电影艺术应该像其他艺术一样成为"哲学的器官"。其实所有的艺术包括电影艺术，只要它努力去发现能够澄明生存的真理，它就得在那里进行破译密码的形而上学的思维——这就是我们所说的哲学研究。哲学并不是像学院派以为的那样只是一种对作为对象的"存在物"的认识，也不意味着哲学只是一个严密的逻辑体系。哲学的本质或根本使命是抓住"存在"这一核心问题，去澄明存在，并实现存在。这样，所谓哲学器官的功能，是生存功能，而且艺术本身的功能说到底也是这样一种"生存的功能"。所有人类的经典作品之所以永垂不朽就在于它们已经成了人类的哲学器官——成为我们体验世界的意识背景和价值坐标。已有的先锋电影能否成为哲学器官是一回事，电影艺术应该成为哲学器官则是毋庸置疑的，而且不是先锋派但达到了哲学器官水平的电影并不在少数。但是先锋派除了极个别纯粹的形式游戏之作以外，作为一种流派是以进行哲学研究为宗旨的，我赞美的是他们这种宗旨，而且脱离这种研究的所谓纯审美追求往往会堕落为伪艺术。这里需要特别说明一点，哲学研究在艺术中，不是理论的理性，而是实践的理性、体验的形式，包括了个人意志的欲求和无边的人性关怀。梅洛-庞蒂说得好："体验预料到一种哲学，正如哲学只不过是一种被澄清了的体验。"（《知觉现象学·现象场》）说这些不是为了故弄玄虚，只是为了与新生的电影艺术家共勉。

第二，现象之美是"物质的类似物"，如《波长》之"波长"是非现实的——每个人都可以在看见这个类似物时把握到它那现象之美，审美对象是非现实对象的具象化。冒点风险地说，审美愉快尽管有现实的色彩，但它本质上是了解非现实对象的一种方式，这才是审美经验非功利性的根源。艺术家用不同的物质媒介建构了心理意象的"类似物"，画家用画布、颜料，文学家用语言，音乐家用音响，电影艺术家把这些都用上还要加上声、光、化、电才建构出自己心理意象的类似物，必须用想象的态度面对它，不把它当成银幕上的物体，而是把它当成生命形式，从而摆脱了"物"的束缚——原先被知觉的、现实的对象被转化为它的类似物，成为一种非现实的意象，这才是我们常说的"审美距离"。在保持了审美距离的观照中，艺术作品产生了"纯粹的呈现"，欣赏者则从疏远和束缚自身自由的东西中摆脱了出来，获得了自由的审美享受。

　　先锋电影艺术家应该为人类灵魂的自由而战，这是他们反抗各种强制性的秩序、反抗市场化的诱惑和障碍、反抗传统的生存方式和表达方式的目的。因为这些东西只能强化他的旧感性，不能培植他发现现象之美的新感性。要想拥有自由必须懂得放弃。自由的代价是漂泊，他必须孤独地以个体本位的方式独守自己的心灵空间，以想象和虚构的方式来记录他在茫茫精神原野漫游的所感所得，以全新的感觉来表达他在自由的精神之地所做的发现。

　　等先锋变成大众了，又有新的影视艺术哲学了。

　　所谓接受是种"召唤"，召唤什么？召唤自由辨认出自身。至于"结构"这些，则是人们依赖系统而滋生的幻觉，这种依赖不消歇，"结构"遂永存焉。于是，结构成了柏拉图说的"洞穴"。

结　语

　　世界是电影艺术的意志，电影艺术是世界的表象。电影艺术本身是电影现象学的意志，电影现象学是电影艺术的图表。

　　电影艺术生生不息的动力源头在这个世界，但这个世界因为电影艺术而被这样而不是那样地表象着，从而将这个世界变成这样被视域化的存在。电影现象学同样也应该"与时俱进"地变换框架和"镜头"，以期及时准确地"反映"预测这个世界的根本问题，从而有所作为。

　　电影现象学像所有的哲学一样是问题和解决之间的变换。像所有的哲学是把握意义的艺术一样，电影现象学是把握电影带给人类意义的一种艺术。这里没有任何僵化的一成不变的定义和放之四海而皆准的原理。哲学不创立答案，只是创设问题。如果夸大了说，本书创设的问题主要是：现象乃本体、影视通巫术、方法须直觉、效果靠博弈。尽管我没有成功地说清楚，但问题是提出来了，再补充一句，此"现象"不是流俗的现象概念，乃是现象学的现象概念。

　　枯燥乏味的马拉松终于临近终点，我们姑且将话题感性化一下。阿巴斯说："存在于我内心的影像有别于我在画布上再现的影像。我在画布上再现的东西对我没有任何帮助，倒是深藏在内心深处的影像、记忆、画家的精神对我帮助很大。"①这种内心影像又从何而来呢？答曰：来自对现象之美的感应。

现象之美不是现成地摆放在那里，它存在于与有良知、有美感的心灵之遇合中。为了简化问题，有良知的心灵不妨先用"童心"来指代。

人们常说，儿童提出的问题往往是哲学问题，所作出的反应往往又是真理。

童心从人性的角度说或许是现象之美的第一"现象"。凡是小的都是美的，这一古希腊名言不但可以辅证这一判断，还可以推广这一信念。比如电影《野狼谷》中的小狼，"动物世界"栏目中的任何小动物，像小猴、小鹿这些食草动物自然不用说，就是凶残的食肉动物在小时候也依然是"楚楚动人"的，因为它们暂时还是超善恶的。

因为不宜陷入哲学化的关于童心的讨论，我们不妨直接以伊朗儿童电影为例，比如以马基德·马基迪的《小鞋子》来稍作申说，那对兄妹看见丢失的鞋子穿到更加贫困的靠着盲父为生的小女孩脚上时，那两双从墙角窥视过来的目光充满了盈盈的怜悯与关爱。这目光蕴含着多少人性的力量？若是大鞋子就一点意思也没有了。这是为什么？因为成年人对一双鞋的解决办法会多一

---

① ［伊朗］阿巴斯·基亚罗斯塔米:《阿巴斯自述》，单万里译，《当代电影》2000 年第 3 期。

些，很难通过一双鞋衬托出那么根本而揪心的问题。而且成年人的鞋不可爱，高跟鞋也是，哪怕它再美、再贵。成年人的鞋可以很有含义，可以深入解释社会，却不能揭示人性的"基元"——童心、童趣的魅力了。这不是说只有儿童题材最好，成年人的故事就没有趣味了，而是说在"鞋子"这个焦点上是如此，就像马靴、军靴一下子就定义了全局的格调一样。小鞋子，一下子让人心生怜爱，让人亲和，让人放下"政治经济学"的架子，用纯朴的眼光来看待即将发生的故事。尽管它让你时时处处感到是政治、经济的原因在制约着孩子们的喜怒哀乐，却让你用最为平常的心态来看待这最为简易、普通的日常小事。而且越是小事，它的"现象"含义就越普遍、越典型，就越容易具有"现象之美"的感染力。因为政治经济学的解释还只是外在的，让他们这样而不是那样感受、这样而不是那样行动的因素，是他们的个性和国民性，前者取决于遗传、家教，后者取决于宗教和文化。也就是说，这双小鞋子将伊朗人，尤其是伊朗穷苦孩子的生存境遇及其生命感觉现象化了。也就是说，一双能"托"出一个人的全部难题，也能"拖"出一个民族的全部话题的"小鞋子"是令人不得不细读的。海德格尔从凡·高的《农妇的鞋》中看出了大地性，看出生存的哲学意趣。我们也能从马基德·马基迪的《小鞋子》中看出同样甚至更多的"意义"，因为二者都表达出了现象之美（这样一旦陷入带有伦理含义的语境层次，好像就失去了论题的哲学分量）。

我们把童心作为现象之美的"形象大使"，是看中了儿童那双还算自然的眼光——直觉的魅力。《城南旧事》如果换成成人的目光，就拿剧中人物来说，如果换成那个小偷的，就会变成风俗的、阶级压迫等内容；若是换成那个疯女人的，或许会变成家庭苦情剧之类，宗旨及风格就会大大变样，至少就失去那份单纯、静穆和淡淡的隽永的哀愁——也就失去这一部《城南旧事》。

成人世界最复杂晦涩的问题，儿童都能用最简单的话语说出来。有过一点编剧和导演经验的人都知道，必须把任何想表达的内容变成简单可感的形式才可能通过影像表达出来。富有包蕴的简单是影像的艺术特质。不为隐喻而有隐喻功能的细节是影像的艺术细胞。

走笔至此，突然想是否可以这样口号化一下：文化即传播、传播即媒介、媒介即艺术！文化—传播—媒介是一条整体的河流，是一条通天河，我们何必要人为地将它分割为老死不相往来的不同的港汊？是我们的视界不能融合，不是对象本身就是割裂的。强生区别，划水难分。我们自然也无须强作聚合，因为毕竟抟沙难聚。我们需要的是会通的视界和能力，而不是机械的兼并、外延的重叠。

上述"三句教"的难点在：媒介即艺术。媒介的要义是显现（在相对关系中，凡能显现被显现者均为媒介），艺术的要义是表现，当显现有了某种"情境的意蕴"就是艺术了，而且所谓艺术说白了就是经验的完美。媒介即艺术说的是媒介的功能天然地包含着艺术的功能，此其一。其二，不同的媒介其艺术格局迥然不同，譬如皮影戏无法制作《辛德勒的名单》，即使有默片的《辛德勒的名单》也与现在人们欣赏到的这一部不同。做这种归纳是为了演绎：现在的网络、电脑游戏纷纷冲进了影视，且已形成新的电影艺术品种，这是技术带来艺术的趋势，理论上也只能"整合"之，而不能抗拒之。这正是中国哲学一向坚持的"苟日新，日日新，又日新"的文化之道。凡是文化都是追求日新的，凡是武化的结果都必是"日旧"的，凡是"商化"都是追求日新，结果却可能是"日旧"的，譬如全球化中的部落化。

艺术化是唯一符合人性的"化"，但没有商业，艺术化就没多大能量，但是"艺商化"又是一把"双刃剑"。

附录：良知美学草案

美学的意义应该生命化，中华心学是复兴中华美学的源头活水，因为良心即美，美在良知。

一个人的直觉与美学大道理的共同性是同构的，存在与心是同构的，美学和美也因此而同构了。

一、生存论美学

海德格尔认为，西方哲学从亚里士多德以后背弃了"思"的生存论底蕴，用"是"代替了"存在"，走上了逻辑化的"偏瘫"之路：理性畸形突出，本质论覆盖了一切，直到出了个"科技吃人"的现代、后现代。而海德格尔的哲学追求是与中国的老子、孔子、孟子、王阳明这一系的中华哲学正脉的追求目标相一致的。这不是用海德格尔来给中华哲学标价，而是说东西两股哲学之流终于汇到一起了。良知美学"召唤"我们来安身立命。

中国素有无美学的恶谥，尤其是五四运动以后。中华人民共和国成立以后，人们用西学之学科化的眼光打量没有概念体系的中学，中学不得不陷入"失语"的窘境。现在现象学运动迎入了中国哲学——从柏拉图到黑格尔都走入了"定义法"的洞穴，遗忘了存在；只有中学是存在学——连讲究逻辑实证的罗素也说每个中国人都是哲学家。中学是存在之"思"，不是西方那种知识论的"学"。所以，我们可以大胆地说，中国没有西方那种概念体系的美学，但中国的"诗性的思"就是美学。再重复一遍，在科学处于霸权的时代，许多人认为中国的思维是未经过"概念化"洗礼的原始思维、混沌思维，现在看来却正是保持了"思性""诗性"的思维。也就是说，西方以反科学的姿态才能重建的"诗性""思性"，我们这里天然便是。在科学上是损失，在美学上却是正道。

众所周知，关于美的本质，从根本上说，无非是美在主观和美在客观两大类。一部西方美学史是一部美在主观和客观"打摆子"的历史，因为它们总是在主客二分的"大盘"上进行"轮盘赌"，忽而主主观者领潮，忽而主客观者当行，但有一个基调就是都有着"客观普遍性"这样一个维度。柏拉图主张美在理式，是唯心的，但他的理式是在追摹客观性和普遍有效性。亚里士多德之美在事物的形式，本身就是唯物的。普罗提诺的美是太一（神）放射的光辉，虽是唯心的，但还有个太一在。托马斯·阿奎纳的美在和谐、完整和光明，也是有个普遍性在。到了近代，英国经验主义的美学成了标志性的"大盘"，美的中心汇到了感性上来，才有了鲍姆加登的"感性学"（美学）。但中华美学一直是"情本体"的（李泽厚语），从孔子的"仁"到王阳明的"良知"、龚自珍的"心力"一直都是感性学！

意识是一种网络通道。现象学花费了巨大的努力才勉强在"意识形式"上解构了主客对立，但中国哲学不仅在意识层面，而且在生存的全部丰富性上都从未分离过。当然，原始层次的颠顶混同及大面积的糊涂不是美学，毋庸讳言，这是中国"思性"的下限，是需要经过艺术、美学来提升为"心学"的简单初始的"中国心"。而中华心学是使这种中国心提升到哲学层面，达到艺术化境以应对生存难题的人生哲学——美学化的人生哲学。

在举目皆是"广告"、充分物质化的社会中，普天之下除了人的"本心""本性"，还有什么是属于生命本身的？还有什么是关怀生命本身的？良知美学只想揭示出一个人与人、人与世界相互对待、相互造就的构成原则，一种看待人生世界的纯善方式。

二、古代心力美学概要

中国所有的文史哲经典都是美学化的。中国的哲思本身就是美学化的，文史著作都是美学读物，与实证的思维方式相反，中国人的思维方式就是美学式的，中国人的"文章"也与西方实证化的科研论文不同。比如儒、释、道三教共宗的经典《周易》全部的言说都是神秘的"意见"，信之则"极高明而道中庸"，可应用于任何实际问题，不信则是废话一堆。人们对它的解读事实上也是审美化的——悟到什么算什么。对《周易》最早也是最权威的解释，《说卦传》这样展开论证："昔者圣人之作《易》也，将以顺性命之理。是以立天之道曰阴与阳，立地之道曰柔与刚，立人之道曰仁与义。兼三才而两之，故《易》六画而成卦。"这用的是隐喻加类比的推理，这些论证是"思议"①化的、美学式的。

这种论而不议、议而不辩的"当然推理"是中国哲人的一项自觉坚持，《周易·系辞传》开宗明义地说："易则易知，简则易从；易知则有亲，易从则有功。"这是儒、释、道三家共同的习性、相互结合以后更坚定的习性，可以引两句阮籍在《达庄论》中的话以概其余："夫别言者，怀道之谈也；折辩者，毁德之端也；气分者，一身之疾也；二心者，万物之患也。"这从外延的角度说则有无法究尽的例证，如"二十四史皆小说"、戏剧与八股文原则相通（都是代言体）、《史记》的公羊学写法。王夫之的《读通鉴论》则是心学化的史学批评，尽管他最反对阳明心学尤其是左派王学。一部中国学史都是辅证，追求义理的美学式思维贯穿于所有中华典籍之中。至于《乐记》《毛诗序》《文心雕龙》《沧浪诗话》《原诗》《艺概》一系列正规美学著作，一律讲究"心性通天"，"应目会心"则是早期美学史一类论著反复言说的常识。

从内涵和外延相互结合的角度，解说中华文化的第一命题——周公孔孟之道的核心"礼"——就是"心力美学"的样板。王国维在《殷周制度论》中深切地论证了周公制礼的核心是为万世开太平。关于礼的研究已经汗牛充栋，与我们现在的论题相关，也是礼的真正的定义应当是——具有内心价值感的、行为优雅的艺术。这个内心的价值感来源于生活在现实世界之中又超然于现

---

① 金岳霖在《论道》（商务印书馆，1985）"绪论"中说："思想包含思议与想象，思议的范围比想象宽，可想象的是可思议的，而可思议的不必是可想象的。所想象的是意象，所思议的是意念或意思。"他在第3页中说："思议的范围是逻辑，思议的限制是矛盾，只有矛盾的才是不可思议的。"

实世界之上的艺术化的形而上体验，放大到群体则表现为人类社会秩序及形成这种秩序的哲学，简言之，就是社会秩序的精神构造。笼统地说，这的确是按照"美的规律"来塑造的。最关键的是知行合一、自我与对象是一体，当然也的确无法概念化——在黑格尔看来这是侏儒，在海德格尔看来这是巨人，在我们看来这既非侏儒也非巨人而只是个"平常心"。

孔子言"仁"只是"己欲立而立人，己欲达而达人"，要求自己与他人相互"构成"。自觉的言说方式则是"能近取譬，可谓仁之方也已"。达仁的方式（道：既是本体的又是方法的道路，叫作思的存在）在于"知之、乐之、好之"，如果好德如好色一样，则"我欲仁，斯仁至矣"。这是个自己成为自己的问题，是个永远不会过时的自由即责任的问题。还有从夫妇说阴阳的宇宙论等，都是"言近旨远"的隐喻式的，是"其名也小，其指类也大"的意会法。总之，是要用精神超越平凡的日常性、超越实用性和定义概念的界限，而且由于礼的艺术将精神和肉体一起带入了行动的世界，所以还能超越或者说突破意识的界限，人那独立的精神基本上就获得了自由，完成了从现实世界解放出来的生命目的。康有为在万木草堂讲学，将孔子的"兴于诗，立于礼，游于艺，成于乐"列为教育原则和教学大纲，使得这种理路在近代获得了再生性的传承。这个理路，简括地说就是，在诗意的召唤中突破定义的界限而振奋，在"礼"这一优雅的行为艺术中获得真实的存在，在艺术乃至技术的"工作"中徜徉，最后在音乐中获得精神独立。

貌似离经叛道的"风流"一系人物则更是心力美学的"典型"，如宗白华在《晋人之美》一文中所"表彰"者。再后的"闻人"如李白、李贽、曹雪芹，无须细论，只要一想他们的人生姿态与基本工作就可了然。他们是在传统已经板结的情况下发展了传统的异端。诚如鲁迅说嵇康的"越名教而任自然"是要真名教，是在反对种种形式主义所包裹的假冒伪劣的名教。

嵇康在《释私论》中说："夫称君子者，心无措乎是非，而行不违乎道者也。何以言之？夫气静神虚者，心不存乎矜尚；体亮心达者，情不系于所欲。矜尚不存乎心，故能越名教而任自然；情不系乎所欲，故能审贵贱而通物情。物情顺通，故大道无违；越名任心，故是非无措也。"这是心学的一个重要维度，必须坚持心之本体的清净，才能找回自性，"任心"是一种冒险也是一种解放。"任心"的本质是抓住本质，而不是不要本质；体亮心达、物情顺通才能与"大道无违"。"心无措乎是非"是为了"行不违乎道"。其间的关系用"酸词"说正是：极其原子又极其共同体。

以儒、释、道三教共宗的《周易》为开端、被世代层累的心学，是这样一个开放体系：当然是以孔子为大宗，同时也囊括了老子、庄子的道家及禅宗释家之真骨血的中国智慧，在儒学这个主轴上，孔孟是第一"重镇"，公羊学是第二环节，欧阳修、范仲淹的"以天下为己任"之士大夫"气节"是普及全社会的第三个创化阶段（包含张载的"为天地立心，为生民立命，为往圣继绝学，为万世开太平"），然后理学主要是朱子的晚年定论。到了阳明心学之集大成，也达到了空前的高度。孔子是集夏、商、周三代文教之精粹，王阳明是集孔孟、公羊、宋儒之精粹，都是"创造性地转化了传统"①。这条矿脉不能为漫长停滞的君主制负责,让"学"来为"政"负责是唯心史观。事实上是君主集权政体限制了、压抑了、扭曲了、宰制了这条学脉。如荀子那管理学式的儒学,公孙弘、孙叔通秘书学式的儒学,还有董仲舒本人没占到便宜却落下话柄的官方意识形态的儒学,在元朝才官学化却因融入了教育体制而发挥了"决定作用"的程朱理学——决定上述成为官方儒学从而发挥了所谓"主流"作用的真正原因是皇权的需要。从孔子到王阳明的心学不在这一系上,他们是士子儒学,"照顾"的是每个人的心,是走"修、齐、治、平"之正路的,从而始终是边缘,是"未尝一日行乎天壤之间"(朱熹语)的心中之学、良心之学。在今日若再不得以行天下,则真成了乌托邦的学问,而失去了它在"百姓日用"中见道的功能,就不再是智慧状态的东西,而只是少数专家的课题了。

三、心力美学即良知美学

礼—心、心—礼这一框架是将伦理学变成美学的知行合一的行为艺术。生活与艺术一体化,既是心学追求的目标,也是"后现代"的普遍心理需求。但心学与后现代的不同在于:它不主张被生活湮没,而是要领导生活;它追求的是既有感性又超越感性的"思",是"因势利导"本能从而建立"类似本能"的思想。

阳明心学无疑是心力美学最深切著明又有操作实效的例子。

---

① 详见拙著《孔学儒术》,中华书局,1996;拙著《王阳明大传》,中华工商联合出版社,1999。

阳明心学是围绕着"我"而展开的，高明者可以心性通天，中下者能当个干净的自在汉。这倒与后现代的自我中心、生活艺术化若合符节，只是比后现代多出了可以与"天"合一的维度，从而可以为当代青年提供一条"无极而太极"的心路。

简约地说，心学那种"先觉觉后觉"、精英化大众的路线在今天基本收缩为"自度"了，虽然是"自"却是"度"，而不是"唯享受"，还是要"造命"的。王艮提出"大人造命""我命虽在天，造命即由我"。龚自珍的"自我"与"心力"豪杰、大心之士，都是近代"革命"心志的道德、哲学基础，到了鲁迅被叫作"精神界之战士"。当今虽然还该呼吁"精神界之战士安在"，但在信息化的社会中还是提"创造的少数"较易广为接受。心学能够构成当前有效"语境"的问题是：社会电脑化了，心学是人脑的"电源"，良心是"共振板"。凡是人，都有人心，谁也不想成为"空心人"。

放大点儿说，人心是杆秤，所谓秤就是坐标。良知是历史与伦理、事实与价值这个常规二分法的"秤"，良心是人类行为的秤砣。良知是人性的共同性，是每个人天然具有的。尽管心体依然是"如如不动"，良知本身不曾减损，但还是容易被良知以外的东西包括主体的功利计较所遮蔽，并且外在的东西都是通过自己遮蔽了自己的良知。所谓功利计较其实是将社会化的东西换算成了心理内容，从而陷入"生活不是缺少美而是缺少发现"的自我坑害当中。救治之道最现成的就是用减法去蔽，最完整的是用致良知的方式来获得美。道家的"损之又损"也是种减法，并通过减法而使"道成为能够移动一切而成道之道路"。

当代人大多在不遗余力地寻求快乐，追求快感、抹杀美感是新新人类的"酷"姿态,但不妨听听阳明大师怎样论述快乐:"乐是心之本体。虽不同于七情之乐,而亦不外于七情之乐。虽则圣贤别有真乐,而亦常人之所同有,但常人有之而不自知,反自求许多忧苦,自加迷弃。虽在忧苦迷弃之中,而此乐又未尝不存。但一念开明,反身而诚,则即此而在矣。"[1] 乐和美的根源就在人本身。人是天地之心,心是人的主宰。

再放开点儿说:"一切熟悉的东西都被遮蔽了。因此,理解艺术品向我们诉说的内容就是一种自我遭遇。"[2] 这个"自我遭遇"的发现是了不起的。其实我们生活在表达、发现和理解中——人类是生活在修辞中的,而一切修辞(表达及理解)都是个"自我遭遇"。

所谓美,是人的"那一半",这个"那一半"是说,爱就是找到了那一半的那个"一半"。这个美、一半,如同伽达默尔说象征(象征:古希腊原初的意义是"结合",另一半信物就是象征)——是一半符契与另一半符契的吻合。决定美的深意的是要求重新被认识、重新愈合的信息。其实"美",就是现象学意义上的"精神":携带着向未来开放的视野和不可重复的记忆、期待而前进。期待什么?期待与另一半的会师,找到真我。所有寻找自我、实现本质,乃至人的本质力量的对象化,都是在刻画"致良知就美"的意义和过程。

艺术的意义在于使精神升华,在于刺激良知的觉醒,美的本

---

① [明]王阳明:《传习录》,江西人民出版社,2016,第179页。

② [德]汉斯-格奥尔格·加达默尔:《哲学解释学》,夏镇平、宋建平译,上海译文出版社,1994,第102页。

质性功能是使良知超越功利计较与肉体欲望，从而超越现实世界。美感是超越现存状态的精神起点，也是超越思维的实际状态。它既是个人的又是形而上的，它与良知是一体的，但美常有，而良知需要美的唤醒、美的召唤。因为良知的发用往往伴随着生死抉择，而美的发用则生命愉悦。

良知是人人本然具有的，本来是可以自然发现的，只因被各种非、反良知的因素遮蔽、笼罩了，如同眼睛是明亮的却患了近视、远视、白内障等，善根断尽的人算是彻底失明了。还是王阳明说得透辟："心者，身之主也。而心之虚灵明觉，即所谓本然之良知也。其虚灵明觉之良知应感而动者，谓之意。"[1] 无善无恶是心之体，有善有恶是意之动。而且良知是"一个即所有"的"本体"，这个"本体"之外不再有本体，从而美也不是什么绝对理念的感性显现，只是良知的发露、良知的显现、良知的感应。对于讲究认识论美学的人来说，良知美学的说法是："一节之知即全体之知，全体之知即一节之知，总是一个本体。"[2] "仁、义、礼、智也是表德。性一而已，自其形体也，谓之天；主宰也，谓之帝；流行也，谓之命；赋于人也，谓之性；主于身也，谓之心。心之发也，遇父便谓之孝，遇君便谓之忠，自此以往，名至于无穷，只一性而已。"[3] 这至少在思辨的逻辑上是彻底地坚持了心力、良知本体一元论的。有趣的是，四百年后当代大儒熊十力在经受了西学的巨大冲击以后，几乎原封不动地重申了王阳明的这个心学原理："本心

---

① ［明］王阳明:《传习录》，江西人民出版社，2016，第130页。

② 同上书，第243页。

③ 同上书，第43页。

即万化实体，而随义差别，则有多名：以其无声无臭，冲寂之至，则名为天；以其为吾人所以生之理，则名为性；以其主乎吾身，则谓之心；以其秩然备诸众理，则名为理；以其生生不容已，则名为仁；以其照体独立，则名为知；以其涵备万德，故名明德。""阳明之良知即本心，亦即明德。"[①] 熊十力是从"用"上讲"体"，从"用"的角度贯彻了心学"体用不二"的原则。"体用不二"是中国之"中道"原则的方法论上的体现，辅证还有佛教中观宗"八不"：不生不灭、不常不断、不一不异、不来不去。

良知美学的大致模样是：

第一，以良知为支点的共同人性论的美学本体论；

第二，以气的宇宙观（中国哲学的宇宙观）为支点的形式叫整体审美学；

第三，言意象道四层面的解释学；

第四，圆而神的悟觉思维。

这些现在只能口号化地提出，展开论述俟之专书了。

四、美在良知

美是良知的呼唤。无论通过何种方式，良知总会给出某种可领会的东西。

美是存在论的，不是认识论的，不是定义法能够解决的，而是要用生成法来体悟组建的。美学的难题在于美不是一个实体而又寓于一个实体之中。美的哲学之类都是为了解决美乃"虚

---

① 熊十力：《读经示要》卷一，上海正中书局，1949，第37页。

体"而又实在的问题①，但是概念的方法只能解决表层问题，包括上面这个小标题。这种概念化的方法用王阳明的话说就是"躯壳起念"。

可以超越概念局限的是直觉。直觉是不同于简单的感受，是超越概念的对客体本真的提示和主体的解放（这是针对主体客体二分而讲统一的，心学则否定二分本身）的良知的能量、能力②。直觉的胜利，原先重在诗歌、美术，有了电影以后则以电影为最佳，影视以视觉形象直接揭示生存感觉，以越具体越有普遍性的意象征服观众（这是"无极而太极"的一种表现形式）。如《罗生门》，黑泽明不懂那些让理论家说得玄乎乎的东西，但的确揭示出了许多意味。再如《地下》，它揭示的集权体制及其意识形态胜过多少论文。在提倡"肉身写作"的今天，美学事实上变成了心学：无标准而合标准。无标准是指新生代蔑视来自传统或流行的权威，合标准是说它毕竟还是在揭示共同人性。美的本质本是反体制的，但又如康德所言具有无目的的合目的性。过去的理论美学已成了美和美感的桎梏，已变成关于美的知识的美学，已以学科化的姿态成了"体制"，而美本身不是知识，是活脱脱的存在，具有先概念、超概念的意蕴。从"美是人的本质力量对象化"的马克思主义哲学角度说，良知是人的本质力量，所谓"对象化"就是良

---

① 是相对于事实或这样的世界而说的话，若相对于现实，纯理不虚，不仅不虚，而且表示最普通的道，最根本的道。详见刘梦溪主编：《金岳霖卷》，河北教育出版社，1996，第16页。

② 详见［德］谢林：《先验唯心论体系》（梁志学、石泉译，商务印书馆，1976）、日本西田几多郎及铃木大拙的有关著作。

知投射于事事物物，用王阳明的话说就是"致吾心良知之天理于事事物物"：

> 吾心之良知，即所谓天理也。致吾心良知之天理于事事物物，则事事物物皆得其理矣。致吾心之良知者，致知也。事事物物皆得理者，格物也。是合心与理而为一者也。
>
> 尔那一点良知，是尔自家底准则。尔意念着处，他是便知是，非便知非，更瞒他一些不得。尔只不要欺他，实实落落，依着他做去，善便存，恶便去，他这里何等稳当快乐！此便是格物的真诀，致知的实功。若不靠着这些真机，如何去格物？
>
> 虚灵不昧，众理具而万事出。心外无理，心外无事。
>
> 性无不善，故知无不良。良知即是未发之中，即是廓然大公寂然不动之本体，人人之所同具者也。但不能不昏蔽于物欲，故须学以去其昏蔽。然于良知之本体，初不能有加损于毫末也。知无不良，而中、寂、大公未能全者，是昏蔽之未尽去，而存之未纯耳。体即良知之体，用即良知之用，宁复有超然于体用之外者乎？①

王阳明给纷繁的"人—事"建立了一种目的论式的"框架"，所有的心力能量、实践活动，乃至检验善恶是非的标准一统于"良

---

① ［明］王阳明：《传习录》，江西人民出版社，2016，第 126 页。

知"。这当然也是包含美的所有问题的，这种论证方式使美学的动词思维一目了然："致良知"就是"造命""造美"，性无不善、知无不良就等于说良知就是美。良知是体用不二的、美是体用不二的，世上的假、恶、丑只是因为"昏蔽"暂时蒙住了良知的缘故，于良知丝毫无损，一旦去掉昏蔽就"虚灵不昧"，就"众理具而万事出"，就美好起来。美学是干什么的？应该是"学以去其昏蔽"的，对于常人来说，活得"不欺心""实实落落"的，就是美了。这是"土"得掉渣的美学，也是实得双脚踩在大地上的美学。

王阳明的话是"一即所有"式的，这种"一元化"是种宗教语式，自然是非分析、非实证的"概念的诗歌"，也可视为"不坏假名，而演实相"的比量智慧，但还是以真理为根据的价值判断，因而还是有理论意义的，绝不是时下流行的主观趣味的无聊争辩，也不是以主观性为根据从而反倒使主体失去了更多自由的那种主体哲学。它的辩证法是有个定盘星的：人的本质是"无"——不是没有，而是无限；良知是体用不二的能够落实到直接上的人性的根据。良知这种心力是人之所以为人的本质力量，是人世间美的源泉，也是人类造美和审美的能力之源泉，但绝不是专制色彩的伦理本质主义，这种本质主义是反良知的，是以良知（道德）的名义遮蔽了良知的强权的伪装。更不是以多数压迫少数的约定论、相对主义的多元论（这两样在现代社会中以虚伪且更具欺骗性的方式使生活沦为各种意识形态的官僚主义操作，从而遮蔽了存在）。王阳明的思路最简单地说就是，用你的所能战胜你的不能，就是最直接的"与自我相遇"，就像看见"床前明月光"，于是就举头、低头、"寻寻觅觅"，寻找那"另一半"，这是致良知也是在"造美"。

王阳明良知美学的大意被没有读过他的书的海德格尔在《存在与时间》等著作中用德语说得更"人生哲学"些：常人（良知被遮蔽的人）总是已经从"此在"那里取走了对那种种存在的可能性的掌握。常人悄悄地卸除了明确选择这些可能性的责任。要在已丧失于常人之中找到自己，它就得在它本真的状态中被"显示"给它自己。这个寻找与显示乃是"良知的呻吟"。

良知作为此在的现象不是摆在那里的，偶尔现成在手的事实，它只存在于此在的存在方式中，它只同实际生存一道并在实际生存中才作为"实情"宣泄出来（这个实情犹如"真相"）。自我往往因为陷入"在手边"的模式成为当前的牺牲品而失落了自身。良知作为真实的自我，把失落于"他们"之中的自我"召回"。良知是如何自处的意识。在日常生活中，人们要求对良知的事实性及其声音的合法性提供归纳的经验证明，都根源于在存在论上倒置了良知现象。对良知更深入的分析揭露为呼唤。呼唤是话语的一种样式。流俗的良知解释是把良知当成了概念，而良知只是一种能直觉本能的仁。

敬、静下来（"夙夜"）打断常人的无聊、闲谈、好奇、两可的噪声，而倾听自我内心的感受，接受一种无容无聊好奇立足的招引。"以这种方式呼唤而令人有所领会的东西即是良知。"把良知的特征描述为呼声绝非一种形容，而是揭示一种状态，因为声音是非本质的（心印、信仰），声音是供人领会的意思。呼声由近及远，唯欲回归者闻之（神学与现象学是不同的）。对呼声的感应就是常说的顿悟。

良知向召唤所及者呼唤了什么？严格说来——无。呼声什么也没有说出，没有给出任何关于世间事物的讯息。没有任何东西可能讲述。呼声不付诸言辞。良知从丧失于常人的境况中唤醒此在本身。良知是这种操心的呼声。致良知就是海德格尔说的"决心""强行"。海德格尔也论述过"行"已经是"知"的一种形式，"知"又渗透于"行"中。

众所周知，海德格尔这一系列的说法都是为了让人诗意地栖居在大地上，而能感受到诗性地活着就是人生之大美。

美感就是这种生存的意义感，是类似本能的快感。

美感的本质在于精神胜利，美学应该是引领精神胜利法的学说、体系。

精神胜利法的核心是一种在"游戏"当中找到"象征"意义与"节日"感，从而有一种浪漫的诗意、形而上的乌托邦的价值感。

游戏，是哲学级别的大字眼，游戏的本质是超越，是艺术作品本身的存在方式。游戏的自我表现性、自我重复的运动特性；无目的性和自动性；自律性和同一性特征为艺术作品的本体论确立了基础。游戏是一种创造物，是一个意义整体，与每一个观众相遇产生出新的意义。心学的"无善无恶心之体"就是一种哲学级别的游戏立场——无立场，从而"物各赋物"，随机地以任何"物种的尺度"来"造型""造美"。

美，由瞬间的感受铸成永恒的存在。恰如闻一多的那"一句话"说出来就是火。无论是自然美、社会美、艺术美（这个分法相当糟糕，姑且沿用而已）都是一种向思想和情感发出的呼唤，受众恰好回应着与它的应答，好像一块"共振板"。良知就是这种"共振板"。这种"共振板"的极致就是"节日"：在同一时间里在场的人获得了巨大的共同性，每个瞬间都是实现了的，那份沉醉把所有人都融为一个整体（如胡风的诗篇《时间开始了》）。庆典礼仪是中国这个礼教大国运用"节日感"进行教化的日常而强有力的方式。

从个体的发生学角度说，良知与胡塞尔的"生活世界"相互发明：都是返回童心，返回"镜像期"之前的那个心灵状态，并由此出发"知行合一"、知取合一（墨子说盲人知黑白不能取黑白之物）。好德好色合一，由"未发之中"到"发而中节"。

从生存化的实际生活的角度说，良心，就是唤醒忧心。如同爱是一种淡淡的忧伤，美是一种淡淡的"乡愁"——人要回家的心肠。人的忧心基本上是朝向未来的，乡愁的"珍惜"意绪是人类美感的基地。

美不仅是善的象征，也是真的显示。真理在原初的意义上就是使事物变得可以理解和没有遮蔽的行动。揭示状态和去蔽状态是一种"致良知"的夺取和打捞，是"造美"以唤起忧心、引起"操心"，以免它重新被遮蔽。美致良知是真、善、美、慧一体化的生存方式、思维方式。就连死也是一种透视，就像绘画透视向一个消失的点汇聚那样。因此，对于此在来说，死是组织全部生活可能性的统一点。此在通过"环顾寻视"的实践眼光展开它的世界。良知作为本真的自我，把失落在"它们"当中的自己召唤回家。这有点儿像超我，但又是肉身的、超越理念的。良知是对如何自处的意识。良知使人区别于动物，使人区别于异化的人。致良知与否则是圣、凡的分界处。良知使人在时间（世间）中体验到一种永恒的生活。

美，是这永恒的一种显示、一种"使之是"的活动，就是这样的意义感。

美在良知＝人心与宇宙相通的本原性的直觉。

文学的核心是生活方式，美学的核心是对生活方式的反思，说到底是对存在的感应。而"自身显示者就是存在"，就是"在场"，人的最根本的显示就是"明心见性"。

美感是对良知呼声的感应。

良知美学从社会学的角度说关涉本土化与全球化的问题。我们的基本"立场"是用本土的迎接全球的，用全球的开拓本土的。敞开胸怀迎接全球的，挺直脊梁建设本土的。"国粹"现在能够保护我们了，但闭关的态度保护不了我们。每个活人都要倾听良知的呼唤。

美＝良知＝人类共同性。良知美学能帮助所有愿意接受帮助的人在百姓日用中活出"道"来。